Über dieses Buch Entfernungen zu überwinden ist einfach; es gibt Flugzeuge, Züge. Von New York nach G. kann man in einem Tag gelangen – wenn man will. Doch Rosmarie zögert den Moment hinaus, wo sie zurückkehren und sich der Katastrophe ihrer zerbrochenen Ehe stellen muß. Köln, die Zwischenstation, ist voller Vergangenheitsfallen, denn hier hat sie die ersten Jahre mit Justus verbracht. Die quälende Frage, wie es denn so weit kommen konnte, daß sie in der Lebensmitte mit leeren Händen dasteht, führt sie bis in ihre Kinderzeit zurück. Sie möchte sich gern als Opfer sehen – Opfer privater Konstellationen und gesellschaftlicher Verhältnisse –, doch sie erkennt, daß sie die Wahl gehabt und falsch gewählt hat. Während sie noch um ihre verspielten Möglichkeiten trauert, kündigt sich ein Unglück an, das unabwendbarer und endgültiger ist als das ihre: der Tod des Vaters. Von daher gewinnt ihr Leben eine neue Perspektive.

Die Autorin Sybil Wagener, Jahrgang 1940, hat Soziologie und Germanistik studiert und bei der Rhein-Neckar-Zeitung in Heidelberg volontiert. Jahrelange freiberufliche Tätigkeit für Rundfunk und Fernsehen. Lebt in Göttingen.

Sybil Wagener

Das kleinere Unglück

Roman

Fischer Taschenbuch Verlag

Lektorat: Ingeborg Mues

Originalausgabe
Veröffentlicht im Fischer Taschenbuch Verlag GmbH,
Frankfurt am Main, Mai 1984

Umschlaggestaltung: Susanne Berner
Gesamtherstellung: Clausen & Bosse, Leck
Printed in Germany
880-ISBN-3-596-23748-3

I

Der C-Platz war besetzt; Rosmarie zögerte vor den beiden Knien, an denen sie sich vorbeizwängen mußte; schon dies war zu viel verlangt; am liebsten wäre sie umgekehrt – aber wohin? Da war ein Kopf, den ihre Schultertasche streifte; über den eben noch ordentlichen Scheitel fiel eine dunkle Strähne. Wie peinlich.
»Excuse me.« Beschämt stand sie; gelähmt; wie vor einem nie wieder gutzumachenden Schaden. Der Mann fuhr mit der Hand durchs Haar, winkte ab: »It's okay.« Erleichtert sank sie in den A-Sitz. Die Nacht hinter dem Bullauge war gesprenkelt von den Lichtern des Kennedy-Airport. Sie warf einen Blick auf die Armbanduhr: noch eine halbe Stunde. Ende keiner gewöhnlichen Reise. Der Druck aufs Zwerchfell nahm zu. Im Ticket das Datum, die Uhrzeit des Rückflugs. Seit sechs Wochen wußte sie, daß dieser Moment unwiderruflich kommen würde.
AMERIKA. Die Gegenstände waren verschwommen geblieben, wie durch Wasser gesehen; nur manchmal war der Schleier von ihnen gefallen. Hoch über Manhattan, zum Beispiel: blau ... und weiß ... Der unverstellte Rundblick über eine Landschaft von Pyramiden, mit Schluchten und Klüften dazwischen, aus denen ein Brodeln hochsteigt. Unten, das weiß man, bewegen sich Millionen. Hier oben ist alles unbelebt, bis auf einen Hubschrauber, der über dem East River abtaucht. Zufällig kommt man sich vor in diesem gigantischen Panorama. Überschätzt erscheint die Seelenlast (tatsächlich ist sie sekundenlang wie weggeblasen), für die ein Name steht, den man nicht aussprechen, nicht einmal denken darf ...
Bewegung im Gang. Ein Passagier zögerte, wie zuvor Rosmarie, vor der Hürde derselben Knie. Er tuschelte mit der Stewardeß, drehte sich um, nahm Platz auf dem D-Sitz, in der mittleren Reihe. Rosmarie war erleichtert, daß niemand ihr nahe rückte. Sie hatte Atembeklemmungen. AMERIKA. Die Chance des Durchatmens. Verpaßt? *Wie recht Martha*

hatte, als sie sagte, daß die Reise nur ein Sich-Drücken sei. Ein Auf-die-lange-Bank-Schieben. Kein Ausweg. Keine Lösung. Ja – wenn ich bleiben würde … Wenn ich geblieben wäre. Den Versuch gewagt hätte: ein Zimmer in Manhattan, irgendein Job. Aber ich habe es gar nicht erst versucht. Weil es mir aussichtslos erschienen war? Hätte es denn wirklich ein neues Leben bedeutet? In einem fremden Land ist man ein anderer als zu Hause. Schon die Sprache ist anders, erst recht die Wirklichkeit, die sie einfängt. Es hätte eine Lösung sein können; die radikalste. Was fehlte? Mut? Da war das Rückticket. Ich hätte es verfallen lassen können. Statt dessen habe ich mich ihm unterworfen wie einem unabwendbaren Schicksal.

Noch stand der Jumbo still. Noch war Amerika Gegenwart, leicht zurückzugewinnen. Wirklich? Mit einem Anflug von Panik machte sie sich klar, daß es keine direkte Verbindung zum Erdboden gab. Das war der Wendepunkt, von dem an nichts mehr aufzuhalten war: als sie diesen langen, schmalen Gang betrat, der sich als Falle entpuppte. Ein Behälter, in den die Passagiere eilig hineinschritten, bis sie, vor dem geschlossenen Ausgang, aufliefen, sich anstauten, immobilisierten. Ein Moment sorgfältig verborgener kollektiver Angst, wie im Lift. *Mach dir nichts vor, es ist zu spät. Die Entscheidung, die du vor Wochen getroffen hast: zurückzukehren, ist unabänderlich geworden. Sie wird an dir vollzogen.*

Sie schloß die Augen und versuchte, sich abzulenken, indem sie ihrer Erinnerung ein weiteres Panorama abzwang: den Blick von der berühmten Brücke auf die blaue Bucht mit dieser kalifornisch goldenen Aura. Sie fand ihre innere Optik unscharf; im Vagen streunend. Komisch, daß man Wörter braucht, um Bilder herzustellen. Wiederherzustellen. Sie machte sich ein Programm, rief Beschreibung zur Hilfe; Farben: tinte, türkis, aquamarin, amethyst. Es mißlang. Auch die Namen Alcatraz, Fishermans Wharf, Chinatown ergaben kein Bild. Das einzige, was ihr plastisch vor Augen trat, war ein Gefüge aus vertikalen und horizontalen Linien, San Francisco, aus einem Flugzeug aufgenommen: eine mit Wolkenkratzern besetzte Halbinsel, die in Werften ausläuft … Irgendein Foto. Was ist aus dem lebendigen Eindruck geworden? *Das kann doch nicht sein: daß nach zwei Wochen nichts mehr von einer Wahrnehmung übrig ist, die einen schier über-*

wältigt hat? So flüchtig können die großen, sich in die Vibrationen des Kosmos einschwingenden Euphorien doch nicht sein, daß nichts von ihnen bleibt als ein paar Wortklischees: großartig ... unvergleichlich ...?
Das Flugzeug ruckte an. Es rollte gemütlich auf die Startbahn, verharrte ein paar Sekunden und beschleunigte dann zu der gewaltsamen Geschwindigkeit, die es vom Boden riß und in die Wolken trieb. Auch dieses Mal entging ihr der Augenblick des Abhebens. »Fasten Seat Belt« erlosch. Sie kippte die Rückenlehne so weit wie möglich nach hinten und versuchte, sich zu entspannen. Müdigkeit hing ihr wie Blei in Knien und Schultern. In den letzten vier Tagen hatte sie, in einen Pullman-Sitz gekauert, die Weltzeit auf der Fahrt nach Osten dreimal um eine Stunde überrundet. *Die umgekehrte Richtung der Reise ist mir lieber gewesen: Stunde um Stunde geschenkt. Wäre ich in Kalifornien geblieben, würde mir die Zeit nie wieder abgezogen. Aber ich kehre zurück, und das Guthaben wird ausgeglichen. Ob man die Zeit einholen kann, indem man immerzu nach Westen fährt? In den Weltraum möchte ich fliegen, wie in dem Film »2001«, mich selbst einholen, Tag um Tag, mein Leben zurückspulen – schon ist nicht mehr wahr, was passiert ist, ich war gar nicht in Amerika, habe nie in G. gelebt, nicht geheiratet, bin niemals einem gewissen XY begegnet ... Der Alptraum, der Spuk, der mich allnächtlich zwischen vier und fünf Uhr weckt und mich nicht wieder einschlafen läßt, wenn ich nicht eine der kleinen blauen Tabletten nehme, hört endlich auf ...*
»Sorry –?« Der Mann vom Außensitz hatte die linke Hand ausgreifend in den mittleren – den freien – Sessel gestemmt. Das Weiße seiner Augen war stark durchblutet, seine Sprechweise schleppend, sein Atem alkoholisch. Er fragte, ob er rauchen dürfe. »Of course«, sagte Rosmarie. Er hielt ihr das Päckchen hin; sie schüttelte den Kopf. Trotzdem wechselte er auf den Mittelplatz.
Rosmarie unterdrückte Ekel und Abwehr. *Ein Betrunkener. Na und? Dieser Mann ist freundlich und sanft, nur ein wenig ausgefranst in den Konturen. Es macht mich nicht ungeduldig, ihm zuzuhören. Gleich wird er mir sein Leben erzählen. Wie das oft passiert, auf Reisen. Wie aus einer inneren Notwendigkeit; als ob man sich unterwegs immer wieder des eigenen Bestandes versichern müßte.*

Er sei Isländer und heiße Gunnar. Er sprach deutsch; ein wenig tranig, gegen ein doppeltes Hindernis: die schwere Zunge, die verschüttete Sprache. Er habe nach dem Krieg jahrelang in Deutschland gelebt; in Hamburg, Essen, Mainz. Nachkriegsdeutschland – mein Gott! Welch ein Elend. Nicht, daß es ihn betroffen habe; sein Alliiertenstatus habe ihm Weißbrot und weiß bezogene Betten garantiert ... Aber die hungernde, in Ruinen hausende Bevölkerung! Vor allem die Kinder. Er sah sie von der Seite an. »Sie sind vermutlich zu jung, um sich an jene Zeit zu erinnern.« Sie antwortete nicht. Es gefiel ihr, für jünger gehalten zu werden, als sie war. Im übrigen, fuhr der Isländer fort, habe er die Überlebenskraft der Deutschen bewundert. In dieser Situation hätten sie wirklich erstaunliche innere Widerstände entwickelt. Das sei vor allem im kulturellen Bereich spürbar gewesen. Die Theatervorstellungen ausverkauft. Die Konzertsäle überfüllt. Daran habe er lange geglaubt, daß dies die eigentliche Funktion von Kunst sei: mit einer unerträglichen Wirklichkeit fertig zu werden. Er sei selbst Künstler. Musiker. Ob sie raten könne, welches Instrument er spiele? Er zeigte ihr seine langfingrige, geäderte Hand. »Klavier«, sagte sie aufs Geratewohl. »Falsch.« Er führte die Spannweite zwischen kleinem Finger und Daumen vor: »Cello.« Leider habe es nur fürs Orchester gereicht. Den Solistentraum habe er begraben müssen. Nicht genug Fleiß ...oder zu wenig Genie ... oder einfach kein Glück. Wenn er ganz ehrlich sei – er warf ihr einen koketten Seitenblick zu –, »Frauengeschichten«. Das sei ein Kapitel für sich. Frauen legten Fallen aus, spannten Stolperstricke, stellten einen Mann mit Talent vor tragische Alternativen. »Eigentlich habe ich immer mehr geliebt als geübt.« Das klang ziemlich eitel.
Die Stewardeß teilte Plastiktabletts aus, die wie Kinderkaufläden aussahen: Salatdöschen, Wurströllchen, Käseecken, Brotpäckchen, Butterwürfel, Salz- und Pfeffertütchen. Man mußte immerzu alles durcheinanderwerfen, um die Butter aufs Brot und die Wurst auf die Butter und das Ganze in den Mund zu befördern. Der Isländer sprach derweil weiter. Ob sie klassische Musik schätze? Sie brachte ein schlecht artikuliertes »Ja« heraus. Das im Zeitalter von Pop und Rock zu hören, freue ihn. Wer ihr Lieblingskomponist sei? Sie schluckte angestrengt, um antworten zu können: »Schu-

bert.« – »Schubert«, wiederholte er nachdenklich. »Aha.« Das finde er interessant. Welches Werk sie bevorzuge? Die Lieder? Die »Unvollendete«? Sie deutete mit dem Zeigefinger auf sich, um zu signalisieren, daß sie den Mund voll habe. Dann würgte sie doch, aus Höflichkeit, hervor: DER TOD UND DAS MÄDCHEN. Aus irgendeinem Grund verstummte der Isländer. Nicht für lange. Er griff den früheren Faden wieder auf: Der Glaube an die Kunst, der ihm über so viele Krisen hinweggeholfen habe, sei ihm inzwischen verlorengegangen. Für einen Künstler bedeute dies das Ende. Und er sei am Ende. Definitiv.

Sie verschluckte sich. Sie hustete, wünschte, jemand würde ihr auf den Rücken klopfen. Die Stewardeß brachte Cognacs. »Trinken Sie den.« Sie nippte, Tränen liefen ihr über die Wangen, als ihr Kehlkopf endlich frei war und sie die mitfühlende Frage stellen konnte, die der Isländer vermutlich erwartete. Er griff nach seinem Glas, trank es in einem Zug aus, behielt es in der Hand, suchte den Blick der Stewardeß, die mit dem Tablett kam und den leeren gegen einen vollen Schwenker eintauschte. Gunnar drehte ihn vor seinen Augen hin und her, wie einen Gegenstand, an dem man sich nicht sattsehen kann. Er lehnte sich weit zurück, wandte Rosmarie sein Gesicht zu und sagte mit einem abwesenden, fast verträumten Ausdruck: »Ich bin Alkoholiker.«

Ihr Magen zog sich zusammen vor Schreck. Als ob ein Stichwort gefallen sei. In einem Ton, als gehe es ihn überhaupt nichts an, berichtete er, seine Eltern hätten ihn »rausgeworfen«, seine Frau sei »abgehauen«. Freunde hätten ihn überredet, sich bei einem bekannten Therapeuten in den Staaten behandeln zu lassen. Drei Wochen lang habe er Tag für Tag auf der Couch gelegen. Furchtbar, was da herausgekommen sei. Egozentrik. Selbstmitleid. Narzißmus. »Ich habe es nicht länger ausgehalten. Ich bin abgereist.« Er sah sie, mit unsteten Pupillen, flehend an. Aus Gründen, die ihr nicht ganz klar waren, schob sie ihm ihr eigenes, kaum berührtes Glas zu. Er kippte es herunter, lächelte sie voll kindlichen Vertrauens an: Er fühlte sich verstanden. »Was werden Sie jetzt tun?« Er lächelte auch noch, als er sagte: »Ich bringe mich um.«

Die Ankündigung ließ sie seltsam unberührt. Nur ihre Hände reagierten: Die rechte umfaßte die linke am Gelenk. Sie hatte noch nicht einmal den Impuls zu sagen: »Tun Sie es nicht.«

Manche müssen es tun. Diese Sehnsucht nach Selbstzerstörung – wie gut ich sie kenne! Eine innere Stimme; ein Appell. Wenn er unwiderstehlich wird, hängt alles von der Gelegenheit ab. Von der Kraft, die Gelegenheit zu suchen. Es ist wie ein Hürdenlauf; jede Gegenwehr der Instanz, die für das Leben plädiert, muß überwunden werden, bis man endlich, erschöpft, am Ziel ist.

Als sie nach Amerika fuhr, hatte sie an Wolkenkratzer gedacht und sich den atemberaubenden Fall vorgestellt und das plötzliche Nichts. Indianerwälder: tröstlich die Idee, so lange zu laufen, bis man vor Erschöpfung zusammenbricht und auf einem Häufchen Laub vom Vorjahr vermodert, sich sanft der Materie untermischt, schmerzlos übergeht in einen anderen Zustand. Vor Augen das Ziel äußerster Freiheit: frei zu sein von sich selbst, war sie auf dem RCA-Gebäude gestanden und nicht gesprungen – sie hatte es einfach vergessen; es schien nicht mehr wichtig zu sein. Ganz abgesehen davon, daß rund um die Plattform Maschendrahtnetze ausgespannt waren, so als ob Selbstmörder ihre Gelegenheit hier häufiger suchten. Auf der Golden Gate Bridge gab es kein äußeres Hindernis, doch das tintenblaue Wasser unten lockte sie nicht (vielleicht auch: nicht mehr); sie war viel zu beschäftigt damit, dem Ansturm der Schönheit standzuhalten. Am nächsten kam sie dem Vorsatz in Maine, wo sie auf der vergeblichen Suche nach einem Fußpfad am Straßenrand durch den Urwald marschierte. Schließlich ging sie direkt ins Unterholz, schlug sich durchs Gebüsch, kletterte über kreuz und quer liegende Stämme, versank bis zu den Knöcheln in moderndem Laub, fand den Weg zur äußersten Freiheit sehr mühsam, erschrak vor den roten Ameisen und glänzenden Käfern, als sie begriff, daß die mit ihrem Gift und ihren Zangen über sie herfallen würden, sobald sie kraftlos am Boden läge; kehrte um.

»Wie?« fragte sie. »Ja, ja«, wiederholte er: »Ich bringe mich um!« – »Ich meine, auf welche Weise?« Der Isländer stutzte, dachte nach: »Aufhängen … Erschießen …« – »Haben Sie denn eine Pistole?« – »Nein.« Ein Mann kam den Gang entlang, beugte sich über Gunnar, sagte etwas, entfernte sich mit einer nach hinten deutenden Handbewegung. »Ein Landsmann. Ein Nachbar.« Er stemmte sich aus dem Sessel. »Bitte entschuldigen Sie mich.« Rosmarie begriff, daß er zur Bar

gehen wollte, und wandte sich dem Bullauge zu, hinter dem die Nacht kompakt wie schwarze Farbe lag. Wo mochten sie sein? Über Labrador? Über Grönland? Sie stellte sich die Welt unter dem Flugzeug wie eine Landkarte vor, Maßstab eins zu hunderttausend.
Die Stewardeß deutete auf die hellen Wolldecken im Gepäckfach. Rosmarie nickte. Warm eingehüllt, geriet sie in einen Schwebezustand zwischen Wachen und Schlafen. Sie träumte Buchstaben, die durcheinanderwirbelten, sich drehten. Einer kam zum Stillstand: ein J. *Ich will nicht, will nicht daran denken, noch nicht. Ich will in einem Pullman-Sitz nach Westen fahren, immerzu nach Westen, durch diese flirrende, mit schwarzen Hartgrasbüscheln besteckte Wüste ...* Als der Isländer zurückkam, ahnte sie ihn, zwischen ihren Wimpern, als beweglicher Schatten, spürte seine zwischen zögernd und hastig pendelnde Unentschiedenheit; schlief ein.
Bei der Zwischenlandung in Reykjavik-Keflavik war es hell. Die aussteigenden Passagiere drängelten sich im Gang. »Ich habe Ihnen beim Schlafen zugesehen. Haben Sie schlecht geträumt?« Die Wörter kamen dem Isländer schwer über die Zunge. Seine Pupillen bewegten sich unkontrolliert; er wirkte wie ein Blinder. Sie starrte ihn an. »Werden Sie sich wirklich umbringen?« Er hob und senkte, sehr langsam, die ihr zugewandte linke Schulter. »Forget it.« Da stand der Landsmann hinter ihm. Gunnar zog sich an der Lehne des Vordersitzes hoch. Als er abrutschte, griff ihm der andere hilfreich unter den Arm. »Und außerdem – ist Trinken unser Nationalsport.« Sie lachten und schoben sich dem Ausgang zu. Rosmarie blieb unschlüssig zurück. Nachdem das Flugzeug sich zu vier Fünfteln geleert hatte, fand sie, daß es ihr guttäte, ein wenig frische Luft zu schnappen. Auf der Gangway traf sie ein kalter Wind. Es regnete. Stopover-Island: ein bißchen grüner Rasen und viel grauer Himmel. Wo waren die Vulkane, die Geysire? Auf dem Rollfeld fing sie an, zu laufen und über Wasserlachen zu springen. Sie genoß die Bewegung. Im Flughafengebäude sah sie Gunnar noch einmal. Er sprach hinter einem Plexiglasschirm in eine Telefonmuschel. Ihr kam es vor, als wende er ihr absichtlich den Rücken zu. Mit wem er wohl telefonierte? Mit einem Waffenhändler? *Ach was. Es wird eine Frau sein. Eine hilfsbereite, die ihn retten will. Und sich dabei selbst zerstört. So sind wir.*

Sie fand ihre Reihe zunächst nicht wieder, weil da schon jemand saß, und zwar nicht auf dem Außenplatz, der war leer, sondern in der Mitte, also direkt neben ihr. Es war der Mann vom D-Sitz. Er nahm seine Knie noch nicht einmal andeutungsweise beiseite, als sie sich vorbeischob. Sie war empört, warf der Stewardeß einen hilfesuchenden Blick zu; die schien jedoch alles in Ordnung zu finden. Als habe er ihre Gedanken erraten, rechtfertigte der neue Nachbar sich, indem er seine Bordkarte aus der Brieftasche holte: »Dies war von Anfang an mein Platz. 27B. Ich habe mich nur nicht hierhersetzen wollen, weil der Mann da« – er deutete neben sich – »offensichtlich betrunken war. Hat er Sie belästigt?« Er sprach deutsch mit amerikanischem Akzent. *Wenn ich nicht antworte, läßt er mich vielleicht in Ruhe.* Aber nein. Er zog noch einmal die Brieftasche, entnahm ihr eine Visitenkarte und steckte sie Rosmarie in die unwillig sich öffnende Hand. »Und wer sind Sie?« *Das ist einer, der nicht lockerläßt. Ich weiß schon, wie das weitergehen wird. Paralysiert, muß ich Auskunft erteilen. Unter den Armen schwitzend, bemühe ich mich darum, die Wahrheit zu sagen. Verhält es sich so oder so oder wieder anders? Wer ich bin? Was weiß ich. Sicher nicht die, für die er mich hält: mit meinem mauskurzen Haar, in dem verknautschten, verdreckten Overall.*

Sie zögerte wohl schon etwas zu lange mit der Antwort ... Ohne den Kopf zu wenden, spürte sie seine wachsende Ungeduld – mitgeteilt von der Aggressivität, mit der er, in Ellbogenberührungsnähe, seinen Zigarettenstummel im Aschenbecher vorn an der Armlehne ausdrückte. Sie schielte nach oben, zum Gepäckbord, wo, von der Stewardeß sorgfältig zusammengefaltet, ihre Decke lag; warum nur konnte Rosmarie sich nicht entschließen, sie wortlos herunterzuholen, sich hineinzuwickeln, sie über den Kopf zu ziehen, sich in ihr zu vergraben, in der warmen Dunkelheit wegzuschlafen von dieser ersten Frage, vom Antwortzwang, von den Fragen, die folgen würden, eine sich aus der anderen ergebend, Masche um Masche, ein Netz, in dem er sie fangen würde ... Sie sah ihn von der Seite an. Sein Gesicht war zu nah für einen Gesamteindruck, sie sah nur Einzelteile: fleischiges Kinn, grobporige Haut, große Nase, militärisch kurzgeschnittenes, graubräunliches Haar. Etwa fünfzig, vielleicht auch älter.

»Wenn ich das wüßte«, sagte sie. Der Mann lachte. Seine

Zähne waren groß, ein wenig gelb, plombenlos. »Wissen Sie denn, wer Sie sind?« fragte sie. »Me? Wait a moment. Einen Augenblick.« Er griff, nun zum drittenmal, nach der Brieftasche, fächerte eine Handvoll bunter Kärtchen auf: seine Kreditkarten. Ein Paßfoto dazwischen, zerdrückt; unter der amerikanischen Schirmmütze ein Knabengesicht. *Er wird mir von seinem in Vietnam gefallenen Sohn erzählen. Der amerikanische Lernprozeß. Wie oft ich das gehört habe: daß man im Wiederholungsfall seine Söhne nicht mehr zur auswärtigen Pflichterfüllung mahnen, sondern ihnen eine Fahrkarte nach Kanada kaufen würde ...*
Aber das Foto zeigte nicht seinen Sohn, sondern ihn selbst. »Berlin 1946«, kommentierte er. »Good looking guy, wasn't I?« Ami. Besatzer. Feind. Die kaputten Häuser waren seine Schuld, die Bombentrichter und daß sie hungerten auch. Rosmarie war gehalten, einen großen Bogen zu machen, wenn sie einer olivgrünen Uniform begegnete. Einmal konnte sie einer halben Tafel Schokolade nicht widerstehen, verschlang sie auf der Stelle ... *Wieso trägt ein Mann ein Foto von sich herum, auf dem er dreißig Jahre jünger ist?*
»Das ist lange her.«
»Für mich ist es wie gestern.«
Etwas in seinem Ton machte sie stutzig. Der Mann fummelte ein Päckchen aus der Jackentasche, klopfte sich eine Zigarette heraus und zündete sie mit einem harten Klicken seines Feuerzeuges an. Er inhalierte tief, wandte sich ihr zu und blies den Rauch an ihrem Gesicht vorbei. Paß auf, hieß das. Sie ahnte, was kommen würde. Im Frühjahr war HOLOCAUST im amerikanischen Fernsehen gezeigt worden. Auch die, die es zwischendurch vergessen hatten, wußten wieder, wer die Deutschen waren. Dieser Blick, mit streng geschlossenen Lippen, an deinem Ohr vorbei, wenn du deine Nationalität nennst. Du hast Lust, dein Land zu verleugnen. Nein – eigentlich möchtest du es verteidigen. Was du letztlich tust, ist, dich entschuldigen: Ich war es nicht, kann es nicht gewesen sein, war ein Kind damals. Du sprichst dich mit niedergeschlagenen Augen frei. Woher dieses diffuse, objektiv unbegründete Schuldbewußtsein?
»Waren Sie zum erstenmal in den Staaten?«
Sie nickte. Sie war erleichtert. Sie war sogar froh, über Amerika reden zu dürfen.

»Hat es Ihnen gefallen?«
»O ja! New York ist – so aufregend. Berauschend.«
»Haben Sie die Slums gesehen? Harlem? Die Bronx?«
»Da habe ich mich nun wirklich nicht hingetraut.«
»New York berauschend zu finden, ist reichlich naiv. Wenn Ihnen erst mal jemand das Messer an die Kehle gesetzt hat, um an Ihr Geld zu kommen – oder wenn Sie mitangesehen haben, wie mitten auf der Straße einer totgeschlagen wird, denken Sie anders darüber.«
In dem halbblinden Zustand, in dem sie anfangs herumgestolpert war, hatte sie dennoch hin und wieder ein Partikelchen Wirklichkeit wahrgenommen: die Pornokinos und Peep-Shows, die *bums* und *muggers* und den Baby-Strich. Am Times Square, wo sie sich einquartiert hatte, wimmelte es von *welfare hotels* mit betrunkenen schwarzen Kindern auf den Eingangsstufen. Zahlen aus dem Reiseführer: 200 000 Heroinsüchtige. Zwanzig Prozent der New Yorker Jugendlichen sind arbeitslos. Bei den jungen Schwarzen beträgt der Anteil sechzig Prozent. Die auswendig gelernten »Ratschläge für alleinreisende Frauen«. »Be rude not raped. Vergewaltigung eines der häufigsten Verbrechen in New York. Nie mit einem fremden Mann allein im Lift fahren. Kein Gespräch auf der Straße anfangen. Sich nicht von einem Unbekannten nach Hause begleiten lassen. Die Zimmertür verriegeln. Auf Klopfen nicht ohne Nachfrage öffnen.«
»Trotzdem«, sagte sie. »Diese Stadt ist so überwältigend lebendig, man hat den Eindruck, daß sich alles auf der Straße abspielt: Da wird gemalt, musiziert, gemimt, gezaubert, jongliert ... Und erst die Museen! Die Galerien. Eine Ideenküche. Tausend Stile, die ins Kraut schießen.« – »Kunst!« sagte der Amerikaner mit einer wegwerfenden Handbewegung: Wenn sich ein Zehntel Prozent der Bevölkerung dafür interessiere, sei das schon viel. Insofern gebe New York den falschen Eindruck; es sei fast wie ein europäischer Brückenkopf, eine Exklave. Daran hätten die Deutschen übrigens keinen unerheblichen Anteil, da sie ja unter der jüdischen Intelligenz in großer Zahl vertreten seien. Besonders seit 33 ... Das Herz klopfte ihr im Hals. *Bitte nicht dieses Thema.* Billy, der dicke Junge im Greyhound-Bus nach Boston. Sie spielten: Ich seh' etwas, das du nicht siehst. Es hat soundsoviele Buchstaben. Meadow. Road. Heaven. Cloud. Bevor er ausstieg, bohrte er

seinen Blick in ihre linke Schulter und fragte: »Why did you do that to the jews?« Ihr Entsetzen: »Listen, Billy, at the end of the war I was five.«
Sie rückte, so weit es ihr möglich war, von dem neuen Nachbarn ab. Vor ihr auf dem Klapptisch lag die Visitenkarte. Sie versuchte, die Buchstaben darauf zu erkennen. Der Vorname sah aus wie –? Richtig: Jeremy. Sie starrte von weitem so angestrengt auf die Schrift, daß sie vor ihren Augen zu tanzen begann. Um nichts in der Welt hätte sie sich vorbeugen und ihr Interesse verraten wollen. Aber es platzte aus ihr heraus: »Wann hat Ihre Familie Deutschland verlassen?«
Der Amerikaner inhalierte den Rauch seiner Zigarette und ließ ihn langsam durch die Nasenlöcher entweichen.
»33.«
Sie versuchte, auszurechnen, wie alt er damals gewesen sein mochte. Sie schätzte ihn auf fünfzig, vielleicht fünfundfünfzig. – »Ich war acht Jahre alt«, sagte er, als habe er ihre Gedanken erraten. *Wie viel von der Wirklichkeit versteht man, wenn man acht ist? 1948. War das nicht das Jahr der Währungsreform? Zehn in die Faust gezählte Fruchtbonbons kosteten eine alte Mark. Der Vater zog Tabak in den Blumenkästen auf dem Balkon. Von den Kaninchen, die sich in ihren Boxen fröhlich vermehrten, wurde hin und wieder eines geschlachtet. Es schmeckte nicht so recht, weil man immer noch das Bild vor Augen hatte, wie es mit zuckenden Löffeln Rübenblätter mümmelte.*
»Denken Sie nicht, ich sei zu jung gewesen, um zu begreifen, was vorging. Wir nahmen die Sorgen unserer Eltern viel deutlicher wahr als diese selbst. Ihre Angst sprang auf uns über. So merkwürdig es klingt: wir Kinder sind realistischer gewesen als die Erwachsenen. Wir reagierten auf die Atmosphäre. Ihre Scheinrationalisierungen, dieses Gerede, es werde alles schon nicht so schlimm werden, verstanden wir als den Selbstbetrug, um den es sich in der Tat handelte.«
Ein heißer Sommer. Alle Kindersommer am Fluß waren schön. Vielleicht hat aber auch meine Erinnerung die Regentage ausgeschieden und die Sonnentage in ein einziges wolkenloses Fest zusammengezogen. Am Wasser roch es nach Weiden und Calmus. Der Sand in den kleinen Buchten war warm. Flache Steine – trocken auf der Landseite, aber grün und glitschig auf der Flußseite …

»Das kann mir niemand erzählen«, sagte der Amerikaner, »daß der Faschismus kein deutsches Problem mehr ist. Daß die Wehrsportgruppe Hoffmann nicht nur die Spitze des Eisberges darstellt. Nach dem Krieg, freilich, haben sie alle behauptet, Widerstandskämpfer gewesen zu sein.«
Er drückte seine Zigarette aus und zündete sich gleich danach eine neue an.
»Es gab nicht einen, der dagegen war.«
Wie ich sie verabscheue: diese Verzagtheit; die moralische Kapitulation. Du stehst irgendwo, sagst: »my name is ...«, und derjenige, der dir, »nice to meet you«, die Hand drückt, nimmt nicht nur dich wahr, dein Geschlecht, den zerknitterten Overall, die Igelfrisur, die Sommersprossen, dein Lächeln, die Art, wie du ihn ansiehst – er fragt: »your name sounds difficult – are you German?«, und während du bejahst, baut er um dich herum ein Feld von Assoziationen auf. Johann Sebastian Bach, Sauerkraut, Hermann Hesse, Rothenburg, Richard Wagner, Volkswagen, Nazis, Auschwitz, HOLOCAUST.
Sie war müde, müde. Die Reise nach Osten dauerte nun schon fünf Tage. Fünf Nächte hatte sie halb im Sitzen geschlafen, im Bus, im Zug, zusammengerollt unter der Leichtmetalldecke, diesem höchst praktischen Nebenprodukt der Raumfahrttechnik. Neun Stunden ihres Lebens, die ihr zwischen Europa und San Francisco geschenkt worden waren, wurden ihr nun wieder abgezogen. Und wie ein Alptraum stand vor ihr: die Rückkehr. Sie schloß die Augen, stellte sich schlafend, schlief ein.
Im Flughafengebäude von Luxembourg-Findel war der Amerikaner neben ihr. Nervös, auf dem Sprung, warteten die Passagiere rund um das Rollband auf ihr Gepäck. Irgendein Koffer wurde von Jeremy wiedererkannt; er drängelte sich vor, um ihn vom Band zu ziehen. Er ließ ihn liegen; offenbar war es der falsche. Als er zurückkam, stellte sie fest, daß er hinkte. Er versuchte, das Stakkato seines Ganges zu überspielen, indem er sich angestrengt langsam bewegte. Zusammenhänge stellten sich für sie her: physische und psychische Verletzung. Sie fühlte ein diffuses Mitleid. Da kam ihr orangeroter »backpack« angefahren. *»Kraxe« haben sie im Sportgeschäft dazu gesagt, aber das Wort meint eigentlich einen aus Weidenruten geflochtenen Tragekorb. Auch »Ruck-*

sack« ist anderweitig besetzt; mein Beutel aus grünem Leinen mit den ledernen Schulterriemen hieß so. Schulausflüge: hartgekochte Eier und Pudding in einem Marmeladeglas ... Sie riß so heftig an seinem Gurt, daß das Gepäckstück ihr gegen die Knie flog.

Danach wieder Leerlauf; stupides Herumstehen. AMERIKA. *Schon fast nicht mehr wahr ... Manhattan von oben ... Irgendwie dunstig ... Wie war das doch, mit dem freien Atmen? Diese zentnerschwere Last soll ganz und gar weggewesen sein? Ich hätte drüben bleiben sollen. Mir einen Job suchen. Ein Zimmer nehmen. Aber das Rückticket ...* Vor Müdigkeit taten ihr die Beine weh, sie mußte aufs Klo, aber der Koffer kam und kam nicht. Dröge drehten sich Assoziationen in ihrem Hirn. Lädiert, seelisch invalide, durch Trennung, das war sie, und sie hatte den Verlust physisch wie eine Amputation empfunden; da fehlte ganz konkret etwas; ein Teil von ihr. Wie aber – zum erstenmal in ihrem Leben dachte sie darüber nach –, wie muß es erst sein, wenn man seinen Arm, sein Bein verloren hat? Niemand konnte ihr ansehen, daß sie einen Teil von sich eingebüßt hatte, und trotzdem kam sie sich verstümmelt vor, lief mit vor Scham niedergeschlagenen Augen durch die Welt, starrte sich voll Selbsthaß im Spiegel an.

Da war der Koffer. Elegant, teuer. Und erst, was darin war: leichte, luftige Kleidchen, für Cocktailpartys, Abendessen, Theater. Er kam ihr fremd vor, als ob er ihr nicht wirklich gehörte. Nachdem sie New York verlassen hatte, war sie aus ihrem Overall nicht wieder herausgekommen. Der Amerikaner holte ein ausklappbares Gestell mit zwei Rollen aus seiner Fototasche und verstaute sein Gepäck darauf. Sie nahm das Angebot an, ihren Koffer dazu zu stellen. Den »backpack« schulterte sie. Durch die menschenwimmelnde Halle hinaus zur Bushaltestelle. Auch der Amerikaner wollte nach Köln. Eine Stunde, erfuhren sie, blieb noch zu warten. Also zurück; mit dem Gepäck die Treppe hinauf; auf der Galerie fanden sie einen Café-Platz. Es roch nach Pommes frites. Er nehme alle Währungen an, sagte der Kellner. Sie bestellten Kaffee. Der Amerikaner holte aus der unerschöpflichen Fototasche einen zwischen Plastikfolie zerdrückten Klumpen belegter Brote. *Die hat ihm seine Frau geschmiert.* Einen Ring trug er nicht. »Sind Sie verheiratet?«

fragte sie. »Hm-m«, machte er, kauend. *Was antworte ich, wenn er die Gegenfrage stellt?* »Und Sie?« – »Ich – lasse mich gerade scheiden.«

Es war heraus. Zum erstenmal ausgesprochen; fast schon Realität. Die selbstverordnete Gnadenfrist war abgelaufen. Der Stein auf dem Herzen; der Klumpen im Hals. Sie geriet in Panik. Mit den Augen versuchte sie, irgend etwas zu finden, was den Zusammenbruch, den sie kommen fühlte, aufhalten könnte. Nichts: in der stereotypen Halle mit ihren Kiosken und Schaltern. Niemand: zu viele Menschen. Da: Justus! – Irrtum. Jemand, der eine Jacke trug, wie er sie hatte. Ein Mann mit einer ähnlichen Figur. Justus! Wie hätte er auch hierherkommen sollen. Erstens wußte er nicht, daß sie heute ankam. (Obwohl – er hätte sich natürlich bei der Fluggesellschaft erkundigen können ...) Zweitens war ihm das bestimmt egal. (Es sei denn ...) Drittens hatte sie allen Grund, ihn nicht herbeizuwünschen. *Das ist der Punkt. Vergiß es nicht. Vergiß es nicht.*

»Entschuldigung.« Sie sprang auf, rannte dem Toilettenzeichen nach. Alle Kabinen waren besetzt. Sie vermied den Blick in den Spiegel, starrte statt dessen auf die Hände im Waschbecken. Sie gehörten einem kleinen Mädchen, das interessiert zusah, wie die Mutter sie einseifte, abspülte, mit Papiertaschentüchern trockenrieb. Dann piepste es, nicht ohne Bosheit, indem es die Handkanten nach oben drehte: »Da ist noch Dreck dran.« *Herr des Himmels.* »Tatsächlich«, sagte schuldbewußt die Mutter und schob die Händchen ein zweites Mal unter den Wasserstrahl. Eine Tür ging auf. Rosmarie stürzte in die Kabine. Sie hockte mit hängendem Kopf, fühlte sich entblößt besonders hilflos, unendlich gefährdet. In ihrer Kehle würgte ein trockenes Schluchzen. Wie unter Brechreiz öffnete und schloß sich ihr Mund. Sie fiel in lähmende Trostlosigkeit. Jemand klopfte an die Tür; hier konnte sie nicht bleiben, irgendwie mußte sie wieder heraus ... Sie wühlte das Röhrchen aus der Umhängetasche und schluckte mit Spucke eine der kleinen blauen Tabletten. Sie blieb ihr im Hals stekken, löste sich, bitter schmeckend, nur ganz langsam auf. Am Waschbecken spülte sie mit einem in der hohlen Hand gefaßten Mundvoll Wasser nach.

Der Bus war überfüllt. Sie hätte ihren Kopf gern an die Schulter des Amerikaners gelehnt, nicht aus Zärtlichkeitsbedürfnis, sondern einfach, um sich auszuruhen, aber er saß auf eine Weise da, die nicht zu solcher Vertraulichkeit einlud. Er sah angestrengt an ihr vorbei. Sie verstand nicht, was da draußen zu sehen war: Bäume. Diffuses Grün. Plötzlich streckte er die Hand aus und sagte: »Malmedy.« Sie verband nichts mit dem Namen. »Ardennenoffensive. Operation Herbstnebel.« Sie dachte an ihren Vater. »You know, what happened at Malmedy?« – »Nein«, antwortete sie; wahrheitsgemäß. »The Erste SS-Panzerdivision Leibstandarte Adolf Hitler killed 86 american prisoners. Cut them down. Wiped them out. Those fucking – – –.« Sie wagte nicht, ihn zu fragen, ob er Augenzeuge gewesen sei.

Dreißig Jahre Haß. Der schlecht gefederte Omnibus schaukelte die Prüm entlang; links, das mußte die Schneifel sein, ein Wort, das sie immer komisch fand, weil man es Schnee-Eifel ausspricht. Je näher sie Köln kamen, desto bekannter klangen die Namen: Blankenheim; Bad Münstereifel; Brühl. Ausflüge mit Justus, in seinem himmelblauen VW. Ihr war elend zumute. In Amerika war sie weit weg von allem gewesen, und wenn sie sich auch wie aus Glas gefühlt hatte, durchlässig, nur physisch präsent, ihre Seele wie ein Luftballon an einem Faden, den sie jederzeit loslassen konnte, in ihrer Hand – wurde sie doch durch die ständige Bewegung, das Umgebensein von Menschen, die Herausforderung der Fremde vor dem Zusammenbrechen bewahrt. Jetzt aber fühlte sie, wie der Rest ihrer Autonomie in sich zusammenfiel; gleich würde sie ein heulendes Häufchen Elend sein.

In New York war das gleichgültig gewesen, niemand hatte hingeguckt, Fragen gestellt, Mitleid aufgedrängt; sie hatte die Anonymität dieser Stadt als tröstlich erlebt – sie mußte sich mit ihrer Trauer, die sie plötzlich überfiel, im Museum zum Beispiel, vor Munchs »Geschrei«, nicht verkriechen, sie durfte unter Menschen bleiben, und wenn ihr wieder besser war, hatte sie in der Regel Hunger und holte sich eine braune Tüte mit heißer *calzone* oder *bagel with creamcheese* oder *shish kebab* und setzte sich damit auf eine Bank am schmutzigen Teich im Central Park oder in eine dieser wasserfallgekühlten, akazienbeschatteten Großstadtnischen, wo Frauen deutsche Zeitungen lesen, aber kein Deutsch verstehen, wenn man sie anspricht. Wie würde dieser haßerfüllte Amerikaner auf Tränen reagieren – sie würde seine kühle Verwunderung nicht ertragen ... Sie suchte in ihrer Tasche, fand ein angebrochenes Päckchen Kaugummi, streckte es ihrem Nachbarn mit einem Lächeln hin, von dem sie befürchtete, daß es auf eine Grimasse hinauslief, fragte: »Do you want some gum?« Er lachte: »Daran erkennt man sofort, daß Sie keine Amerikanerin sind.« Er nahm ihr das Päckchen aus der Hand, stieß es in ihre Richtung und fragte: »Gum?« – »An solchen Kleinigkeiten«, sagte er, »haben wir die Deutschen identifiziert, die in amerikanischen Beuteuniformen bei uns spionieren kamen.«

Kriegsgeschichten. Genau wie bei den deutschen Männern dieser Generation. Ihr Schlüsselerlebnis; ihr Trauma. Für manche: ihre große Zeit. Die Macht und die Kameraderie. Sie lehnte den Kopf ans Fenster. Keine Aussicht auf Schlaf: Der Bus rüttelte und schüttelte, warf sie vor und zurück. Zwei Uhr. Wie spät war es jetzt in New York? Acht Uhr in der Früh. Um diese Zeit war sie oft von dem Lärm auf der Straße aufgewacht. Sie hatte den Fernseher angeschaltet und benommen auf die Scheibe gestarrt, über die all die nächtlichen Katastrophen, die Brände, Verkehrsunfälle und Verbrechen, flimmerten. Blitze jagten durch die grellbunten, an den Rändern verschatteten Bilder – die hustende, spuckende Klimaanlage störte den Empfang, aber wenn man sie ausschaltete, wurde es im Zimmer zu heiß. Auf die Times-Fassade gegenüber fiel um diese Zeit noch kein Licht. Am Fenster stehend sah sie das M auf dem geräumten, zerfallenden Hotel Manhattan in der Sonne glänzen. Der blaue Streifen dahinter war der Hudson River. Das Fenster ließ sich nur einen winzigen Spalt öffnen. Sie konnte nicht erkennen, was das Geschrei unten auf der Straße bedeutete.

Der Amerikaner war in sich zusammengerutscht; sein Kopf baumelte; er schnarchte. Sie beneidete ihn, weil er offensichtlich frei war von ihrem inneren Zwang, unter allen Umständen Haltung zu bewahren. Oder sie wenigstens ganz schnell wiederzufinden. Vor Brühl wurde die Straße gerade und breit; der Bus rollte schneller. Sie sah eine Patrouille des Bundesgrenzschutzes, und noch eine, und noch eine. Sie standen an Kreuzungen, auf Brücken, in Feldwegen. Sie dachte an eine Terroristenfahndung, aber es konnte sich auch um einen Staatsbesuch auf Schloß Brühl handeln. Dann fuhren sie durch den Brühler Wald, und sie versuchte, nicht an den

Märznachmittag zu denken, die Lichtung, die kahlen Büsche, die helle Sonne. Justus, der mit schräg geneigtem Kopf vor ihr herging. Sie erinnerte sich nicht an sein Gesicht. Das war alles, was von ihm geblieben war: eine Bewegungsskizze. Und dieses unerträgliche Verlustgefühl. Draußen war es diesig und wurde langsam dunkel; Herbst. Der Wald lag als unkonturierte Masse am Straßenrand, sah unvertraut aus, wie irgendein Wald. Der Einbruch in Trauer fand nicht statt. Vermutlich war es die kleine blaue Tablette, die das verhinderte.
»Was machen Sie jetzt?« fragte der Amerikaner an der Bushaltestelle hinter dem Dom. *Nachsehen, wann ein Zug nach G. geht.* »Ich lade Sie zu einem Drink ein«, sagte er. »Mein Hotel ist gleich da drüben.« Und als sie zögerte: »Dort gibt es bestimmt einen Fahrplan.« So kam sie in das Hotel. Alles andere mußte sehr schnell gegangen sein. Sie wachte unter Umständen auf, die sie auf dieser Reise nicht zum erstenmal erlebte: Sie wußte nicht gleich, wo sie war. Das war ein beängstigendes Gefühl, denn es konnte sich so weit steigern, daß sie nicht mehr wußte, wer sie war. Sie erschrak, weil sie dachte, nun sei sie tot, eine vagabundierende Seele außerhalb von Raum und Zeit. Aber auch nachdem sie sich davon überzeugt hatte, daß ihre Hände *ihre* Hände waren, ihre Füße *ihre* Füße, ihr Herz *ihr* klopfendes, lebendiges Herz, konnte sie sich nicht erinnern, wie sie in dieses Zimmer gekommen war.
Es war ein geräumiges, mit Teppichboden ausgeschlagenes Standardhotelzimmer der teureren Klasse; die Nachttischchen links und rechts vom Doppelbett, der Schreibsekretär zitierten Chippendale. Gegen die tapezierte Wand gelehnt: ihr »backpack«, daneben ihr Koffer. Sie trug ein Nachthemd – ihr eigene. Über einem Stuhl Männerkleidung; ein Pullover, den sie nicht kannte. Einen Moment diese wahnwitzige Hoffnung: *Ich habe alles nur geträumt, Amerika und das davor. Ich bin mit Justus auf Reisen, gleich wird er durch die Tür kommen, eine Zeitung unter dem Arm und eine Flasche Wein im Jackett.* Dann entdeckte sie das Foto auf dem anderen Nachttisch, eine Frau, ein Kind, unverkennbar amerikanisch, und nun schien alles klar zu sein. Als sie sich, kraftlos in den Knien, zu den zugezogenen dunkelgelben Vorhängen tastete, wußte sie schon so ungefähr, was sie draußen sehen würde. So war es: den Kölner Dom. Sie sank wieder ins Bett

und beschloß, nie mehr aufzustehen. Es war alles so gleichgültig. Nicht einmal das interessierte sie wirklich: was es zu bedeuten hatte, daß sie in diesem Hotelzimmer aufwachte. Verschwommene Bilder tauchten auf; gelbes Licht, eine halbdunkle Bar, messingschimmernde Lampen, ein lächelnder Mann mit einer Perücke, ein Glas mit einer braunen Flüssigkeit und Eiswürfel darin. Wahrscheinlich hatte sie in einem Zustand völliger Betrunkenheit mit diesem Amerikaner geschlafen, und nun weigerte sich ihr Gedächtnis, peinliche Einzelheiten preiszugeben.
Es klopfte an der Tür. Sie zog die Decke über den Kopf. »The knock« fiel ihr ein. Schritte. Jemand blieb an ihrem Bett stehen. *Wenn es ein Einbrecher ist, stellt man sich sowieso besser schlafend. Wenn es aber der Klopfer ist, wäre ich lieber gleich tot.* Es wurde heiß und stickig unter der Decke. Angst hämmerte ihr im Kopf herum; schließlich hielt sie es nicht länger aus. »Hallo!« sagte der Amerikaner. »Geht es Ihnen besser?«
Er duzte sie nicht. Das würde er bestimmt tun, wenn ...
»Wie komme ich in dieses Bett?« –
»Sie sind vom Barhocker gefallen und haben 48 Stunden geschlafen. Der Arzt sagte, Sie seien vollkommen erschöpft. Was ist los mit Ihnen?« –
Sie lehnte sich, erleichtert, zurück.
»Seit Flagstaff, Arizona, habe ich kein Bett mehr gesehen. Fünf Tage, fünf Nächte nach Osten, erst mit der Bahn, dann mit dem Flugzeug. Gegessen hab' ich auch nicht viel.«
Ihre Wäsche war vom Hotel gewaschen worden; alles war frisch und sauber und gebügelt, die stadtfeinen Kleidchen hingen im Schrank. »Können Sie allein auf den Füßen stehen?« Sie bejahte, obwohl sie sich dessen nicht sicher war. Er schlug vor, zusammen im Hotelrestaurant zu essen. Er wollte in der Halle auf sie warten. Sie zog ihr Nachthemd aus und musterte sich im Kleiderschrankspiegel. Knochig war sie. Häßlich fand sie sich. Sie nahm ein schnelles heißes Bad, wusch sich die Haare und beschloß, den Amerikaner zu überraschen. Da war das schwarzweiße Seidenkleid, das »Witwengewand« mit dem Harlekinkragen, das sie bei Bloomingdale's gekauft hatte. Sie schminkte sich sehr stark, vor allem den Mund. Rot leuchtete er ihr aus dem Spiegel entgegen. Irgendwo hatte sie auch noch Parfüm. Der Amerikaner war

überrascht. Er hielt das Time-Magazine eine Weile in der Hand, ehe er aufstand. »Aha«, sagte er. »The tramp is a lady.« Auf dem Weg zum Restaurant nahm er ihren Arm. Es war eine halb fürsorgliche, halb bittende Geste. Sie bemühte sich, langsam zu gehen.

II

Im Halbschlaf hört sie die Domglocken. Das Geläut ist so nah, daß sie sich von den Schallwellen erhoben und davongetragen fühlt. Ding, dong. Sie träumt. (Träumt sie?)
Hinter herabgelassenen Jalousien eine Frau und ein Mann in tiefem Schlaf. Dunkel umgibt sie, denn die hölzernen Lamellen schließen fest. Wärme umhüllt sie: Ihre Körper wärmen sich gegenseitig unter der gemeinsamen Decke. Ihre Haut berührt sich. Sie sind einander nah. Sie sind einander so fern, daß sie voneinander nichts wissen, eingetaucht, jeder für sich, in die raumlose, zeitlose Geschichte ihres Unbewußten. Neben ihnen tickt ein Wecker. Die grünlich schimmernden Zeiger rücken langsam voran. Der kleinste ist nicht mit Phosphor bestrichen; er vollführt seine eiligen Kreise um ein winziges Schema unsichtbar.
Ding, dong. Die Stadt von oben sehen wie der Liebe Gott. Wo die Straßen eng sind und die Häuser niedrig und die Kirchtürme bleistiftspitz, ist der alte Teil. Wo die Stadt wie eine Reißblattzeichnung aussieht, mit Waagrechten und Senkrechten und dem Lochkartenmuster der Fensterfronten, liegt die City. Aus ihr heraus führt ein Verbund von Trassen, die sich spitzwinklig trennen, sanft auseinanderdriften, in enge Vorstadtstraßen münden oder den Schwung bis zu den Autobahnen der Peripherie durchhalten. Einige überqueren, an dünnen Netzen aufgehängt, den Rhein, der nicht blau ist, sondern asphaltgrau, aber selbst von so hoch oben lebendig wirkt, denn da ist strudelnde, von den Ufern sich lösende, beharrlich sich wälzende Bewegung.
Ding, dong. Höher. Der Fluß eine matt schimmernde Ader, ein langgestreckter Bogen, an dessen westlichstem Punkt sich die Stadt verdichtet; hier war der Zellkern, die Colonia Claudia Ara Agrippinensium, hier fing vor 2000 Jahren das Wachstum an, das zwischendurch nur scheinbar zum Stillstand gekommen ist. An den Rändern franst die Stadt aus, verkleckert zwischen Feldern, Wäldchen, Bachbetten. Hier und da stülpt sie sich noch einmal zu einem Massiv dichtge-

drängter Wohntürme auf, ehe sie steil ins Land abfällt. Dunst liegt über der Kölner Bucht. Werkschornsteine, Striche am Horizont, schicken Dampf und Rauch in die Wolken. Zwischen Sternstraßen weißer Lampen irrlichtern die Stichflammen der Raffinerien. Höher. Wo liegt Köln? Am linken oberen Rand Europas, unter einer Wolkendecke, die aussieht wie gequirlte Sahne. Die Weltmeere sind eisblau, die Binnengewässer heidelbeerfarben, die Kontinente rosa. Im Osten ist der Himmel hell, gleich wird eine rote Sonnenscheibe über die Kimmung steigen ...

Die Glocken verstummten. Ein Wecker tickte. Sie wachte lustlos auf; gegen ihren Willen ließ der Traum sie fallen. Im anderen Bett ein Mann; Jeremy. Er drehte ihr den Rücken zu. Sie erinnerte sich: Es war nicht einfach unvermeidbar gewesen. Sie hatte es gewollt. Sie hatte gezögert, als sie nach dem Abendessen gemeinsam den Lift betraten, um hinauf in das Zimmer zu fahren. »Machen Sie sich keine Gedanken. Es wird nichts geschehen, was Sie nicht wollen«, hatte er sie beruhigt. Sie waren nacheinander ins Bad gegangen. Jeremy hatte sich ein Handtuch um den Bauch gebunden, sie hatte ihr Nachthemd angezogen. »Gute Nacht!« hatten sie zueinander gesagt und die Lämpchen ausgeknipst. Im Dunkeln war dann doch seine Hand zu ihr herübergekommen und hatte angefangen, vorsichtig, ganz vorsichtig, ihre Haare und ihr Gesicht zu streicheln. Die Hand flößte ihr Vertrauen ein. Ihr Körper, von dem sie dachte, daß er versteinert sei, wurde unerwartet lebendig, bald war ihr, als müßte sie explodieren, und Jeremy, behutsam, erfahren, zögerte den Ausbruch hinaus, bis er nicht mehr ihre eigenste Privatsache war, sondern ein gemeinsames Erlebnis.

»Well«, sagte er zufrieden, als sie in seinem Arm lag. Das Licht war an; er rauchte. »Was hast du über mich erfahren?« – »Viel. Alles. Und außerdem, daß du ausgehungert bist.« Das stimmte. Seit Mike war nichts. Ein paar Neins. (Es wird nie wieder gehen. Nie wieder Spaß machen. Nie wieder Liebe heißen.) Jeremy zündete die Zigarette an und warf das abgebrannte Streichholz irgendwohin. Ihr Ohr auf seiner Brust hörte, wie er den Rauch durch die Luftröhre einsog und tief in die Lungenkapillaren stieß. Sie drehte den Kopf und entdeckte, daß Jeremys Brusthaare weiß waren. Ein alter Mann. Ein älterer Mann. Ihre Männer waren immer jünger gewesen.

Jedenfalls, seit sie die dreißig hinter sich hatte. Justus war zwei Jahre jünger. Mike sieben. Bei Justus' voll entwickeltem, athletischem Körper war ihr das nicht so aufgefallen. Überhaupt hatte sie nie das Gefühl gehabt, älter zu sein als er. Mit Mike war das schon anders gewesen, sie hatte immer so etwas wie Rührung empfunden, wenn sie seinen knochigen Knabenrücken streichelte, und sein Po war so mager, und Haare auf der Brust hatte er gar nicht. »Ödipale Phase nicht geglückt«, hatte Dr. Meier-Hold diagnostiziert. Sie hatte ihn sprachlos, hilflos angeschaut. Sie möge doch einmal versuchen, sich in einen älteren Mann zu verlieben! »Ich habe nie einen getroffen, der mir gefallen hat«, hatte sie geantwortet. *Je älter ich werde, je mehr die Männer den Vätern gleichen, desto weniger interessieren sie mich. Wenn es nicht dunkel gewesen wäre, hätte ich Jeremy wahrscheinlich abgewiesen.* Dr. Meier-Hold hatte sie zu erklären versucht: daß sie sich vor älteren Männern im Grunde fürchtete. Es hatte nicht so ausgesehen, als hörte er ihr wirklich zu. Mit einem stillen Lächeln hatte er seinen schönen Kopf, sonnengebräunt unter dem weißen Haar, zum Fenster gewandt, um sie sein Profil betrachten zu lassen. »Sehen Sie sich um«, hatte er zu der dünnen, sommergelben Birke draußen im Garten gesagt. Ruckartig, daß die weiße Mähne wehte, hatte er ihr das Gesicht wieder zugedreht und ihr einen Blick zugeworfen, dessen Bedeutung sie nicht verstand. Der Film auf seinen wasserblauen Augen hatte sie irritiert. Analyse war das Stichwort gewesen; das verband sich für sie mit Klarheit, nicht mit Verschleierung. Mißtrauen war in ihr aufgestiegen; sie konnte es nicht so recht einschätzen – war es der allgemeine Argwohn gegen Dr. Meier-Holds (der Väter) Generation; war es der besondere Eitelkeitsverdacht, den der renommierte Psychotherapeut in ihr erweckte? Manchmal funktionierten ihre Instinkte richtig, und in diesem Moment signalisierten sie ihr, daß einem selbstverliebten Therapeuten nicht zu trauen sei.

»Woran denkst du?«

»Daran, daß ich – grundsätzlich, eigentlich – immer an jüngere Männer gerate.«

»Anti-Vater-Komplex, was? Ödipale Phase verpaßt?«

»Du sagst es.«

Trivial-Freud. Jeder führt ihn im Mund, als Schatzkästlein

psychologischer Binsenweisheit. Ist es so einfach? Trotzreaktion: Dann soll es so sein!
Behutsam hielt Jeremy sie an der Schulter, damit ihr Kopf nicht von seiner Brust rutschte, während er im Aschenbecher auf dem Nachttisch seine Zigarette ausdrückte. Eine halbe Minute später war er eingeschlafen. Er war einer von den Männern, die einen nicht über die Bettritze schieben, wenn sie ihre Ruhe haben wollen. Leise begann er zu schnarchen. Justus hatte auch geschnarcht. Mike nur dann, wenn er Shit geraucht hatte. Sie dachte über ältere Männer nach und darüber, ob sie selbst mit fünfzig aufhören würde zu lieben, wie Mademoiselle Chanel, nachdem sie sich unerwartet nackt im Spiegel gesehen hatte. Dann fiel ihr Claire Goll ein, die in ihren Memoiren schreibt, sie habe ihren ersten Orgasmus mit achtundsechzig gehabt. Frauenleben verlaufen unterschiedlich. Wäre sie bei Justus geblieben, würde sich diese Frage nicht stellen. Unerschöpfliche Wiederholung des Liebesaktes in Vertrautheit. So war es doch gewesen? In letzter Zeit war eine Leere entstanden, ein Impuls zu heulen, hinterher; sie hatte sich alleingelassen gefühlt und dabei schuldig. An Justus zu denken, tat in diesem Moment nicht weh. Aber sie wußte, der Schmerz würde wiederkommen. Und hier konnte sie sowieso nicht bleiben. Am liebsten hätte sie jetzt, leise, ihr Gepäck zusammengesucht und das Hotel verlassen. Aber wohin, in der Nacht; und überhaupt war sie zu müde. Wie würde es mit Jeremy weitergehen? Der kritische Moment: das Aufwachen. Das Sich-in-die-Augen-Sehen. Oder das Vermeiden. Das gemeinsame Frühstück. Oje. Sie rollte sich hinüber auf das andere Bett und zog sich die Decke über den Kopf. Als Kind, in der magischen Phase, hatte sie phantasiert, daß sie sich unsichtbar machen könne. Später hatte sie von der Tarnkappe gelesen, mit deren Hilfe der tapfere Siegfried die wilde Brunhilde bezwang. Das war es, was ihr fehlte: ein Trick, sich in Luft aufzulösen. Sie schlief erst in der Dämmerung ein.
Als Jeremy aufwachte, saß sie angezogen am Fenster und las. Er riß das Laken aus seinem Bett und schlug es um sich wie eine römische Toga. So kam er zu ihr herüber, küßte sie auf ihre Igelfrisur: »Was liest du da? Hölderlin?« – »Hatte ich im Reisegepäck«, sagte sie. »Zusammen mit Gedichten von Walt Whitman.« Und einem Bantam-Taschenbuch,

achte Auflage, erworben in einer Buchhandlung in San Francisco. AN NBC-TV BIG EVENT. HOLOCAUST. A NOVEL OF SURVIVAL AND TRIUMPH. BY GERALD GREEN. Das erwähnte sie nicht. »Lies mir was vor!« rief Jeremy aus dem Bad. Sie setzte sich auf den Wannenrand. Während er Wangen und Kinn einschäumte und mit dem Rasierapparat Schneisen durch seine Bartstoppeln zog, zitierte sie: »Es ist ein hartes Wort, und dennoch sag ich's, weil es Wahrheit ist: ich kann kein Volk mir denken, das zerrißner wäre, wie die Deutschen. Handwerker siehst du, aber keine Menschen. Denker, aber keine Menschen, Priester, aber keine Menschen, Herrn und Knechte, Jungen und gesetzte Leute, aber keine Menschen – ist das nicht wie ein Schlachtfeld, wo Hände und Arme und alle Glieder zerstückelt untereinander liegen, indessen das vergoßne Lebensblut im Sande zerrinnt? Ein jeder treibt das Seine, wirst du sagen, und ich sag es auch. Nur muß er es mit ganzer Seele treiben, muß nicht jede Kraft in sich ersticken, wenn sie nicht gerade sich zu seinem Titel paßt, muß nicht mit dieser kargen Angst, buchstäblich heuchlerisch das, was er heißt, nur sein, mit Ernst, mit Liebe muß er das sein, was er ist, so lebt ein Geist in seinem Tun ...«
Sie sah auf, begegnete seinem Blick im Spiegel. »Ich bestelle das Frühstück«, sagte sie und ging zum Telefon. »Kaffee oder Tee?« rief sie, als sie den Hörer schon in der Hand hielt. Aus dem Bad kam eine Weile nichts, dann ein gepreßtes »Kaffee«. Sie hörte das kurze, scharfe Reißen der Klinge. Jeremy mußte am Hals angelangt sein. Das Vorwissen, das man einbringt in jede neue Begegnung. Und die Vorurteile; und die Verwundbarkeit. »Ich muß zurück nach G.«, sagte sie unvermittelt. Die Rasiergeräusche verstummten. »Wartet dort jemand auf dich?« Ach, nein; das nicht. Justus bestimmt nicht. Mike war auf Ibiza. Martha – sie machte sich womöglich schon Sorgen. »Nein«, erwiderte sie. Es klang nicht so beiläufig, wie sie es gewünscht hätte. Jeremy erschien in der Badezimmertür, römisch gewandet; ein ansehnlicher Mann. »Bleib' doch noch«, sagte er einfach. Sie war überrascht, wie sehr sie das erleichterte.
Beim Frühstück erzählte er, gutgelaunt, von sich. Er sei Journalist, Herausgeber einer Fotozeitschrift, in seiner Eigenschaft als Experte freiberuflich tätig für verschiedene amerikanische Blätter, vorzugsweise für die New York Times. »Da

wird doch gestreikt?« sagte sie. Sie berichtete, daß sie in einem Hotel in der 43. Straße abgestiegen war und morgens von einem seltsamen Lärm geweckt wurde, den sie sich nicht erklären konnte. Aus dem neunzehnten Stock des Hotels mit den unbeweglichen Fenstern war der Blick auf den Grund der Häuserschlucht unmöglich. Erst nachdem sie mit dem Lift nach unten gefahren war, erfuhr sie, worum es sich handelte: In einem nach Art einer Baustelle mit Böcken abgesperrten Stück Straße gingen Männer mit Transparenten auf und ab. Das Geschrei war der Austausch der Kampfparolen, wenn eine neue Schicht übernahm. »Es waren vielleicht zwanzig, und im Laufe des Tages wurden es immer weniger. Vier, fünf Polizisten standen dabei, unterhielten sich auch mal mit den Männern. Der Streik kam mir seltsam unterbesetzt vor. Du solltest mal sehen, was bei uns los ist, wenn gestreikt wird!« Jeremy erläuterte, daß die amerikanischen Gewerkschaften, verglichen mit den europäischen, verhältnismäßig machtlos seien, überdies untereinander zerstritten und in der Wahl ihrer Mittel nicht eben gemäßigt. Aber dieser Zeitungsstreik ziehe sich nun doch schon ein paar Wochen hin und werde sicher Folgen haben.
Ohne Hintergedanken fragte sie: »Lohnt es sich denn, für einen Artikel, von dem man noch nicht einmal weiß, ob er erscheinen wird, den Atlantik zu überqueren?« Jeremy biß, bevor er antwortete, in sein Brötchen, so daß sie ihn kaum verstand, als er erklärte, er arbeite für verschiedene Zeitungen, da stünden auch noch andere Themen an als die Photokina. Morgen zum Beispiel müsse er nach Düsseldorf ... Er unterbrach sich, indem er anklagend ein Marmeladen-Portionsdöschen am Nippel schwenkte: »Das ist nun das deutsche Hotelfrühstück! Marmelade! Honig! Ein dumpfes, dummes weichgekochtes Ei! Wo ist der Porridge! Wo der Schinken mit Spiegeleiern? Oder vermißt du die Buchweizenpfannkuchen mit Ahornsirup etwa nicht?« Sie mußte zugeben, daß sie nirgendwo so gut gefrühstückt hatte wie in den Staaten. Da war Jeremy mit seinen Gedanken schon wieder anderswo. Er schob den Stuhl zurück, humpelte zum Schrank, wo sein Jackett über einem Bügel hing, holte die Brieftasche heraus, suchte in den Fächern, zog ein Foto hervor, ein vergilbtes, zerknittertes, warf es ihr auf den krümelübersäten Teller. »Das kenne ich schon«, sagte sie duldsam,

aber es handelte sich gar nicht um den *good looking guy*; es war ein anderer, auch ein Soldat, in deutscher Uniform.
»Ist der dir zufällig mal begegnet?«
Sie musterte das ausdruckslose junge Gesicht.
»Nein.«
»Diesen Mann suche ich. Wahrscheinlich muß ich nach Süddeutschland fahren. Er soll in der Nähe von Stuttgart in einem Dorf leben.« –
»Weißt du denn nicht, wie er heißt?«
»Er hat seinen Namen geändert.«
»Warum suchst du ihn? Hat er etwas verbrochen?«
»Das werden wir dann sehen.«
»Wie kommst du auf ihn? Wo hast du das Foto her? Was willst du tun, wenn du ihn findest?«
Sie war alarmiert. Wer war Jeremy? Wieder stopfte er sich den Mund voll, ehe er etwas von einer »guten Story« murmelte. Sie betrachtete das Foto genauer. »Wehrmacht«, sagte sie. »Nicht SS.« – »Na und?« Jeremys Ton war scharf. »Ich meine, ein Kriegsverbrecher kann er nicht sein«, erklärte sie verwirrt. »Was!« Jeremy brüllte fast. »Glaubst du etwa, die Wehrmacht habe keine Kriegsverbrechen begangen?« Sie dachte an ihren Vater und hatte den Impuls zu sagen: »Was geht dich das eigentlich an?« Aber sie brachte den Mund nicht auf. Keine Spur von Vertrautheit, Vertrauen mehr – mit hochgezogenen Schultern und zuckenden Sprungmuskeln saßen sie einander gegenüber, starrten sich feindselig an. Schließlich schluckte Jeremy, verschluckte sich, hustete zum Gotterbarmen. Rosmarie fühlte so etwas wie Schadenfreude; fast hätte sie gelacht. Mit rotem Kopf rang er nach Luft. Seine Augen quollen hervor, Tränen liefen ihm übers Gesicht. Sie fand ihn abstoßend, sprang abrupt auf, ging ins Bad, fing an, ihr Waschzeug zusammenzupacken. »Kriegsgeschichten!« schrie sie. »Männergeschichten! Ich kann sie nicht mehr hören!«
»Okay, okay, baby, beruhige dich. Ich meine ja gar nicht dich. Du kannst nichts dafür, das weiß ich doch.«
Aber im Lift, als sie zusammen hinunterfuhren, brach es noch einmal aus ihm heraus: »Ihr macht euch etwas vor. Auch deine Generation lügt sich in die Tasche. Ein paar von den Nazi-Bonzen habt ihr hinter Schloß und Riegel gesetzt, einige Mitläufer, KZ-Aufseher, Sadisten entlarvt. Wirklich

aufgeräumt mit dem Faschismus habt ihr nie. Wie wäre es sonst möglich, daß der Lischka immer noch frei herumläuft –!«

Sobald sie allein war, ergriff die Unruhe sie wieder, ihr Hals zog sich zu; auf ihrem Zwerchfell der Druck verstärkte sich. Sie stand und schaute den Dom auf und ab, ohne etwas zu sehen. Da fiel ihr der Traum ein. Sie kletterte auf den Turm, um die Perspektive wiederzufinden. Die Glockenstube ließ sie nicht aus: Speciosa und Preciosa und die Petersglocke, deren Dur-Akkord sie am Morgen geweckt hatte. Wann war sie zum letzten Mal hier oben gewesen? Vor zehn Jahren; mit Alfred. »Klapp, klapp«, hatten seine hölzernen Sandalen auf den Stufen gemacht. Die Wendeltreppe hatte 268 Stufen, das wußte sie aus dem Prospekt. Mit dem Zählen hielt sie auch diesmal nicht durch. Im vierten Turmgeschoß der Schock der offenen Halle: rundherum Himmel, Horizont, Wind. Sie stand am Fuß der freischwebenden Stahltreppe; zögerte. Sie erinnerte sich, wie schwindlig es ihr damals geworden war. Sollte sie die Wendeltreppe in der Wand nehmen, die eigentlich den Absteigern vorbehalten ist? Die stählerne Leiter lockte sie; eine Probe war zu machen. War sie nicht am Rand des Grand Canyon herumgeturnt, schwindelfrei; hatte sie nicht über die Klippen hinweg nach dem Colorado-Fluß – einem blinkenden grünen Fleck – den Hals ausgereckt; war sie nicht sicher gewesen, daß nun die Zeit der Angst ein für allemal vorbei sei?

Ihre Füße ließen die grünlich oxydierten Stufen, die in dünne stählerne Streben eingehängt sind, eine nach der anderen hinter sich. Der Boden des Turmgeschosses entfernte sich. Physisch ist die Konstruktion sicher, mit einem Geländer, um sich daran festzuhalten; psychisch liefert sie einen der Höhenangst aus, dem pfeifenden Wind, den flatternden Tauben, dem rosettengerahmten Blick auf Dächer und Horizont – sie wartete auf den Sog, den lebensgefährlichen Imperativ, aber nichts geschah. Etwas, das sie hinunterziehen wollte, hatte seine Macht über sie verloren.

Es war dann doch nicht ihr Traumbild, das sie auf der Plattform fand; alles war ein bißchen konkreter, detailreicher und uniformer: der Rhein und die sieben Brücken, die, an Pylonen hängend, gerade gespannt oder in stählernen Bögen, über ihn führen; dunstverhangen, ununterscheidbar von den Aus-

läufern der Stadt, das Bergische Land im Osten und das Vorgebirge im Westen; verwirrend das Giebelgedränge der Altstadt und die grauen Würfel der zu schnell, zu billig wiederaufgebauten City; der Bahnhof eine dunkle Röhre; auf dem Domplatz ein ameisenkleines Gewimmel von Rollschuhläufern und Skateboardfahrern. Eine geographische Ansicht eben, ganz ohne Mystifikation. Die Rollschuhläufer hatten ein Brett als Sprungschanze aufgebockt. Sie nahmen mit breit ausholenden Schwüngen Anlauf quer über den Platz, rollten auf das Brett zu und sprangen in der Hocke ab. Keiner stürzte.
Sie kletterte wieder hinunter und kaufte sich eine Eintrittskarte für das Römisch-Germanische Museum, um den Augustus aus gesprungenem grünen Glas zu besuchen und den anderen, den Oberpriester, dessen linkes Ohr stärker absteht als das rechte, *Gaius Octavius muß häßliche Ohren gehabt haben, vielleicht hat er seine berühmte Haartracht, die sich teilenden Löckchen in der Stirn, die Beatle-Frisur, erfunden, um davon abzulenken.* Sie schlenderte durch das Museum, das erfüllt war von Gemurmel, Tonbänder liefen zu Dia-Projektionen, es waren immer dieselbe Frauenstimme, dieselbe Männerstimme, die man abwechselnd hörte, »auch die Landschaft, in der heute Köln liegt, war damals Teil einer Tundra …« Ein Häuflein älterer Frauen mit Kopftüchern und Einkaufstaschen hatte vor der »Steinzeit« alle Hocker besetzt, aber nur zwei schauten hin, die anderen verweilten, breitbeinig, aufgestützt, in Müdigkeitspose; eine gähnte. »Der volle Titel war Colonia Claudia Ara Agrippinensium«, munkelten die allgegenwärtigen Stimmen, während ein Wärter die verlassenen Schemel unter dem Plan der Ubier-Stadt an die Wand klappte. *Warum fühle ich mich in Museen so geborgen? Sie bewahren etwas auf, das länger dauert als ich. Geschichte. Auch wenn du ihn nicht kennst – irgendeinen Sinn muß das Ganze haben, sonst würde nicht jede neue Generation unverdrossen da weiter machen, wo die vorhergehende aufgehört hat.* »Allein in und um Köln kennt man mehr als fünfzehn Namen von Matronengruppen.« Sie blieb stehen. Wie eine lang gesuchte Metapher für etwas Unausdrückbares traf sie das Bild der Muttergöttinnen: die drei Boudunnehischen Matronen mit ihren ausgewaschenen Gesichtern … Unterwerfung heischende Mütter,

aber augenlos, ohnmächtig. Ihrer Macht, ihres Gesichts, beraubt ...
Sie zögerte den Moment hinaus, da sie wieder draußen auf dem Platz stehen und nicht wissen würde, was sie als nächstes tun sollte. Solange sie in Bewegung war, konnte sie den Erinnerungen ausweichen, aber Köln war einfach zu voll von Appellen, die Mauern zogen sich um sie zusammen, es war wie Sauerstoffmangel, ein Gefühl des Erstickens. Man sah ihr nicht an, was passierte (vielleicht gäbe ja ein diagnostischer Blick in ihre Pupille oder ein Enzephalogramm Aufschluß darüber), doch wenn man sie in einem solchen Augenblick fragen würde, wer sie sei, wüßte sie nicht einmal ihren Namen. So umgetrieben ertrug sie weder die orangefarbenen Tische noch das trüb tröpfelnde Limonaden-Aquarium des Hamburger-Restaurants ... In der Klotür ein Graffito: »Du bist der einzige, den ich immer lieben werde«, *komische Idee, eine Liebeserklärung in eine Damenklotür zu kritzeln, wo sie »der einzige« niemals sehen wird, oder vielleicht deshalb ...*
Von einer Telefonzelle aus rief sie Marthas Büro an. Martha war nicht da. Sie wählte die Nummer ihrer Eltern, legte aber sofort wieder auf. Sie schaffte es knapp am Portier vorbei; im Lift hatte sie schon das Würgen in der Kehle; im Bad spülte sie rasch eine Tablette hinunter, dann lag sie, erstarrt, mit dem Gesicht im Kissen und fühlte, wie ihr der Speichel aus dem Mundwinkel rann. *Soll das so weitergehen. Hört das denn nie auf. Das ist kein Leben. Und ich will doch. Ich will weiterleben.*
Jeremy fand sie eingeschlafen, streichelte sie wach. Auch als sie beim Abendessen einander gegenübersaßen, strich er ihr ab und zu über die Wange. Ein kleines Mädchen, das getröstet werden mußte. Es waren zwiespältige Kindergefühle, die da heraufbeschworen wurden: Solchen großen Händen war nicht zu trauen ...
Inzwischen fragte Jeremy. Wer ihr Mann sei, was er mache, warum sie sich von ihm scheiden lassen wolle? Derart direkte Fragen suggerierten, daß alles sehr einfach sei: Justus macht das und das, hat die und die Eigenschaften, und das Scheitern ihrer Ehe hat ganz bestimmte, katalogisierbare Gründe ... Rosmarie geriet unter Druck. Der Mund wurde ihr trocken; sie schluckte. Aus ihrer linken Achselhöhle löste sich ein kitzelnder Schweißtropfen. Doch Jeremys schmeichelnde Fin-

gerspitzen befreiten ihre Sprache; die Antworten kamen auf einmal von selbst, einkreisendes Reden: Justus Unternehmer. Beziehungsweise Geschäftsführer im Familienbetrieb. Also eigentlich Angestellter.
Was, fragte Jeremy mit hochgezogenen Augenbrauen, gegen den Berufsstand Unternehmer denn einzuwenden sei? Nun ja, erwiderte sie, er lebe von der Arbeitskraft der anderen, nicht wahr? – Arbeite Justus denn nicht? Liege er auf der faulen Haut? – Ach nein, ganz und gar nicht; im Gegenteil. Er sei ja von frühmorgens bis spätabends im Büro und häufig auf Reisen. Das sei nicht der Punkt. Sie wisse nicht, wie sie Jeremy das erklären solle: 68 ... Damals habe sich ihr eine Alternative gestellt, die sie selbst nicht so recht begriffen habe. Es sei ihr nicht klar gewesen, daß Justus und der Republikanische Club sich gegenseitig ausschlossen. Er habe mit der Studentenbewegung sympathisiert, gegen die Notstandsgesetze demonstriert, Plakate kleben helfen ... Darin, daß einer Betriebswirtschaft studierte, habe sie, auch wenn ihre Freundin Martha den Kopf schüttelte, nichts Anstößiges sehen können. Im übrigen habe Justus wenig Geld gehabt, Lastwagen gefahren, um über die Runden zu kommen, bei Siemens in der Montage gejobbt ... Das habe sie nun wirklich nicht ahnen können: daß sie sich zwei Jahre später als Unternehmergattin in der Provinz wiederfinden würde. –
Jeremy hatte die liebkosende Hand zurückgenommen. »Bist du Kommunistin?« Er war geradezu entsetzt. Wider Willen mußte Rosmarie lachen. »Nein.« Dann verstehe er sie erst recht nicht. Unternehmer seien schließlich die Eckpfeiler der freien Wirtschaft. Die freie Wirtschaft Garant des parlamentarischen Systems. Das parlamentarische System Voraussetzung der individuellen Freiheit ... »Das ist nicht der Punkt«, wiederholte Rosmarie gequält. Und versuchte zu erklären, was ihr selbst undeutlich war: daß die abstrakte Erkenntnis einer Notwendigkeit nicht dasselbe sei wie die persönliche Wahl. Es sei zweierlei, das Exekutivorgan Polizei als leider unentbehrlich zu akzeptieren oder selbst Polizist zu werden. Es handle sich um die Entscheidung, wo man stehen wolle: bei den Mächtigen, oder bei den Schwachen. Herrschaft impliziere Beherrschte, ganz klar. Als sie Justus heiratete, habe sie sich gegen ihre innerste Überzeugung auf die Seite der Gewinner geschlagen.

Justus ein Gewinner – wirklich? Ist er nicht eigentlich, auf eine komplizierte Art, der ewige Verlierer? Du hast ihn immer als schutzbedürftig empfunden, ihn schützen wollen ... Wovor? Vor sich selbst. Es war die größte Niederlage deines Lebens, als du erkanntest, daß er gar nicht gerettet werden will. Er hat dich benutzt, um sich selbst zu beweisen, ein wie hoffnungsloser Fall er ist. Du bist der Verlierer. Die Bilanz ist katastrophal.
Sie kämpfte mit den Tränen, bückte sich, kramte in der Umhängetasche, die über der Stuhllehne hing, nach dem Päckchen mit den Tempotüchern, putzte sich umständlich die Nase ... Jeremy beobachtete sie, mit kühlem Blick, aus innerer Distanz. »Liebst du ihn noch?« Rosmarie schüttelte den Kopf. *Nein. Liebe ist das nicht: diese Abhängigkeit. Was weh tut, ist der Verlust des Teils von dir, der Justus war.* »Man läßt sich«, sagte Jeremy, »von einem Mann doch nicht deshalb scheiden, weil er ein Unternehmer ist?!«
Die zärtliche Hand kam wieder über den Tisch, bedeckte Rosmaries Hand. »Dazu fallen mir noch ein paar Fragen ein«, sagte Jeremy.
»Bitte nicht. Bitte keine Fragen mehr.«
»Aber ich möchte doch gerne noch wissen ... Erklär' mir, warum ...« *Jetzt Nein sagen können. Warum kann ich es nicht? Was er verlangt, ist, daß ich ihm für einen widersprüchlichen, abgründigen, unbegreiflichen Sachverhalt eine griffige Formel anbiete – daß ich einen Konflikt, dessen Unlösbarkeit mich schier zerreißt, in einen logisch einwandfreien Satz fasse, den er verstehen kann ...*
»Wirklich, das interessiert mich: weshalb ...«
Sie ließ sich einfach fallen – vornüber, aufs Tischtuch. Ihre Hände stießen ein Glas um; die Berührung ihrer Stirn mit dem kippenden Teller wurde von der Serviette gedämpft. Und wenn sie da auch für den erschrockenen Jeremy, den herbeieilenden Kellner, die momentan abgelenkten Gäste sichtbar lag, da ihr Körper eine zu grobe Materie war, um sich, wie es der Situation und ihrem Wunsch entsprochen hätte, in Luft aufzulösen, gab es nichts, was ihren Geist an diesem Ort hätte festhalten können. Sie fiel tief, tief; quer durch die Jahrhunderte, und das Dunkel wurde dichter, und die Erlösung schien nah. Aber auch diesmal kam sie nicht über die Grenze. Je weiter sie sich von ihrem eigensten Schnittpunkt aus Raum und Zeit entfernte, desto stärker wurde der Gegendruck, sie wurde an

die Oberfläche der Realität zurückgepreßt und tauchte auf in das Flüstern der Stimmen über ihrem Kopf, die berieten, was zu tun sei. »Es geht schon wieder«, sagte sie, sich aufrichtend. Und: »Jetzt brauche ich einen Cognac.« Erleichterung in den Gesichtern der Umstehenden: Ihr Verlangen nach der geläufigen Droge wurde als Indiz der Zurechnungsfähigkeit gewertet. Die Beklemmung, die sie hervorgerufen hatte als jemand, der sich nicht konform verhielt, wich; was gefährlich nach Krankenwagen, Spritze, Psychiatrie ausgesehen hatte, erwies sich Gott sei Dank als ein gewöhnlicher Schwächeanfall.

An der Bar des Hotels versank Jeremy in Schweigen. Sie beobachtete ihn auf die bekannten Signale hin. Saugte er sich am Glas fest? Hatte er diesen abwesenden Blick, der sich erst belebt, wenn ein bestimmter Effekt eingetreten ist? Drückte sich diese wie auch immer beschaffene Wirkung in seinem Gesicht aus, zentriert auf die Mundpartie, löste sich die in babyhafter Zufriedenheit? Sie konnte nichts dergleichen feststellen. Gelangweilt sah sie sich um. Gedämpft beleuchtetes Braun vermittelte Höhlengefühle. Vergoldungen setzten Akzente von Kostbarkeit. An der Wand ein altes Ölgemälde: ein Perückenmann mit einer Pergamentrolle in der Hand. Er kam ihr bekannt vor, aber sie erinnerte sich nicht, woher. Dieses aufgesetzte Lächeln, als ob es nachträglich in das Porträt hineinretuschiert worden sei …

»Lebt dein Vater eigentlich noch?«

Wieder so eine Frage, von der man nicht wußte, worauf sie hinaus sollte.

»Ja, warum?«

»Was hat er im Krieg gemacht?«

»Er war Offizier – wie du. Weshalb?«

»Welche Waffengattung?«

»Luftwaffe. Wieso?«

»Wo hat er gekämpft?«

»In Frankreich, Rußland –«

»Ardennenoffensive?«

»Soviel ich weiß, nicht.«

»Wieviel weißt du?«

»Hör endlich damit auf.«

Gleich würde sie sich in der Lage finden, ihren Vater zu verteidigen, obwohl sie doch voller Anklage gegen ihn war.

Jeremy zeigte Verständnis dafür, daß sie nicht mit ihm schlafen wollte. »Das ist okay«, sagte er, bettete ihren Kopf an seine Schulter, strich ihr die Haare hinter die Schläfen. Sie lag lange wach und versuchte, sich ihren Vater ins Gedächtnis zu rufen. Merkwürdig, daß ihr das so schwerfiel. Sie hätte nur dreißig Kilometer nach Süden zu fahren brauchen, um ihr Bild von ihm aufzufrischen. Den dicklichen, blassen Mann mit der Hornbrille und der Baskenmütze, den sie dort treffen würde – war der Rosmaries Vater? War er nicht vielmehr der Mann ihrer Mutter, deren Schirmherr und Ritter, der ihr fernzuhalten versuchte, was sie verletzen konnte? Sie war so leicht gekränkt. War er nicht auch Alleinherrscher, Despot, der alles um sich herum niederwalzte? Ihr Vater: ein Mann mit einer Stimme, die er zwischen den Zähnen zerpreßte; mit harten Händen. Die freundlichste Berührung, die sie von ihm kannte, war sein Händedruck. Alle anderen körperlichen Kontakte mit ihm waren gleichbedeutend mit Schmerz. Oder war ihre Erinnerung lückenhaft? Hatte sie den anderen, jüngeren, zärtlichen Vater, der sie durch die Luft schwang und auf seinen Knien reiten ließ, vielleicht vergessen? Er war nicht aufzufinden. Es gab, in ihrem Gedächtnis, keine Spuren von ihm. MAIKÄFER FLIEG, DEIN VATER IST IM KRIEG. Ab und zu kam er nach Hause. Es muß Eifersucht zwischen ihnen geherrscht haben, denn wenn er da war, wollte er ihre Mutter für sich. Rosmarie war froh, wenn er wieder weg war. Dann weinte die Mutter, und das Kind versuchte, sie zu trösten. »Du hast doch mich«, sagte es.

Der Krieg kam nachts, mit heulenden Sirenen. Sie bedeuteten Befreiung aus ihrem weißen Schleiflackgefängnis, in das sie abends eingesperrt wurde, Tür zu, und sie war allein auf der Welt, die Mutter war verschwunden und mit ihr jeder Beweis dafür, daß das Leben weiterging; die Dunkelheit lag schwer auf ihr, sie wagte sich nicht zu bewegen. Fliegeralarm hieß, sie wurde in eine Decke gewickelt und in den Keller getragen, wo alle Kinder waren und die Erwachsenen, und während sie auf einer Pritsche im Halbdunkel in einen schönen bunten Schlaf hinüberdöste, saßen die Hausbewohner leise miteinander redend um einen Tisch und verbreiteten Geborgenheit, gegen die das ferne Krachen der Einschläge und selbst das Schwanken der Lampe nichts ausrichten konnten. Bombenangriffe waren wie Gewitter, nur dann zum Fürchten, wenn niemand da war; Mütter besaßen die magische Kraft, zu beschützen.

Tagsüber fand der Krieg nicht statt. Die Kinder spielten im Hof hinter dem Haus. Da gab es eine Teppichstange, einen sparsamen Rasen, einen Sandkasten und Büsche am Zaun zum nächsten Hof. »Ihr« Hof lag meist im Schatten, denn vor der Sonne stand »ihr« Haus, aus braunroten Ziegeln, genau wie die anderen gleich hohen, gleichförmigen Backsteinhäuser am Rande des Rechtecks, das in gleich große Höfe unterteilt war. Rosmarie war es nicht erlaubt, in den Nachbarhöfen zu spielen; sie tat es trotzdem, fand lockere Planken, kroch durch die Lücken wie die anderen Kinder auch. Allerdings durften das nur die Kleinen ungestraft tun. Zwischen den Banden der Großen gab es Feindschaften, die zu Schlachten führten, wenn Hoheitsrechte verletzt wurden. Der unangreifbare Herrscher aller Höfe war ein Junge, der Heiner hieß und ein Luftgewehr besaß. Er schlug so viele Nasen blutig, daß nächtlich im Bunker die Erwachsenen beratschlagten, was zu tun sei. Man könne nichts machen, da Heiners Vater der Blockwart sei. Von Heiner erhielt Rosmarie die erste Lektion in Realität. Ob es nun Absicht war oder ein Versehen: er schoß, als sie an einem ersten warmen Frühlingstag auf einer Decke in der Sonne saß, ihrer Puppe Peter die Augen aus und einen Arm kaputt. Der Puppendoktor reparierte sie, aber Peter war nicht mehr, was er vorher gewesen war, der neue Arm war aus hellerem Zelluloid als der übrige Körper; er war fremd. Peter konnte auch die Augen nicht mehr schließen, er lag da mit starrem blauen Blick, es war, als habe er das Schlafen verlernt. Gänzlich irreparabel war der Schaden an Rosmaries Seele.

Ein paar Tage später, vielleicht waren es auch Wochen, zerschlug eine Sprengbombe das Haus, in dem Heiner wohnte. Rosmarie fand den geheimen Weg der markierten lockeren Planken und stand vor der Ruine. Staub überall. Eine Hausecke war stehengeblieben, unten breit und oben spitz, man erkannte noch die geblümte Tapete eines Zimmers und daß da, wo eine vom Rohr gehaltene Wanne schräg aus einer Kachelwand hing, das Bad gewesen war. Männer mit Schaufeln gruben sich unter der Aufsicht eines Uniformierten in die Trümmer hinein. Heiner sei im Keller verschüttet, flüsterten die Kinder einander zu. Einige gaben vor, Klopfzeichen ge-

hört zu haben. »Rosmarie! Rosmarie! Komm sofort hierher!« rief ihre Mutter und zwang sie, mit ihr nach Hause zu gehen. Ob Heiner am Leben geblieben ist, hat sie nie erfahren, denn nach diesem Angriff zog sie mit ihrer Mutter in eine fränkische Kleinstadt um. Dort holte sie der Krieg erst kurz vor seinem Ende ein, als der kleine Bruder schon geboren war.
Sie war immer noch zu jung, um die Gefahr zu begreifen; aber die Angst der Erwachsenen, wenn ein Flugzeug mit abgestelltem Motor wie eine große Libelle über die Dächer kam und das Kind in irgendeinen Hausflur gezogen wurde, während draußen etwas knatternd auf den Pflastersteinen zersprang, übertrug sich auf sie. An das Flakgeräusch hinter dem Berg, ein Bellen wie von heiseren Hunden, hatte man sich gewöhnt, auch an das Röhren der Bomberverbände, die in Vogelformation über die Stadt hinweg nach Osten zogen. Auf dem Rückflug hinterließen sie manchmal zwischen den Obstbäumen, den Weinstöcken, im Saatgrün eines Ackers als Botschaft einen Trichter, in den die Kinder mit ängstlicher Sensationslust starrten, als sei er das Kraterloch eines Vulkans. Das Heulen der Sirenen trieb die Familie längst nicht mehr in den Keller, bis eines Tages ihre Mutter am Fenster einen Schrei ausstieß, das Baby aus dem Korb riß, nach Lena, dem russischen Dienstmädchen, rief; die nahm Rosmarie an der Hand, zog sie vom Fenster weg, wohin sie gelaufen war, um zu sehen, was es dort gab, da warfen schon die ersten Detonationen ihre Fontänen in die Luft, die blitzenden Kreuze hoch oben im blauen Himmel verloren viele dunkle Pakete, Lena schleppte das Kind gegen sein Sträuben die Treppe hinunter in den Luftschutzraum, der nicht mehr als ein mit Sandsäcken und einem Betonvorbau befestigter Kartoffelkeller war; diesmal fühlte sie, daß die Gefahr die Kraft ihrer Mutter überstieg, weinend drückte die das Baby an sich, Rosmarie aber stopfte sich die Finger in die Ohren und betete LIEBER GOTT, MACH MICH FROMM, DASS ICH IN DEN HIMMEL KOMM. Das Haus gehörte zu den zwanzig Prozent, die unversehrt blieben. Einen Treffer hätte niemand überlebt. Rosmaries Freundin Susanne wurde schlaff wie eine Stoffpuppe ausgegraben, neben ihre Mutter und ihre Geschwister auf die Straße gelegt, mit ihrem eigenen dunkelblauen Mantel zugedeckt. Das von der Stirn zurückgestrichene Haar, das oben herausschaute, wirkte noch ganz lebendig. Aber Susanne war tot. Die das

verschuldet hatten, waren die Amis. Einer von ihnen lag im Nebenbett und stellte gehorsam das Schnarchen ein, wenn sie ihn mit der Hand berührte.

Die erwachsene Rosmarie entdeckte, daß sie das Gefühl hatte, mit Jeremy etwas Verbotenes zu tun. Das war mit jedem Mann so gewesen, sogar mit Justus; erst lange, nachdem sie verheiratet war, hatte sie ihr Schuldbewußtsein verloren; hin und wieder, auf Reisen, in Hotelbetten, war es sogar später noch als eine Demütigung aufgetreten, sie hatte sich dann immer den Ehering gewünscht, den Justus ihr nicht schenken wollte. In dieser Jeremy-Affäre schwang noch ein anderer Vorwurf mit. Wie waren die Frauen, die sich mit Besatzungssoldaten einließen, genannt worden? »Ami-Schicksen«. Der tiefste Fall, den ein Mädchen tun konnte. *Das darf doch nicht sein: daß so ein Tabu nach einem Vierteljahrhundert noch Gültigkeit hat? Aber es ist, ganz ohne Zweifel, als Reflex vorhanden.*

Sie schlief ein und wachte gleich wieder auf; ging ins Bad Wasser trinken; fand trotzdem keinen Schlaf. Natürlich dachte sie an die kleinen blauen Tabletten, aber sie wußte aus Erfahrung, daß es jetzt zu spät war; die würden erst gegen Morgen zu wirken anfangen, und dann wäre der ganze Tag von bleierner Müdigkeit verdorben. Sie lag auf dem Rücken und fühlte ihr Herz klopfen. Manchmal tat es einen kleinen Sprung in den Hals. Das war nicht schmerzhaft, aber erschreckend; den Bruchteil einer Sekunde lang zweifelte sie jeweils, ob es weiterschlagen würde. Sie setzte sich auf, knipste die Nachttischlampe an. Jeremy drehte sich, vom Licht weg, auf die Seite. Sie sah seinen Rücken an, den fleischigen Rücken eines nicht mehr schlanken, nicht mehr jungen Mannes. Sie hatte Lust, an diesen Rücken zu kriechen, sich hinter ihm zu verstecken, sich an ihm zu wärmen; aber da waren die Bettritze und ihre Befürchtung, zurückgewiesen zu werden. Obwohl sie nicht rauchte, war ihr jetzt nach einer Zigarette. Das Päckchen lag auf Jeremys Nachttisch; sie hätte über ihn hinweggreifen oder um die Betten herumgehen müssen; also ließ sie es sein. Sie spann die Vorstellung aus, ein Taxi zu nehmen und hinüber nach Deutz in die kleine Weinstube zu fahren, wo sie sich häufig mit Justus getroffen hatte. Ein Fünkchen Realität störte den Traum: Die Weinstube gab es nicht mehr. Trotzig verscheuchte ihre Phantasie diesen Einwand, setzte Justus an

den hölzernen Tisch in der Nähe des Ofens, wo es im Winter am wärmsten war. Da hatten sie oft gesessen. *Wenn es auch nicht mehr so ist, ist es doch so gewesen. Vergangenes ist Realität in einem anderen Aggregatzustand.*
Justus hatte so eine Art, ruhig zuzuhören, mit dem Kopf zu nicken (ab und zu trank er aus seinem Glas), zu lächeln, die ihr das Gefühl gab, verstanden zu werden. Wenn alles, was sich im Laufe des Tages in ihr aufgestaut hatte, freigelassen war, wartete sie eigentlich darauf, daß er seinerseits zu reden anfing; er aber schien nachdenklich auf einer wortlosen Ebene; tief in sich versunken. Dann gab es immer einen Moment, wo sie gern aufgebrochen wäre. Ein paar Minuten später hatte sie den Vorsatz wieder vergessen.
Die Weinstube besaß einen schäbigen Charme. Man trat aus der Straße in einen halbdunklen, muffigen Hausflur und öffnete links die erste Tür. Da war die Theke und Platz für zwei Tische. Die Mauer zum Hinterzimmer war durchbrochen; hier stand das Bolleröfchen. Die Wände waren fast bis an die Decke mit gelber Ölfarbe bestrichen, auf der sich Feuchtigkeit zu Rinnsalen sammelte. Von der Decke bröckelte der Putz. Wo die Wände zusammenstießen, klebten verklumpte Spinnennetze. Eine nackte Glühbirne, die an einer Strippe von der Decke hing, verbreitete trübes Licht. Die Kneipe war überaus unkomfortabel und dennoch, wenn sie voll war, gemütlich wie die Ruinenwohnungen der Nachkriegszeit. Auch die Kunden, Rentner mit ostpreußischem oder sächsischem Akzent, hatten etwas von der Ungleichzeitigkeit des Gleichzeitigen. Die blond-toupierte Wirtin stammte aus der Eifel. Sie stritt sich oft mit ihrem Freund, einem Mann um die Fünfzig, der zwanzig Jahre nach Kriegsende noch so ausgemergelt war, als käme er gerade aus der sibirischen Gefangenschaft. Sie nannte ihn einen Nichtsnutz, Schmarotzer und Säufer. Die Gäste lachten, denn jedermann wußte, daß sie es war, die trank und Schulden machte. Der Spott der giftigen alten Männer reizte sie noch mehr. Oder war es die demütige Haltung ihres Freundes, dieses Hochziehen der Schultern, zwischen denen er sich vor ihren Angriffen zu verkriechen schien? »Und überhaupt, du!« schrie sie. »Geh mir bloß aus den Augen! Mach, daß du fortkommst! Wozu du gut bist, möcht' ich mal wissen! Im Bett taugst du eh nichts, kriegst keinen mehr hoch! Da hab' ich mir was aufgeladen! Bin ich

denn blöd, daß ich mich an so einen Schlappschwanz hänge!«
Die Greise kicherten. Der ihr am nächsten stand, fummelte sich mit der Hand über ihre Hüfte herum an ihren Bauch heran. Ganz gelb im Gesicht ging der Freund in den Keller, um eine Kiste Wein heraufzuholen. Da unten erhängte er sich Monate später an einem Heizungsrohr. Rosmarie und Justus erfuhren davon, als sie eines Abends vor der versperrten Kneipentür standen. Einer der Rentner kam dazu und erläuterte ihnen, was hinter dem lakonischen »Geschlossen« steckte. »Das hat ja so kommen müssen«, sagte er bekümmert; gar nicht mehr boshaft. Sie suchten sich eine andere Kneipe, waren sich aber einig darüber, daß die kleine Weinstube, in all ihrer Schäbigkeit, unersetzlich war. Mit diesem Relikt aus den fünfziger Jahren war ein Stück ihrer eigenen Geschichte untergegangen.
»What's the matter, darling?« murmelte Jeremy halbwach, als sie aus dem Bad zurückkam. »Nichts, nichts«, beruhigte sie ihn und knipste das Licht aus. Sie rollte sich auf den Bauch und versuchte, in dieser Stellung einzuschlafen. Ihr Herz klopfte so stark, daß sie das Gefühl hatte, die Bettpfosten hüpften auf dem Boden. Der Mann neben ihr war ein Ami. An den Fahnenstangen hatten weiße Bettücher gehangen. Viele Mädchen hatten damals rote Kleider aus Fahnentuch bekommen; Rosmarie nicht. Ihre Mutter besaß keine Fahne. Erfreulich am Frieden war, daß die Welt geräuschloser geworden war. Auch schien die Angst von den Erwachsenen abgefallen zu sein. Bald aber hatten sie neue Sorgen. Die Amis beschlagnahmten Wohnungen, warfen Hausrat in Bombentrichter und verbrannten ihn, benutzten die grünenden Felder als Übungsplätze.
Von Rosmaries Vater kam lange keine Nachricht. Dann hieß es, er sei noch vor der Einschließung aus Berlin herausgekommen und in amerikanische Gefangenschaft geraten. Die Mutter weinte viel. Rosmarie suchte ihren Vater auf eigene Faust. Über die B 8 rollten Lastwagenkolonnen mit deutschen Kriegsgefangenen. Sie kannte die Stelle, wo sie hielten. Dahin schleppte sie ein Einkaufsnetz mit wassergefüllten Limonadenflaschen. Die Gefangenen durften die Wagen nur einzeln verlassen. Ein bewaffneter Posten sah ihnen gelangweilt beim Pinkeln zu. Rosmarie empfand die physische

Macht, die von den hohen Schnürstiefeln, den Gewehrkolben, den stählernen Helmen ausging. Breitbeinig, eine Hand am Gewehrriemen, die andere in die Hüfte gestemmt, so standen sie da – die Sieger. Und die deutschen Soldaten waren die Besiegten. Ihre Gesichter waren hohläugig und unrasiert, und wenn sie sich über Rosmarie beugten und fragten, ob sie etwas zu essen habe oder Zigaretten, ekelte sie sich. Sie flüsterte den Namen ihres Vaters. Die Gefangenen sahen sie stumpf an und wandten sich ab. Sie war verwirrt, aber sie gab erst auf, als die Mutter ihr den Gang zur Landstraße verbot. Rosmarie fühlte sich mißverstanden. Es war doch um ihrer Mutter willen, daß sie den Vater suchte. Deren Tränen bürdeten ihr ein frühreifes Verantwortungsgefühl auf ...

Die Rückkehr des Vaters vollzog sich anders. Erst kam ein Bote, der sie ankündigte, ein sogenannter »guter« Ami (die es demnach auch gab): Ein Jeep hielt vor dem Haus, ein Offizier sprang heraus und nannte den Kindern, die gerade Müde-matt-krank-tot spielten, einen Namen. Die anderen deuteten auf Rosmarie. Es war ihr sehr peinlich, daß er ihr übers Haar strich. »Ich habe Nachricht von deinem Vater«, sagte er in einem knolligen Deutsch. Alle Kinder folgten Rosmarie zur Haustür. Nur Ernst, der den Ball hatte, blieb zurück; wie er später erzählte, in einer ganz bestimmten Absicht. Die Kinder trampelten hinter dem Uniformierten die Treppe hinauf. Die Mutter erschrak, als sie die Tür öffnete. Sie weinte, während sie den Brief las, und war viel zu aufgeregt, um die Antwort zu schreiben, auf die der Amerikaner wartete. Es gehe ihm den Umständen entsprechend gut, schrieb der Vater. Er sei in einem Offizierslager bei Berchtesgaden, werde angemessen behandelt und bekomme genug zu essen. Nur sein Herz mache ihm Schwierigkeiten, aber man möge sich zu Hause bitte nicht um ihn sorgen, er werde medizinisch hervorragend betreut.

Als der Jeep wieder abgefahren war, berichtete Ernst, kaugummikauend, den Kindern, wie er die Zwischenzeit genutzt habe. Mit dem Ball im Arm sei er an das Fahrzeug herangetreten und habe ein Gespräch mit dem Fahrer angefangen. Das heißt, so ein richtiges Gespräch sei es eigentlich nicht gewesen, da der Ami kein Deutsch verstand. »Du Amerika?« habe Ernst ihm zugerufen. Der Soldat habe gelacht und genickt. Daraufhin habe Ernst gesagt: »Du mich mitnehmen?« und

dabei mit dem Finger auf sich gedeutet. Wieder habe der Mann hinter dem Steuer gelacht und genickt. Da sei ihm klar gewesen, daß dies eine einmalige Chance war, die es nicht zu versäumen galt. Er habe nach kurzem Zögern – aber was sollte er auf der Reise damit – den Ball in den Vorgarten gekickt und sei auf den Rücksitz des Jeeps geklettert. Der Fahrer habe ihn gewähren lassen. Er habe sich möglichst unsichtbar gemacht, weil er befürchtete, seine Mutter könnte ihn entdecken und den Plan im letzten Moment verhindern. Aber er hätte sich natürlich denken können, daß der Offizier nicht damit einverstanden sein würde. Der habe gelacht, als er ihm erklärte, daß er mit nach Amerika fahren wollte. »Wenn du groß bist, kannst du ja auswandern«, habe er gesagt und ihm Kaugummi geschenkt. Ganz geknickt saß Ernst auf dem Bordstein und umarmte seinen Ball. »Was wolltest du denn in Amerika?« fragten die Kinder. »Wißt ihr denn nicht, daß dort Milch und Honig fließen?« entgegnete er hoheitsvoll. Dann stand er auf und entfernte sich, indem er den Ball auf der Stirn balancierte.
Bald danach kam der Vater. »Mama«, rief Rosmarie, »komm mal her, da ist wer!« Die Mutter stieß einen spitzen Schrei aus und fiel dem Besucher um den Hals. Der lederne Fliegermantel, der lose über den Schultern des Mannes hing, rutschte auf den Boden. Rosmaries kleiner Bruder, der gerade sprechen lernte, sagte noch lange »Onkel« zu ihm. *Vieles muß sich verändert haben, als mein Vater nach Hause kam. War es damals, als ich versuchte wegzulaufen?* Sie kam nicht sehr weit auf der Landstraße nach Süden. »Das ist doch die Rosmarie«, sagte ein Radfahrer. Leute standen um sie herum, fragten sie aus. Sie wurde auf einen Gepäckträger gesetzt und nach Hause gefahren. Die heiße Sonne, die Schatten der krüppeligen Apfelbäume am Rand der Chaussee, die Schlaglöcher, wo ihr Gewicht den dünnen Reifen hart auf die Felge stieß. Sie wollte nicht nach Hause. Sie hatte Angst.
Was ist es, das sich verändert hat, als mein Vater nach Hause kam? Meine Mutter ist plötzlich nicht mehr da. Zwischen sie und mich hat sich ein übermächtiger Schatten geschoben. Ich bekämpfe ihn, aber er ist stärker. Er will mich vernichten, so viel ist klar. Warum beschützt meine Mutter mich nicht? Auch sie hat Angst vor ihm. Warum unterwirft sie sich ihm?

So schwach darf man nicht sein. Groß will ich werden und stark und die Schwachen vor den Mächtigen schützen.
Als die Dämmerung kam, stand sie am Fenster und beobachtete, wie sich die Konturen des Domes aus der Verschmelzung mit dem schwarzen Himmel zu lösen begannen.

III

»Was war mit dir los, heute nacht?«

Im Mantel stand Jeremy am Fußende des Bettes.

»Gehst du weg?« fragte sie erschrocken.

»Ich muß nach Düsseldorf. Hast du nicht schlafen können?«

»Habe ich dich gestört?«

»Bleib liegen. Ruh dich aus. Gegen sechs bin ich zurück. Wollen wir dann zusammen essen?«

Es war ihr nicht recht, daß er ging und sie allein ließ. Unausgeschlafen. Ausgelaugt, ungeliebt, bleischwer, alt und häßlich. Unfähig zu allem. Zum Beispiel dazu, den Zimmerservice anzurufen und Kaffee zu bestellen. Oder aufzustehen und Wasser in die Wanne laufen zu lassen. Martha anzurufen, die bestimmt dachte, sie sei in Amerika geblieben ... AMERIKA. *Ich war in Amerika ... War ich wirklich dort? Ich könnte es auch geträumt haben. Wie unterscheidet man träumen und erinnern? Und was ist Wirklichkeit? Alles verläuft ineinander wie nasse Farben.*

Daß sie Geld brauchte, einen Scheck einlösen mußte, brachte sie auf die Beine. Auf dem Wallraf-Platz blieb sie stehen und sah die Hohe Straße hinunter. Der Gedanke, daß diese Straße 2000 Jahre alt war, faszinierte sie immer wieder. Der cardo maximus der Ubierstadt mit seinen Laubengängen über den Bürgersteigen ... Die Fahrbahn mit klobigen blauen Basaltbrocken gepflastert ... Wenn man die Menschen zählen könnte, die hier im Lauf von zwei Jahrtausenden entlanggegangen, -geritten, -gefahren sind ... Aber die Schäbigkeit ist nicht historisch; die ist von heute. Zu schnell, zu billig ist die zentrale Straße nach dem Krieg wieder in den alten Umrissen erstellt worden. Hinter der Sichtblende der niedrigen, schlecht verputzten Bauten war das Ruinenfeld noch lange erhalten geblieben.

An diesem Vormittag schob sich noch eine andere Assoziation über das vertraute Bild: der schräge Lichteinfall, das

Menschengewühl, die senkrechten Reklametafeln ... Chinatown. San Francisco. *Das ist der Unterschied. Träume sind nicht abrufbar; Erinnerungen ja. Und was ist Wirklichkeit? Justus. Bald wird Justus Erinnerung sein, und es wird nicht mehr weh tun, an ihn zu denken.*
Rosmarie lenkte in den Strom der Passanten ein und ließ sich treiben, an den teuren Auslagen vorbei ... Kleider, Schuhe, Pelze. Vor diesem Schaufenster hier hatte Justus sie gefragt, was sie von Nerz hielte? Es war – was sie nicht wußte – eine Fangfrage. Justus kannte Frauen, die Nerzmäntel besaßen; Rosmarie nicht. Nerz sei gerade gut genug, um Hausschuhe damit zu füttern, hatte sie obenhin geantwortet. Justus hatte die Antwort gefallen, die im übrigen ehrlich war. Auch später, als sie ihn sich hätte leisten können, wollte sie nie einen Pelzmantel. *Wie gut, daß es Dinge gibt, die ich nicht brauche.*
Der Geruch nach billigem, fischigem, verbranntem Fett paßte nicht zu den Luxusgeschäften. Imbißbuden, Schnellrestaurants – jetzt erst bemerkte Rosmarie, wie sehr die Hohe Straße sich verändert hatte. In den Kinos liefen Pornos. Times Square. Kurfürstendamm. Was ist es, das die Stadtzentren verkommen läßt? Die hohen Preise; der Kapitalismus, das identifizierbare Böse. Ist es nicht eigentlich ein gutes Zeichen, daß die Statussymbole des Bürgertums von den Bedürfnissen des kleinen Mannes verdrängt werden? Und warum verlangt es den kleinen Mann nach Pommes frites und Voyeurismus?
Das gute alte »Campi«. Hier war der Kaffee immer stark und bitter. Wer saß da, an seinem Stammtisch, unfehlbar ins »Kursbuch« vertieft –? (Zeitblende; Rücksprung: zehn Jahre.) Alfred. Genau der Richtige, um die ungebührliche Bescheidenheit des kleinen Mannes so zu beleuchten, daß die eigentliche Wurzel des Übels sichtbar würde ... »Alfred!« Er hob den Kopf und starrte sie an und erkannte sie nicht. *Also doch: Vergangenheit, Gegenwart säuberlich geschieden. Nur ich bringe alles durcheinander.* »Die Rosmarie!« sagte Alfred und schüttelte verwundert den Kopf. Er legte sein Buch nicht weg, forderte sie nicht zum Sitzen auf. Er war schon immer unhöflich gewesen, selbst in der Zeit, als er, in einer seltsam altväterlichen Weise, um Rosmarie warb. Er werde nie wieder um die Seele einer Frau kämpfen, die nicht gerettet werden

wolle, hatte er zu Martha gesagt, nachdem Rosmarie Justus geheiratet hatte.
Seine Nase sah größer aus, seine Stirn höher; die strähnigen blonden Haare hingen ihm in den Nacken. Davon abgesehen, war er wie früher. »Was machst du denn hier?« fragte er.
Sie zog die Schultern hoch. »Bin auf der Durchreise. War in Amerika.« Nun setzte sie sich doch.
»Amerika?« Alfred runzelte die Stirn. »Mit dem Kapitalistengatten?«
Rosmarie mußte lachen. Zum erstenmal seit Wochen lachte sie. »Du bist ganz der Alte.« Vergnügt blies sie den Schaum vom Cappucino.
»Du bist älter geworden.«
Auch das war typisch Alfred: Wer ihn auslachte, den stieß er vor den Kopf. Sie nahm es gelassen. »Zehn Jahre älter – genau wie du.«
»Und wie lebt es sich so, als Unternehmerfrau in der Provinz?«
»Angenehm«, log Rosmarie. Was ging Alfred ihre kaputte Ehe an. *Was kann ich erwarten, wenn ich die Wahrheit sage? Doch nur Spott. Alfreds Ich-hab's-ja-gleich-gewußt.*
In Justus' himmelblauem VW waren Alfred und Lili und Rosmarie die Plakatkleberunden gefahren; Justus chauffierte. Sie trafen sich in einem Keller, dem Konspiratives anhaftete: Es waren mehrere Treppen, Flure und Zwischentüren zu überwinden, ehe man in den Raum gelangte, wo die damals verbotene KP Illegales druckte. Die Druckerpresse, die rohen Holzregale und die zusammengerollten Transparente von der letzten Demonstration verliehen der harmlosen Verschwörung gegen die Notstandsgesetze ein Ambiente von tiefem politischen Ernst. Aus dem Auto springen, Leim auf eine Wand klatschen, ein Blatt darauf pappen – das war alles. Dennoch hatten sie Angst vor dem Verfassungsschutz und einer gewissen Kartei politisch Verdächtiger, die nach Meinung der Eingeweihten, Lilis zum Beispiel, im Entstehen begriffen war. »In ein paar Jahren«, sagte sie, »wissen sie alles über uns.«
Lili war, wie Rosmarie voller Respekt feststellte, eine echte Kommunistin. Der Respekt rührte daher, daß sie einiges über den Widerstand der Arbeiter gegen den Nationalsozialismus gelesen hatte und Kogons »SS-Staat«, worin die Genossen im

Konzentrationslager Buchenwald als zuverlässig und unbeugsam beschrieben sind. Seither waren Kommunisten für sie von einer hohen Aura der Achtbarkeit umgeben. So war sie nicht wenig schockiert, als Lili angesichts des Kölner Domes beiläufig sagte: »Und wenn wir dran sind, machen wir aus dem da ein Bordell.« Das, fand Rosmarie, ging zu weit.
»Erkläre mir eins, Alfred: die Vorliebe der Arbeiterklasse für Pommes frites und Hamburgers und schlechte Filme – ist es das, was Karl Marx von ihr erwartet hat?« Er klopfte ungehalten mit dem »Kursbuch« auf sein Knie. »So fragt die Frau des Bourgeois. Des Kapitalisten. Des Klassenfeinds.« *Armer Justus. Als Kapitalist geboren, weil dein Vater Unternehmer ist. Zum Juniorchef und Nachfolger erzogen. Hattest du jemals die Wahl? Heimlich hast du Germanistikvorlesungen besucht, Gedichte gelesen, Romane. Lehrer wärest du gern geworden. Etwas fehlt dir: eine Härte; ein Glaube.*
»Aber ich verstehe, was du meinst«, fuhr Alfred, versöhnlicher, fort. »Ich ärgere mich auch täglich, wenn ich die Hohe Straße entlanggehe. Zunächst muß man natürlich fragen: Wem nützt es? Die falschen Bedürfnisse werden künstlich geschaffen, um die Beutel zum Klingeln zu bringen; so viel ist klar. Die Hurengasse, die gehört dem Erzbischof.«
Rosmarie rührte in der Kaffeetasse.
»Und wie war Amerika?«
»Das kann man nicht auf eine Formel bringen. Nicht auf drei, vier Sätze. Ich habe den Kopf voller Bilder. Ich weiß nicht, wie ich sie ordnen soll. Chronologisch! Es fing auf dem John-F.-Kennedy-Flughafen an. Der Zollbeamte fragte den jungen Mann vor mir, der ein Touristenvisum hatte wie ich – du bekommst dieses Visum gar nicht ohne Vorlage deines Rücktikkets –, wie lange er in den Staaten bleiben wollte. Der antwortete: ›I don't want to get back at all.‹ Der Beamte lachte und ließ ihn passieren.« –
»Ich verstehe den Witz nicht.«
»Stell dir das mal bei uns vor: Ein Ausländer kommt zu Besuch und erklärt, er habe nicht vor, jemals wieder abzureisen ...!«
»Wo warst du überall?«
»New York. Boston. Chicago. Dann mit dem Zug quer über den Kontinent an die Westküste. San Francisco, Los Angeles. Ein Abstecher in den Grand Canyon. St. Louis, Philadelphia,

noch einmal New York. Du, das ist DIE STADT! Gigantisch und von Leben überquellend. Die Theater. Die Museen. Die Galerien. Diese Menschenmassen. Stell dir vor: bei einem Gratis-Konzert der Philharmonie im Central Park waren 200000 Zuhörer versammelt. Wagners Rienzi-Ouvertüre, aus Riesenlautsprechern über die Sheep Meadow gestrahlt, vor einer Wolkenkratzerkulisse, in der bei beginnender Dunkelheit nach und nach die Lichter anspringen –«

»Hast du auch die Slums besucht? Harlem? Bronx? Queens?«

»Ich weiß, worauf du hinauswillst. Ja, das Elend ist groß. Die Betrunkenen liegen mitten auf dem Bürgersteig, und niemand kümmert sich um sie. Überall lungern arbeitslose Jugendliche. Raubüberfälle sind so ritualisiert, daß der gewitzte Passant schon einen Zehn-Dollar-Schein parathält, um sich freizukaufen. Der Times Square, wo ich mich einquartiert hatte, weil er für mich der Inbegriff des glänzenden, glitzernden Amerika war, GREAT WHITE WAY, ist inzwischen tiefer gesunken als die Reeperbahn. Überall Pornokinos und Massagesalons und Peep-Shows und Absteigen. Kinder-Alkoholismus. Baby-Strich. Entsetzlich.« –

»Wen wundert das?«

Ach, Alfred. Ich weiß, was du hören willst. So plan kann ich es dir nicht servieren. Dieser Zwiespalt, er ist für mich ungelöst. Ich habe zwar damals, als ihr es mir zu erklären versuchtet, nicht begriffen, warum ausgerechnet die Arbeiterklasse imstande sein sollte, eine menschlichere Lebensform zu verwirklichen. Aber meinen Blick für die Schattenseiten des Kapitalismus haben diese Diskussionen durchaus geschärft. In New York hat sich mein Sinn für Gerechtigkeit empört. Bis dahin sollte der Begriff der Freiheit nicht getrieben werden: daß es dem Mitglied einer freien Gesellschaft auch freisteht, zu verrecken. Wenn dies die reine Form des Kapitalismus ist, dann ist er tatsächlich von Übel. Andererseits: wie viel quirlendes, aus allen Nähten platzendes, sich überschlagendes Leben! Welch eine Kreativität in all der Anarchie. Und welch morose Langeweile bei den gesellschaftlichen Antipoden. Der reale Sozialismus läßt freilich Menschen nicht so achselzuckend vor die Hunde gehen. Aber was ist der Preis? Entmündigung. Kanalisierung deines Lebens von der Krippe bis zur Pensionierung. Kein Schritt, der dir nicht vorgeschrieben ist. Mit zwan-

zig weißt du, was du mit fünfzig tun wirst, wenn du nicht zwischendurch gestorben bist: Jeden Tag dasselbe, Jahr für Jahr. Sicherheit, das ja; aber nichts, was das Leben spannend macht – kein Risiko, kein Abenteuer. Was ist menschenwürdiger? Ich weiß es nicht. Ich kann aus diesem Dilemma keinen Ausweg finden. Ich mag es dir noch nicht einmal beschreiben – du würdest es ohnehin nicht verstehen.

»Trotzdem hat mir New York gefallen. Amerika überhaupt. Jedenfalls das, was ich davon gesehen habe: Landschaften und Städte. Vor allem aber New York. Die Menschen dort haben so etwas – Herausforderndes. Oder vielmehr: es ist die Stadt, die sie herausfordert, und sie behaupten sich. Sie gehen selbstbewußter als anderswo, recken die Köpfe und schauen den Entgegenkommenden gerade ins Gesicht. Sie strahlen so ein ›Ich-bin-ich-und-wer-bist-du?‹ aus. Dieser subjektive Kraftakt steht in einem seltsamen Kontrast zu der objektiven Tatsache, daß man, als einer unter Millionen, auf dem Boden von Straßenschluchten herumwimmelt, die von oben als unbedeutende Einschnitte in einer Landschaft von Megalithen wirken; nur das Brodeln, das von unten heraufdringt in die Gipfelstille, verrät etwas von dem quirlenden Leben. Ich habe mich dort anders in die Realität einzuordnen gelernt: daß man sich mit seinen Gefühlen, seinem Leiden zu wichtig nehmen kann, ist mir bewußt geworden; und noch etwas – meine Verantwortung für mich selbst ...« *Leiden. Das Stichwort. Hoffentlich hakt Alfred nicht nach.*

Alfred hatte das Stichwort überhört. Er legte die Hände auf seine Oberschenkel, spreizte die Ellbogen und beugte sich kampflustig vor.

»In welchem Land, wenn nicht in Amerika, wird so brutal das Recht des Stärkeren ausgeübt? Wo gibt es vergleichbares Elend? Wo anders herrschen derart krasse Widersprüche zwischen Arm und Reich? Wo sonst ist die Arbeiterklasse so desorganisiert, schwach, angepaßt? Wo ist Rassismus unverblümter, Ungleichheit unkaschierter, Ungerechtigkeit offensichtlicher? Wo, wenn nicht im Land der unbegrenzten Möglichkeiten, ist selbst die Regierung korrupt? Wo, außer im Paradies der Freiheit wird man wegen ein paar sozialliberaler Ideen gleich als Kommunist denunziert?«

Es war weniger das, was Alfred sagte, als die Art, wie er es tat, die sie aus der Fassung brachte: Rhetorik als eine Serie von

Ohrfeigen. Von Wut und Hilflosigkeit war sie wie gelähmt. Der Gedanke, aufzustehen und hinauszugehen, war unrealisierbar. Sie klebte am Stuhl fest. Aus ihren Achselhöhlen lösten sich Tropfen, liefen kitzelnd die Rippen hinab. Sie wich Alfreds Blick aus. Er starrte sie an; sicher dachte er, sie sei vor der Beweiskraft seiner Argumente in die Knie gegangen. Sie rang nach Luft und Tönen, schnappte dabei wie ein Fisch auf dem Trockenen. Glücklicherweise wurde Alfred abgelenkt: Am Nebentisch nahm eine Frau mit einem tief ausgeschnittenen Kleid, das viel von ihrem gebräunten Busen zeigte, Platz. In diesem Moment brachte Rosmarie es fertig, dem Kellner zu winken.
»Zahlen.«
Alfreds Kopf fuhr herum.
»Was ist los?«
»Es hat keinen Zweck. Man kann mit dir nicht diskutieren. Du läßt nur deine eigene Überzeugung gelten. Darin bist du ganz der Alte. Der von 68, der Eiferer, Dogmatiker, Besserwisser. Du würdest wirklich nicht nach Amerika passen. Dort tritt niemand auf, als habe er die unverbrüchliche Wahrheit in der Tasche.«
Sie schob den Stuhl zurück. Alfred fing ihre herunterhängende Hand auf. »Na komm schon«, sagte er. »Nimm's nicht so tragisch. Iß noch ein Eis mit mir.« Er grinste versöhnlich. Rosmarie setzte sich wieder hin. Während beide, als Zeichen friedlicher Absicht, schwiegen, suchte sie nach einem unverfänglichen Gesprächsthema. Es drängte sie, über Jeremy zu sprechen, der dreiunddreißig Jahre nach dem Krieg noch deutsche Kriegsverbrecher suchte. In puncto Antifaschismus waren Alfred und sie sich immer einig gewesen. Und in ihrem Mißtrauen gegenüber der älteren Generation. Der Kellner brachte zwei Schalen mit pastellfarbenen Kugeln. Alfred sah Rosmarie an. Um seine Augen bildete sich ein Netz feiner Fältchen: Er lächelte.
»Vor zehn Jahren«, sagte Rosmarie, »hättest du mir nach einer solchen Diskussion kein Eis spendiert. Ich wäre für dich politisch erledigt gewesen – so gut wie nicht mehr vorhanden.«
Alfred lachte. »Wir werden eben älter.«
Sie löffelte das Eis. Es schmeckte wäßrig. »Ein amerikanischer Freund«, begann sie vorsichtig, »hat behauptet, daß der Lischka immer noch frei herumläuft.«

»Der kommt jetzt endlich dran. Der Prozeß wird gerade vorbereitet. Es ist auch höchste Zeit. Stell dir vor, ich habe ihn neulich auf der Straße getroffen. Mitten auf der Schildergasse. Er sah aus wie irgendein kaufmännischer Angestellter, Hemd, Schlips, Anzug, eine Aktentasche unter dem Arm. Wie irgendein Biedermann. Man hält es einfach nicht für möglich, daß diese Allerwelts-Opas so viel Blut an den Händen haben.«
»Wie alt ist er?«
»Über sechzig.«
»Sie werden alt und gebrechlich, und man traut ihnen nichts Böses mehr zu. Als ich ein Schulmädchen war, habe ich in jedem über dreißig einen ehemaligen KZ-Wächter gewittert. Da gab es einen Filmtitel: DIE MÖRDER SIND UNTER UNS. Ich war so paranoid, daß ich mir überall, in der Straßenbahn, im Kaufladen, im Café, die Männer daraufhin angeschaut habe, ob sie irgendein Zug um den Mund als Sadisten verriete. Ich habe mir nämlich vorgestellt, daß man es den Menschen ansehen müsse, wenn sie Mörder sind.«
»Die Augen. Es sind die Augen.«
»Wie kommst du darauf?«
»Verfolgst du nicht den Majdanek-Prozeß? Die Zeugen erkennen ihre alt gewordenen Peiniger am Blick.«
Sie fischte mit dem Löffel nach dem letzten Stückchen Eis, das in der Sauce herumrutschte. Alfred löste das Problem geschickter, indem er die metallene Schale an die Lippen setzte und austrank. Sie hätte es gern auch so gemacht, aber ihre Erziehung hinderte sie daran. Alfred lehnte sich zurück und wischte sich mit dem Handrücken über den Mund.
»Wohnst du bei Martha?«
Der Einfachheit halber sagte sie: »Ja.«
»Wie kommst du mit ihrer Freundin zurecht?«
(Das Problem beim Schwindeln: die Nachfolge-Lügen.)
»Ganz gut«, antwortete sie, obwohl sie nicht wußte, von wem die Rede war.
»Ja, die Martha. Die geht jetzt auch ihre eigenen Wege. Rückzug ins Private: wie die meisten von uns. Hast du Michael mal getroffen? Klaus? Peter?«
Sie schüttelte den Kopf.
»Bierbäuche ... Kinder ... Und eine durchaus abgemilderte Perspektive auf die Verhältnisse. Der einzige, der sich kein

bißchen geändert hat, ist Hans-Paul. Du erinnerst dich – Marthas Freund?«
»Ich habe ihn mal kennengelernt.«
»Er ist jetzt in Bremen, agitiert in der Gewerkschaft. Er hat sich eher noch radikalisiert. Ich glaube, er hat den Bruch mit Martha nie richtig verarbeitet. Martha geht es vermutlich genauso?«
Rosmarie überhörte das Fragezeichen.
»Und was machst du?« fragte sie schnell.
»Ich gebe eine Zeitschrift heraus. ›Sonnenblume‹. Ökologie, Anti-Atomkraft-Bewegung und so weiter.«
»Marxistisch?«
»Ja und nein. Es gibt so viele ganz konkrete Probleme, für deren Lösung man nicht darauf warten kann, bis die Arbeiterklasse siegt. Wenn du mir deine Adresse gibst, schicke ich dir eine Probenummer. Oder warte – bist du morgen noch da? Dann bringe ich dir ein Exemplar zu Martha. Die wollte ich sowieso gern mal wieder sehen. Falls Männer da überhaupt noch vorgelassen werden –?«
Alfred wechselte unter- und übergeschlagenes Bein. Rosmaries Blick fiel auf seinen wippenden Clog.
»Hast du deine Jesuslatschen eigentlich noch?« Sie war froh, daß ihr endlich ein anderes Thema eingefallen war.
»Hatte ich mal Jesuslatschen?«
»Na, die Holzsandalen mit nur einem Riemen vorn. Erinnerst du dich, wie wir zusammen auf den Dom gestiegen sind?«
Alfred legte den Kopf schief.
»Klapp, klapp«, machten die hölzernen Sandalen. Alfred zählte laut die Stufen: »Dreiunddreißig, vierunddreißig, fünfunddreißig.« Stimmen näherten sich von oben. Sie drückten sich an die Turmwand. Mit imposanten Objektiven behängte Japaner trappelten lächelnd vorbei; sie nahmen kein Ende. »Sechsunddreißig, siebenunddreißig, achtunddreißig«, zählte Alfred, dann mußten sie den Weg wieder freigeben. Diesmal waren es Amerikaner, die die Wendeltreppe hinabstiegen. Die war so steil, daß immer zuerst die Schuhe ins Gesichtsfeld traten; Turnschuhe, in diesem Fall. Es waren junge Männer, achtzehn, neunzehn Jahre alt, die da achtlos, mit sich selbst beschäftigt, an ihnen vorbeiliefen.

»GIs«, sagte Alfred, als sie außer Hörweite waren. »Auf dem Weg nach Vietnam, vermutlich.«
Rosmarie erschrak.
»So jung wird man in den Krieg geschickt?«
»Das leistungsfähigste Alter. Wie beim Sport.«
»Ob sie ahnen, was sie erwartet?«
»Wenn ich in ihrer Lage wäre, würde ich desertieren. Ich dächte doch nicht daran, für einen so schmutzigen Krieg meinen Kopf hinzuhalten.«
Alfred war mit dem Zählen durcheinandergeraten.
»Macht nichts. An der dritten Tür sind es hundertundacht Stufen. Da hört nämlich der mittelalterliche Ausbau auf.«
Er erklärte, was es zu bedeuten hatte, daß der Preußenkönig Friedrich Wilhelm IV. 1842 die Wiederaufnahme der Bauarbeiten veranlaßte: Frankreich hatte damals Besitzansprüche auf das Rheinland geltend gemacht. Der vollendete Dom sollte nicht nur die kirchliche, sondern auch die nationale Einheit symbolisieren.
»In der jüngeren Geschichte kenne ich mich nicht so aus, aber ich kann etwas aus älteren Zeiten beitragen«, sagte Rosmarie. »Wo heute der Dom steht, wurde um 50 nach Christus der römische Mercurius-Augustus-Tempel errichtet.«
So spielten sie sich gegenseitig die Daten zu. Sie war gern mit Alfred zusammen. Justus rückte dann immer ein bißchen fern. Die Glockenstube. Sie standen auf der hölzernen Plattform, unter dem halbdunklen Gewölbe, und versuchten, herauszufinden, welche die Petersglocke war, welche Pretiosa die Köstliche, Speciosa die Schöne, die Dreikönigenglocke.
»St. Peter bin ich genannt / Schütze das deutsche Land / Geboren aus deutschem Leid / Ruf ich zur Einigkeit«, las Alfred von einer Tafel ab. »Rate, von wann sie ist?«
Rosmarie vermutete aus der Nachkriegszeit.
»Stimmt – wenn du den Ersten Weltkrieg meinst. Sie wurde 1923 gegossen, als Ersatz für die Kaiserglocke, die 1918 eingeschmolzen worden ist.«
»Aber wieso dann: ›deutsche Einigkeit‹?«
»Überleg mal: 1923. Besetzung des Ruhrgebiets.«
Sie hatten die Arme auf das Geländer gelegt, sahen hinunter in die schattige Tiefe und sprachen über Geschichte, über die Zusammenhänge von Ursache und Wirkung und wie Wirkungen zu neuen Ursachen werden.

»Mitten in Europa, und ohne natürliche Grenzen«, sagte Rosmarie nachdenklich. »Wir mußten uns immer unserer Haut wehren. Das erklärt vieles.«
Alfred war mit ihrer, wie er sie nannte, »zufälligen« Geschichtsauffassung nicht einverstanden.
»Es gibt Gesetzmäßigkeiten. Aufgrund einer immanenten Notwendigkeit ...«
Rechts von ihrem Standort schlug, unsichtbar, eine der Glokken an. Der Ton rollte wie ein Brecher über sie hinweg, schwang in langen Wellen aus.
»Halb sechs«, sagte Alfred. »Das muß die Uhrglocke gewesen sein. Sie gibt die Viertelstunden an.«
Sie horchten. Der Ton war verklungen; es war nichts zu hören als draußen von der Wendeltreppe ferne Stimmen. Alfred legte den Arm um Rosmaries Schultern. Sie hielt ganz still. Sie wollte, daß er sie küßte, und dachte gleichzeitig an Justus. Sie kam ihm mit keiner Bewegung entgegen. Er ließ seinen Arm fallen.
Sie kletterten weiter. »Klapp, klapp«, machten die Sandalen. Aufwärts in steilen Spiralen. Alfred hatte das Zählen aufgegeben. Es war kühl im Turm, kühler als draußen, aber schwül, und die Schwüle verstärkte sich, je höher sie kamen. Die Treppe endete in einer offenen Halle. Sie wirkte wie ein Schock auf Rosmarie: rundherum Himmel, mehr eingelassen als ausgesperrt durch das Maßwerk der unverglasten Fenster. Und immer noch waren sie nicht oben. Tauben flogen flügelschlagend auf. Auf dem mitten im Raum hängenden stählernen Gerüst wurde sie von einem saugenden Schwindel erfaßt. Sie bemühte sich, nur die jeweils nächste Stufe zu sehen, aber die Höhenangst ergriff sie von allen Seiten, ein Sog wie ein unwiderstehlicher Befehl: »Spring!« Am liebsten hätte sie sich hingesetzt, die Augen zugemacht und gewartet, bis die Feuerwehr sie holte. Da halfen ihr Alfreds Sandalen mit ihrem unbekümmerten »klapp, klapp«. Sie konzentrierte sich auf seine wippenden Fersen, erreichte mit verkrampftem Zwerchfell den höchsten Punkt des Sterngewölbes, kroch durch die Öffnung des Schlußsteins, fühlte sich, 95 Meter über der Erde, 50 Meter unter der Kreuzblume, in der Höhlung des achteckigen Kreuzturmes überraschend geborgen, setzte sich auf eine der steinernen Bänke, wünschte, es wäre Nacht und sie könnte durch die Maßwerkrosetten die Sterne sehen.

»Es stinkt«, sagte sie auf der Aussichtsplattform. Alfred beleckte einen Zeigefinger, hob ihn hoch. »Bayer-Leverkusen. Nordwind. Bei Südwind wäre es die Olefin in Wesseling.«
Der in sanftem Bogen sich wälzende, grauschimmernde Fluß mit den winzigen Kähnen und Dampfern. Zu Füßen des Domes eine riesige Baustelle: Rundherum war die Erde aufgewühlt, um eine U-Bahn-Trasse und Parkhäuser aufzunehmen. Viel war von hier oben nicht zu erkennen von den römischen Resten. Ein junger Amerikaner sprach Alfred an: »Excuse me –.« Rosmarie verstand nicht, was er von ihm wollte. Alfred ging mit ihm an die Süd-Ost-Balustrade und deutete hinunter auf die Altstadt, wo Groß St. Martin wie eine Glucke über den Dächern hockt. Die Männer fingen an zu reden, vertieften sich. Rosmarie fühlte sich alleingelassen. Sie dachte zärtlich an Justus.
»Gestern nacht«, sagte sie zu Alfred, »nein, es war vorgestern, hatte ich einen Fliegetraum. Kennst du solche Träume? Dieses phantastische Gefühl der Schwerelosigkeit. Die Domglocken trugen mich –.«
»Du willst ablenken.«
»Wieso – wovon?«
»Von Martha.« Und, nach einigem Zögern: »Wahrscheinlich hast du recht. Es geht mich nichts an.«
Er nahm das »Kursbuch« auf, blätterte es, ohne hinzusehen, durch: »Ich muß gehen. Was hast du vor?«
Eine Frage, auf die es – mit Schrecken wurde es ihr wieder bewußt – keine Antwort gab. »Ich ...«
»Also, was meinst du: soll ich morgen mal bei Martha vorbeikommen? Oder willst du mich lieber anrufen?«
»Ich rufe dich an«, sagte Rosmarie schnell. »Ist es noch dieselbe Nummer? Die alte Adresse?«
»Seit Jahr und Tag. Ich fühle mich auch ganz wohl da. Und die Miete steigt nicht; das ist der Vorteil. Nur im letzten Herbst war ich drauf und dran, die Stadt, am liebsten gleich das Land, zu verlassen, nachdem die Polizei meine Wohnung durchsucht hatte.«
»Weshalb?«
»Ich hatte die Petition zugunsten von Ingeborg Möller unterschrieben.«
Herbst 77. Traumatisch, für sie, in einem ganz anderen Sinn. Sie quälte sich aus ihrer Ehe heraus. Quälte sich? Es war ein

Sprung, kopfüber, ins Ungewisse. Ein Salto – fast – mortale. Neun Jahre lang war sie Justus treu geblieben, obwohl sie nicht sicher war, daß er es umgekehrt auch so hielt. Die Geschichte mit Mike war – alles mögliche: Befreiungsversuch ... Trotzreaktion ... Herausforderung ... Justus hatte sie so oft mit ihm allein gelassen, daß es ihr vorkam, als provoziere er sie zum Ehebruch. Eines Tages war sie hinauf in das Dachzimmer gestiegen, um Mike die Bücher zurückzubringen, die er ihr geborgt hatte. »Also gut«, hatte sie gesagt, nachdem er sie geküßt hatte wie schon öfters zuvor, zwei Stockwerke tiefer, in den Polstern der Wohnlandschaft, beim Fernsehen, beim Plattenhören, bei Kerzenlicht und Wein, während Justus nicht nach Hause kam und nicht nach Hause kam, und wenn er Mike bei ihr traf, dann kam er am nächsten Abend noch später. Lieber wäre es ihr gewesen, er hätte Mike hinausgeworfen und ihr eine Szene gemacht. Was sie wirklich wollte, war: daß er begriff, wie sie sich, ganz gegen ihren Willen, von ihm entfernte; und sie festhielt. Mit ihr gemeinsam einen neuen Anfang suchte. Weil sie das Herumwühlen in Textilien nicht mochte, streifte sie alle ihre Kleider ab und schlüpfte unter die Decke von Mikes ungemachtem Bett. Seine Zärtlichkeit rührte sie. Mit Justus war Sex in letzter Zeit immer dasselbe gewesen: ein routinemäßiger Ablauf von Verrichtungen, die zu mögen sie ein für allemal übereingekommen waren. Es ging ihr gut, als sie wieder in ihre Wohnung hinunterstieg. Merkwürdigerweise hatte sie keine Schuldgefühle. Die kamen später.

Vor dem »Campi« zögerte Rosmarie. »Bis morgen!« Alfred winkte mit dem »Kursbuch«, klapperte davon. Da stand sie, verlassen; zum zweitenmal an diesem Vormittag. Und das Elend war wieder da, diese bodenlose Verzagtheit. Die schlaflose Nacht machte sich bemerkbar. Ihre Beine fühlten sich taub an, ihre Schultern kribbelten. Ziellos, wie geschoben, wanderte sie zurück zum Dom, umrundete ihn, stieg die Treppen hinunter zum Hauptbahnhof. Sie ertappte sich vor dem Fahrplan. Es gelang ihr nicht, herauszufinden, wie sie nach G. kommen könnte. Sie beschloß, bei der Auskunft zu fragen, aber da warteten so viele Menschen, daß sie ihren Vorsatz fallenließ. Plötzlich hatte sie einen Heißhunger auf Schokolade. Obwohl sie wußte, daß ihr schon von einer Tafel schlecht werden würde, kaufte sie drei. Noch während die

Verkäuferin das Wechselgeld zusammensuchte, riß sie Papier und Folie ab und steckte sich ein ungenau abgebrochenes Stück in den Mund. Es war köstlich. Sie stand mitten im Strom der Passanten, bekam Püffe ab, hätte am liebsten die Augen zugemacht, aber weiter reichte der Schutz ihres Tarnanzugs, des graugrünen Overalls, nicht: Er würde sie vor lästigen Blicken nur so lange bewahren, wie sie sich unauffällig benahm.

Was als Gaumenorgie beabsichtigt war, geriet kurz und flach, war schon beim Hinunterschlucken fad, beim zweiten Biß nur noch ein Echo, lohnte den dritten Versuch nicht mehr. Sie verstaute das Zeug in ihrer Umhängetasche und kaufte Zeitschriften. Die Glaswand zum Vorplatz war schmutzig wie immer, die schrägen Sonnenstrahlen blendeten, der Dom stand klotzig im Weg. Eine Gruppe von Kindern, um ihren Lehrer geschart, sang: *Sur le pont, d'Avignon, l'on y danse, l'on y danse –«* und wieder durchfuhr sie ein Stich, obwohl dieses Lied nun wirklich überhaupt nichts mit Justus zu tun hatte. In diesem Augenblick kreuzte eine rothaarige Frau mit einem weißen Lederkoffer ihren Weg. Rosmarie lief hinter ihr her, holte sie kurz vor dem Blumengeschäft ein, sah ihr ins Gesicht: Es war nicht Ilona. Sie blieb stehen, starrte auf Calla und Chrysanthemen. Ilona, aus Hamburg angereist, ohne zu ahnen, daß sie Rosmaries Trauzeugin sein sollte – *Ich muß weg hier. Diese Stadt ist so voller biographischer Fallgruben, so schmerzensreich nach rückwärts offen, daß ich es nicht länger aushalten kann.*

Als Jeremy zurückkam, fand er sie zwischen Zeitschriften und Schokoladenpapier auf dem Bett. »Was liest du da für einen Dreck?« fragte er brutal.

»Das mache ich vielleicht einmal im Jahr.«

»Komm, zieh dich an. Ich habe Hunger.«

»Ich nicht.«

»Okay. Ich geh' nach unten ins Restaurant. Wenn du willst, kannst du ja nachkommen.«

Auf dem Nachttisch das Foto von Jeremys Familie. Diese Frau sah so adrett aus, wohlonduliert, gepflegt und lebenstüchtig. Die tat so etwas bestimmt nicht: den Tag verschleudern, ihn im Bett verludern mit Analphabetentum und regressiven oralen Ausschweifungen. Die kam wahrscheinlich abends aus dem Büro, backte noch eine Apfeltorte, erledigte

die Steuererklärung und brachte der kranken Nachbarin Blumen. Wie Rosmarie diese perfekten Frauen haßte!
Sie duschte, zog das schwarzweiße Seidenkleid an, schminkte sich. Jede Bewegung kostete sie Selbstüberwindung. Das Völlegefühl, das von drei Tafeln Schokolade kam, verstärkte das körperliche Unbehagen. Ihr Spiegelbild gefiel ihr nicht. Hohläugig sah sie aus – wie damals in der Kabine von Sassoon's, als sie begriffen hatte, daß sie eine Witwe war. Das war schon merkwürdig gewesen: wie sie in New York quasi automatisch ein Ritual vollzogen hatte, dessen Bedeutung sie erst hinterher erfaßte. Sie war zu Bloomingdale's gegangen, um sich ein Kleid zu kaufen. Das einzige, das ihr gefiel, war schwarz mit ein bißchen Weiß. Dann hatte sie sich zu Sassoon's empfehlen lassen. Verkrampft war sie in dem kurzen Mäntelchen gesessen, das alle Kundinnen in bescheidene braune Ordensschwestern verwandelt. Brav hatte sie die Zeremonie über sich ergehen lassen, die sich in allen Friseursalons der Mittelklasse gleicht – und die bei Sassoon's in New York doch unvergleichlich anders ist. Ein eleganter blauer Zweireihermann streicht deinen Namen aus dem Buch der Anmeldung. Ein Sportstyp in weißen Segelhosen, goldene Brusthaare im Hemdausschnitt, überreicht dir einen Bon. Eine goldgewandete kohlenschwarze Königin von Saba führt dich zur Umkleidekabine. Nurejews Zwillingsbruder kippt dich in einem Liegesitz nach hinten. Es kommt Lolita mit Ringelsöckchen in hochhackigen Sandalen und shamponiert dich. Richtig los geht die Show aber erst im Allerheiligsten, wo die Meister zelebrieren. Während ein Tenniscrack die Schere um deinen Kopf klappern läßt, verdrehst du die Augen spiegelverkehrt: nach dem Russen in gegürteter Bluse und Stiefeln; nach dem bärtigen Goldgräber in kunstvollen Lumpen. Wie bescheiden wirken dagegen die Kundinnen in ihren Kutten – wie ein vor den Spiegelwänden aufgereihter Chor, dessen einzige Funktion es ist, Beifall zu spenden …
Rosmarie hatte zu verstehen gegeben, daß sie ihres Afrolooks überdrüssig war. Danach hatte sie nicht mehr darauf geachtet, was man mit ihren Haaren machte. Die Locken sanken sanft wie dunkler Schnee in ihren Schoß. Über dem asketischen Stehkragen wurde ihr Kopf zentimeterweise freigelegt. Erst im schonungslosen Deckenlicht der Umkleidekabine sah sie, was die Schere angerichtet hatte. Es war zweifellos ein erst-

klassiger Kurzhaarschnitt, aber das bloßgelegte Gesicht, das ihr aus hellen Augen entgegenstarrte, hatte tiefe Schatten über den Backenknochen und unendlich bekümmerte Mundwinkel. Sie erkannte, daß sie eine Frau war, die ihren Mann verloren hatte, und fing an zu weinen. Das war der Beginn der Trauer. Sie lernte, sich nicht länger gegen sie zu wehren. Sie gab ihr Raum in sich, ließ sie ihre Zeiten wählen, nahm sie mit in die Museen und Buchhandlungen, die Parks und Imbißstuben, Aufzüge und Taxis; schließlich auf die große Reise über den Kontinent. Die Trauer wurde davon nicht weniger; die Tränen schienen aus einem unerschöpflichen Reservoir zu fließen. Was sich löste, war der Knoten von Selbstzerstörungswut.

»Ich wollte gerade 'runterkommen«, sagte sie zu Jeremy, als der nach kurzem Klopfen – bei dem ihr das Herz aussetzte: the knock! – eintrat.

»Zu spät.«

Seine schlechte Laune hatte sich kein bißchen gemildert. Er kramte in seiner Aktentasche.

»Dies solltest du lesen. Statt Küchenrezepte und Schönheitstips.«

Dabei warf er ihr ein paar lose Blätter hin, Fotokopien von Zeitungsartikeln. Sie erkannte das Wort »Majdanek« und erschrak. *Nicht schon wieder.*

»Du warst bei dem Prozeß?«

»Der ist verschoben. Das Gericht ist zur Zeugenvernehmung nach Israel gereist. Ich war im Rundfunk-Archiv und habe mir dort das Material besorgt.«

Sie wagte nicht zu sagen, daß sie keine Lust habe, es zu lesen, sondern setzte sich damit an den Chippendale-Sekretär.

»Das KZ Majdanek war am nördlichen Stadtrand von Lublin gelegen. Zwischen Dezember 1941 und Frühjahr 1944 kamen hier mehr als 250000 Menschen ums Leben. Die meisten von ihnen wurden bei organisiertem Massenmord getötet, mit Kohlenmonoxyd oder dem Zyklon B, in den sogenannten Wasch- und Badehäusern. Hunger und Seuchen rafften die anderen dahin. Viele von ihnen wurden auch in grausamen Exzeßtaten der SS-Wachmannschaften zu Tode geprügelt, erhängt, ertränkt, erschossen.«

Ich kann es nicht ertragen. Ich halte es einfach nicht aus. Was weiß Jeremy davon: wie es ist, mit einer solchen Wahrheit auf-

zuwachsen? Es gibt Bilder, die man nicht vergißt. Wörter, die Abgründe aufreißen.
Da war diese Pflicht-Filmvorführung für die Schulen. Locker zu Kissen getürmtes Frauenhaar. Brillenberge. Gebißhaufen. Eine eiserne Tür wird geöffnet; die Kamera zeigt einen betonierten Raum. Sieht aus wie eine Garage oder ein Keller. Ist aber eine Hinrichtungsstätte, und das Schwärzliche in der Fußbodenrinne ist getrocknetes Blut. Und im Auskleideraum hängen Schilder in verschiedenen europäischen Sprachen: KLEIDER ORDENTLICH HINLEGEN SCHUHE ZUSAMMENBINDEN DAMIT SIE NICHT VERLORENGEHEN NACH DEM DUSCHEN GIBT ES KAFFEE. *Die Bunker fassen durchschnittlich 1200 bis 1500 Personen. Die Duschen sind Attrappen; sobald die Türen verriegelt sind, strömt aus ihnen das tödliche Gas. Es zehrt den Sauerstoff auf, zerreißt die Lungen. Vier oder fünf Minuten lang habe man die Schreie gehört. Andere sagen: vierzehn, fünfzehn Minuten. Ganze Familien ineinander verkrallt; mit Brechstangen nicht zu trennen. Das Licht ging an. Der reeducation officer trat an die Rampe und mahnte uns Zwölf-, Dreizehn-, Vierzehnjährige, dafür zu sorgen, daß so etwas nie wieder vorkäme. Was für eine Verantwortung! Und wo sollen wir ansetzen beim Entwurf einer Zukunft? Da ist nichts, worauf man vertrauen kann. Alles ist fremd geworden: die Eltern, die Lehrer, die über dreißig, die Sprache, das Land. Wir wachen nachts auf von Alpträumen, aber es gibt niemanden, mit dem wir darüber reden können. Wir nehmen das diffuse Schuldgefühl, das um uns herum das Klima färbt, mit den Poren auf; wir wachsen hinein wie in Familiengewohnheiten. Es gibt einen Haß in uns, der nicht ausgelagert werden kann. Jede Erfahrung von menschlicher Härte, Kälte ist doppelt niederschmetternd; sie trifft uns als erblich Schuldige, und sie bestätigt, was wir wissen: daß alles, was wir lieben möchten, die Menschen, die Sprache, das Land, gezeichnet ist von Unmenschlichkeit. Schlimmer als ein Mord im Affekt ist das kalte Vernichten.* NACH DEM DUSCHEN GIBT ES KAFFEE.
»Sei mir nicht böse, Jeremy. – Ich kann das jetzt nicht lesen.«
»Das überrascht mich nicht. Es ist, wie ich sage: Ihr steckt den Kopf in den Sand.«
Wortlos stand sie auf und wühlte in ihrem »backpack«. Tief

auf dem Grund, unter den schmutzigen Handtüchern und dem zweiten Turnschuhpaar, fand sie das Buch. So sacht, wie sie konnte – es sollte nicht wie ein Vorwurf aussehen –, bewegte sie sich um den liegenden, rauchenden Jeremy herum und ließ den Band auf seinem Nachttisch. Dann ging sie aufs Klo. Als sie zurückkam, hatte er HOLOCAUST in der Hand.
»Ich hab's gar nicht gelesen«, sagte er. »Und die Fernsehserie habe ich auch nur zum Teil gesehen. Sie war mir zu melodramatisch. Aus diesem Thema sollte man keine soap opera machen.«
Es klang beiläufig; doch sie fühlte, daß er etwas zurücknehmen wollte.
»Als ich einmal mit der subway fuhr«, erzählte sie, »saß mir gegenüber eine Frau, die HOLOCAUST las. Ich beobachtete ängstlich ihre Reaktion, versuchte, mir vorzustellen, was in ihrem Gehirn vor sich ging. Ihrem Gesicht war nichts anzusehen. Sie hatte nur die Stirn ein wenig gekraust.«

IV

Manchmal führte sie stumme Zwiegespräche mit Justus. Sie ließen sich in zwei Kategorien einteilen: die bösen, in denen sie ihn zur Rede stellte; ihm Vorwürfe machte, die sie nie auszusprechen gewagt hatte; ihm Antworten abzwang, denen er immer ausgewichen war. Und die guten, in denen sie ihm, als ob sie plaudernd bei einem Glas Wein zusammensäßen, erzählte, was sie erlebt hatte. Zum Beispiel in der Greyhound-Station in Boston, wo sie auf ihrer Fahrt nach Norden umsteigen mußte. Dösend saß sie im »Burger King«, als das blinde Paar hereingestürzt kam: so geschwind, als ob die Bewegungsgesetze in öffentlichen Lokalen für ihn nicht gälten, tastete der Mann sich mit seinem Stock zur Theke. »Don't get me coffee!« rief die Frau hinter ihm her, die eine Stuhllehne erfühlt hatte, den Tisch davor und sich zielsicher dorthin fallenließ, wo sie einen Sitz vermutete. Mit wiegendem Oberkörper saß sie, das weiße ausdruckslose Gesicht als Empfänger aller Informationen, die nicht des Lichts als Träger bedürfen, zur Decke gerichtet. »Where are you?« rief der Mann auf seinem Weg zurück. »Here I am«, antwortete sie schrill, »just here. Keep going.« Er ertastete die Tischplatte, schob das mit Pappbechern, Hamburgern, Pommes frites beladene Tablett darauf, vergewisserte sich des zweiten Stuhles, zwängte seinen rundlichen Leib zwischen Tisch und Lehne. »There you are«, sagte die Frau erleichtert und fand schnüffelnd, berührend, ihr Essen und Trinken heraus. »Weißt du«, sagte Rosmarie zu dem imaginären Justus, »ich habe mir die dunkle Welt, in der die beiden leben, vorgestellt; wie sie strukturiert ist von Gerüchen, Geräuschen, der harten oder weichen Aura unsichtbarer Gegenstände. Ich habe daran gedacht, daß dieser Orpheus so viel Vertrauen zur Stimme seiner Eurydike hat, daß er sie nie verfehlen wird. Einen intensiven Moment lang habe ich das blinde Paar beneidet – um diese Unablenkbarkeit, dieses Aufeinander-Angewiesensein ohne Rest. Ich sah sie in der Nacht, deren Finsternis ihnen nicht mehr Angst bereiten kann als der

helle Tag, ihre weichen Körper aneinanderdrücken. Warum ist Liebe nicht immer so?«
Rosmarie lag mit unter dem Kopf verschränkten Armen im Bett und rang um Fassung, um einen Entschluß. *So kann es nicht weitergehen, es ist reine Feigheit, ich drücke mich um die Rückkehr, vermeide den Moment, Justus gegenüberzutreten, schiebe den Augenblick hinaus, wo ich unwiderruflich vor der Wirklichkeit kapitulieren muß.* Außerdem wurde es langsam etwas peinlich mit Jeremy, der mit ihr schlafen wollte, sie aber nicht mit ihm. Die Hotelrechnung überstieg auch schon die Grenze, die sie guten Gewissens verantworten konnte; dieses Haus am Dom lag über ihrem mittelständischen Standard. Die Vorhaltungen ihrer Vernunft hatten gegenüber ihren inneren Wünschen aber immer noch so wenig Gewicht, daß sie das Gepäck nicht mitnahm, als sie das Hotel verließ.
Sie fuhr mit der Köln-Bonner Privatbahn nach Süden. Während sie die Felder mit ihren grünen und blauen Kohlköpfen vorbeiziehen sah, rechnete sie aus, daß ihre letzte Reise auf dieser Strecke elf Jahre zurücklag. Es war der Tag gewesen, an dem sie Justus kennenlernte. Sie war zur Trauung ihres Bruders nach Bonn gefahren. Wie immer, wenn sie sich ihrer Familie näherte, hatte sie sich in ungeklärtem inneren Aufruhr befunden. Unter dem Regenmantel hatte sie ein minikurzes schwarzes Kleid getragen und auf dem Kopf einen breitrandigen Hut. Der kritische Moment: wie ihre Mutter reagieren würde. Sie hatte so eine Art, Rosmarie von unten nach oben zu mustern, als ob sie nach etwas Unpassendem suchte, einem Fleck auf dem Kleid ... *Ich will ihr gefallen, stelle es aber so an, daß ich immer das Gegenteil erreiche. Auch diesmal wieder: Warum habe ich den Overall und Turnschuhe angezogen, statt eines meiner stadtfeinen Kleidchen?* Der Hut wurde mit Zustimmung quittiert; aber als Rosmarie den Mantel auszog –! Oberschenkelkurz war damals Mode. »Kind – du bist fast dreißig!« tuschelte ihr die Mutter im Vorbeigehen zu. Dabei lächelte sie freundlich; das war aber für die anderen. Mißtrauisch beobachtete Rosmarie, wie sich die zukünftigen Verwandten, alle diese Brüder und Schwestern, Onkel und Tanten, Omas und Opas gegenseitig begrüßten; ihre Herzlichkeit erschien ihr wie eine verabredete Heuchelei. Sie gehörte nicht zu denen. Das war ihr

einerseits lieb, denn wie sie wollte sie nicht sein. Aber dieses Nicht-Wollen war auch ein Nicht-Können, und darunter litt sie.
Die kirchliche Trauung fand sie peinlich. War Uli nicht noch zu jung für die Ehe? Sie vermutete, daß Erika schwanger war. Ihr Bruder tat seine Pflicht, und das aus Überzeugung. Er war immer ein braves Kind gewesen; im Gegensatz zu ihr. Die beiden Jas, das erste rauh hervorgestoßen, das zweite gepiepst. Ein Aufatmen rundherum, als hätte an dieser Stelle noch etwas schiefgehen können. Rosmaries Gefühl, nicht dazuzugehören, verstärkte sich beim Mittagessen im Gesellschaftsraum des von Diners Club und ADAC empfohlenen Hotelrestaurants. Ohne Hut war sie noch ungeschützter. Sie saß zwischen Erikas zweitältestem Bruder und einer geschiedenen Tante. Beim Rehrücken erzählte der Schwager Jagdgeschichten. Sie habe kein Verständnis für Mordlust, sagte Rosmarie. Was denn das mit Mord zu tun habe! Jagd sei Sport, Hege und Pflege, erwiderte er pikiert. »Sind sie nicht schrecklich«, flüsterte auf der anderen Seite die Tante: »Brutal sind sie. Einfach brutal.« Der Kellner goß Rotwein nach. Rosmarie leerte hastig ihr Glas.
Zum Kaffee hatte das junge Paar in die eigene Wohnung eingeladen. Der ausgezogene Eßtisch war um den Küchentisch verlängert und mit Damast aus der Aussteuer gedeckt worden. Die Tafel füllte den ganzen Raum. Ungeniert kommentierte die Verwandtschaft Sitzecke, Badkacheln, Einbauschränke, Doppelbett, Tüllgardinen. Rosmarie hatte zu viel getrunken. Zwischen Schleiflack, Teakholz, Marc Chagall, Joan Mirò wurde ihr schlecht. Sie schloß sich im Bad ein, steckte den Finger in den Hals, kotzte sich aus, setzte sich auf den Klosettdeckel, versuchte, zu einem Entschluß zu kommen; der aber ließ auf sich warten. In immer kürzeren Abständen wurde die Klinke heruntergedrückt. Dann rüttelte jemand daran. »Rosmarie? Bist du da drin?« Die Stimme ihrer Mutter, überkippend aus Angst vor dem zu erwartenden Skandal. Nur das nicht: einen Auftritt, die kalten Blicke, das scheinbar beiläufige Abwenden, einander Zuwenden, die Komplizenschaft der Wohlerzogenen. Sie riß sich zusammen, setzte die Spülung in Gang, ließ Wasser ins Waschbekken rauschen, wusch sich Gesicht und Hände, zeigte dem Spiegel ein strahlendes Lächeln, behielt es auf, öffnete die Tür

energisch, trat mit fast festem Schritt hinaus, lächelte krampfhaft in die Runde, deren Wachsamkeit sie spürte, wartete den Moment ab, wo alle wieder mit sich selbst beschäftigt waren, und verließ die Wohnung, ohne die Tür hinter sich zuzuziehen. Um die Ecke war ein kleiner Park. Sie setzte sich auf eine der regenfeuchten Bänke und sog tief den Duft nach Flieder und nasser Erde ein. In der dünnen Sonne dampften die Wege. Spaziergänger in gelbem Ölzeug kamen vorbei, Drillingslook, Vater, Mutter, Kind – sie dachte, was das wohl für ein Leben sei, in das dieses Kind gerade hineinwuchs, und ob es ihm wohl später selbstverständlich wäre, beim Essen die Ellbogen gegen die Rippen zu drücken und nicht öffentlich in der Nase zu popeln ...?

Von der Kölner Bahnstation waren es nur ein paar Schritte zum »Big Apple«. Hut und Mantel deponierte sie im Schließfach. *Baby you can drive my car.* Sie bezahlte den Eintritt und steuerte die Tanzfläche an. Anfangs war sie immer ein wenig geniert und steif. Sie fing mit den Füßen an, nahm die Arme dazu, bewegte probeweise das Becken, verdoppelte das Tempo, hatte endlich den Rhythmus: *Beep beep beep beep yeh!* Sie wippte die Hüften, zuckte die Schultern, schüttelte die Haare, ließ die Hände flattern: *Yes I'm gonna be a star.* Es ging ihr schon besser. Die Höhen stießen ihr die Frequenzen in die Ohren, die Bässe dröhnten sie ihr in die Därme: *Maybe I'll love you.* Es ging ihr gut. *Yeh.* Die Lichtorgel zerhackte die Szene in Momentaufnahmen. Sie blieb stehen, sah zu, wie die Bewegungsabläufe zu Bilderfolgen erstarrten. Das scheinbar unendliche Fließen zerfiel in lauter kleine Zeitabschnitte.

Justus traf sie vor der Toilette. Es war der strategisch günstigste Platz für jemanden, der Anschluß suchte. Er sah irgendwie anders aus als die jungen Leute, die ihr Jackett über eine Stuhllehne hängten und mit gelockerter Krawatte tanzten. Er sah aus – ja, wie? Auf eine teure Art vernachlässigt. Er trug einen hellblauen Wollpullover auf der bloßen Haut. Sein gutgeschnittenes Gesicht war ein wenig schwammig; sein Hals kräftig. Auf den Schultern saßen Knubbel wie bei einem Body-building-Modell. Aus der Art, wie er sich bewegte, schloß sie, daß er nicht oft tanzte: verkrampft, von Fuß zu Fuß hüpfend, die Schulter hochgezogen. *I feel allright. You know, I feel allright.* »Sie sehen nicht aus, als ob es Ihnen Spaß macht!« schrie Rosmarie in der sekundenkurzen Pause zwischen dem Ausblenden des abgelaufenen und dem Hochziehen des neuen Titels. »Gehen wir was trinken«, schlug er vor. Sie schüttelte den Kopf. Er sah gut aus, aber etwas an ihm gefiel ihr nicht. Wenn er lachte, zogen seine makellosen Zähne den Blick auf sich. Aber sein Lächeln war nicht freundlich. *He's a real nowhere man.* Rosmarie gab ihm ihre Telefonnummer. Nein sagen konnte sie immer noch.

Merkwürdig, wie genau ich mich an den Verlauf dieses Tages erinnere. Und der vielzitierte erste Eindruck – er hat nicht getrogen. Justus wirkte auf mich irgendwie gefährlich. Ein Mensch voller Zwänge; wie angestaut. Aber warum habe ich, was ich instinktiv von ihm wußte, später zu seinen Gunsten korrigiert? Zu meinen Gunsten – denn ich hatte mich auf ihn eingelassen. Warum? Weil ich ihn brauchte?

Rosmarie kam gern in ihre Wohnung, die nur mit dem Notwendigsten eingerichtet war – absichtlich. Es sollte nichts vorhanden sein, wovon sie sich nicht jederzeit ohne Bedauern trennen könnte. Nicht einmal der Preis eines Möbeltransports sollte ihre Bewegungsfreiheit einschränken. Fast alles stammte aus amerikanischen Heeresrestbeständen. Der Raum war fast vierzig Quadratmeter groß, und sie hatte das ganze Mobiliar – Eßtisch, Schrank, Bett, Regale – an den Wänden aufgereiht, um in der Mitte Platz zu schaffen für einen dicken Berberteppich, auf dem sie am liebsten lag, las und Platten hörte. Es gab auch einen Schreibtisch mit einer Schreibmaschine darauf in der Fensternische. Rosmarie führte Tagebuch. Eine ihrer jüngsten Eintragungen lautete: »Wenn ich hier sitze, im Schein der Lampe, der nicht weiter als bis zum unteren Saum des Vorhangs reicht, scheint mir mein Universum abgesteckt. Es hat ausschließlich für eine Person Platz. Wirklich ist ein Schreibtisch, eine Schreibmaschine, ein trockenes Graubrot zum Wein; wirklich sind die Monologe und das Horchen auf ein Echo in mir selbst.« Sie schrieb Träume auf, exzerpierte Textstellen, zitierte Gedichte. Alles in allem aber war sie ziemlich ratlos, was sie selbst und ihre Beziehung zur Welt betraf.

In dieser Nacht begann der israelisch-arabische Krieg. Sie erfuhr erst am nächsten Morgen davon, als sie in die Redaktion kam. Dort war eine Art Euphorie ausgebrochen. Die Hierarchie von Weisungsbefugten und Weisungsgebundenen war außer Kraft – wer am Zweiten Weltkrieg teilgenommen hatte, sah sich in frühere Kompetenzen wiedereingesetzt; wer zu spät dafür geboren war, fand sich im Lager derer, die keine Ahnung davon hatten, was Sache war. Die Veteranen beugten sich über die schnell beschaffte Karte der Sinai-Halbinsel und verfolgten den Vormarsch der israelischen Truppen mit Ausrufen der Bewunderung. Stecknadeln mit bunten Köpfen tauchten auf. Die Karte wurde an die Wand geheftet und an gewissen Punkten rot, grün, gelb markiert. Die Redakteure standen um die Fernschreiber, rissen sich jede neue AFP- und Reuter-Meldung gegenseitig aus den Händen, riefen sich fremdklingende Namen und Kilometerangaben zu, eilten zur Wand und arrangierten die Nadeln neu. »Blitzkrieg«, sagte einer. »Rommels Vormarsch auf der Cyrenaika«, erinnerte sich ein anderer. »Klar haben die von uns gelernt«, behauptete ein dritter.

Rosmarie traute ihren Augen, ihren Ohren nicht. Zu ihren ersten Kindheitseindrücken hatten Bombenangriffe und Tiefflieger-Überfälle gehört. Sirenengeheul, und sei es das der Fabriken am Samstag um zwölf, ängstigte sie immer noch. 1962, während der Kuba-Krise, hatte sie das Dröhnen der amerikanischen Transportflugzeuge aus dem tiefsten Schlaf geweckt. Zu ihrem Alptraumreservoir gehörten Momente der Todesangst: Sie wird von einem Flugzeug gejagt, das sich in einen fliegenden Menschen mit einem Propeller auf dem Rücken verwandelt. Er folgt ihr über jede Windung der Treppe, die sie hinabflieht. Sie gibt auf, verkriecht sich in eine Nische. Dort findet sie der Verfolger. Sie fragt: »Muß das wirklich sein?« Ergeben hält sie ihm den Hals hin. Er zieht ihr ein Rasiermesser über die Halsschlagader. Es tut nicht weh. Sie spürt, wie warmes Blut an ihr herunterläuft. Sie stößt einen Schrei aus, von dem sie erwacht.

Diese Männer, die einen Krieg, in dem getötet und zerstört wurde, wie ein Sportereignis kommentierten, machten ihr angst. Nie zuvor war so früh am Tag der Sekt geflossen, und niemals hatte eine Feier einem so wenig privaten Anlaß gegolten. Die Altgedienten gerieten dermaßen außer sich, daß sie das Feld nicht der ablösenden Schicht überließen, sondern sich im Zimmer des Abteilungsleiters versammelten und, unter Salven von Gelächter, Fronterinnerungen zum besten gaben. »Ob Nazis oder nicht (und, wer weiß, ob nicht doch voll heimlichen Einverständnisses): sie haben mitgemacht«, sagte Rosmarie abends zu ihrer Freundin Martha. »Vielleicht waren sie naiv, denn sie waren jung. Auf jeden Fall waren sie überzeugt von dem, was sie taten. Und es machte ihnen wahrscheinlich sogar Spaß. Denn – nicht wahr – dies waren nicht die Landser in den Schützengräben. Es waren Offiziere in verantwortlichen Positionen. Sie hatten Macht, und übten sie aus. Es gibt ein Foto von meinem Vater, da steht er, in den Stiefeln und Reiterhosen der Luftwaffe, mit dem Doppelstreifen des Generalstabs darauf, und hält eine Maschinenpistole im Anschlag. Ich kenne keine gewalttätigere Geste als das Zielen mit einem Gewehr.«

Auch Justus besaß ein Gewehr. Es lehnte in der Ecke seines Kölner Dachzimmers. Der Raum war so klein, daß, wenn die Couch links von der Tür aufgeklappt war, kein Platz mehr blieb, um an ihr vorbei zum Waschbecken zu gelangen. Rechts von der Tür befand sich ein Bücherregal. Dahinter lehnte das Tesching, mit dem er im Sommer aus seiner Fensterluke auf Tauben zu schießen pflegte. Rosmarie sagte, daß die Waffe ihr unheimlich sei, und sie verschwand; aber nur aus ihrem Gesichtskreis. Der Kater Friedolin wurde später damit erschossen. Vielleicht war es ja wirklich unumgänglich gewesen, denn er stand unter Tollwutverdacht, weil er eine Frau aus dem Betrieb, die ihn streicheln wollte, gekratzt und gebissen hatte. Und womöglich hatte Justus recht, wenn er sich lieber auf seine eigene Schießfertigkeit verließ als auf die der Polizisten, die mit angelegter Maschinenpistole über den Hof strolchten und das arme Tier durchlöchern wollten. Aber Justus entwickelte so ein Übermaß an Pflichterfüllung. Er lauerte dem Kater, der etwas ahnte und nur noch heimlich und durch den Kamin zu seinem Freßnapf kam, nächtelang auf. Es lief dann darauf hinaus, festzustellen, wer der Stärkere war. Justus traf Friedolin mitten in die Stirn.

Von der Kleinbahnstation waren es nur ein paar hundert Meter bis zum Haus ihrer Eltern. Rosmarie wunderte sich immer wieder darüber, daß sie dem angemeldeten Besucher Signale setzten, die das Gegenteil von einem Willkommensgruß waren. Das Gartentor war eingeklinkt und mühsam zu öffnen. Nichts an Treppe und Eingang, kein Gesicht an einem Fenster, keine Gardine, die sich bewegte, deutete daraufhin, daß man erwartet wurde. Hatte man geklingelt, rührte sich lange

nichts hinter der Tür aus massivem Holz. Vor dem Öffnen hörte man das Aushaken des Sicherheitsschlosses. *Sie haben Angst. Wovor?* Da stand ihre Mutter. Sie sah, wenn sie für jemanden die Tür öffnete, besorgt aus, guckte so ängstlich am Besucher vorbei, als ob sie erwartete, daß hinter ihm irgendein Unglück über die Schwelle träte. Diesmal glaubte Rosmarie, sie zu verstehen – der Vater lag, mit einer Lungenentzündung, im Krankenhaus. Sie nahm die Mutter in den Arm. Die sträubte sich, wie immer, ein wenig, drehte die Wange weg, so daß der Kuß nur ihren Backenknochen streifte. Rosmarie wiederholte, was sie schon am Telefon gesagt hatte: das sei keine Krankheit, mit der man heutzutage nicht fertig werde, beim Stand der modernen Medizin, mit all den Penicillin-Derivaten und Antibiotika, die es gibt. »Ja, ja«, sagte die Mutter. Aber ihre Miene hellte sich nicht auf. »Du kannst den Vater nicht besuchen«, erklärte sie sogleich. »Er muß sich, nach der Bronchienspiegelung, erst mal erholen.«
Rosmarie folgte der Mutter in das englische Eßzimmer und nahm, mit dem Rücken zur Glasvitrine, die Porzellanhund, Spitzentänzerin, Meißner Mokkatassen barg, am weißgedeckten Tisch Platz. Hier saß sonst der Vater. Angespannt meist; nervös mit den Fingern auf dem Tisch trommelnd, voll angestauter Aggressivität. Man mußte aufpassen, daß man nicht auf Politik zu sprechen kam, weil er dann zu schimpfen anfing: auf Franz Josef Strauß, die Schwarzen von der CDU, die alten Nazis. Auch wenn man ihm inhaltlich nur zustimmen konnte, war es mühsam, auf den Vater einzugehen. Jetzt saß Rosmarie auf seinem Stuhl, sah die Mutter, wie sonst er sie sah: die, als ob sie ständig fröre, hochgezogenen Schultern, die bekümmerte Miene. Sie hatte aus eingefrorenen Vorräten ein Mittagessen bereitet: Kalbsfrikassee mit Reis. »Schmeckt es dir?« fragte sie. »Danke, ausgezeichnet«, antwortete Rosmarie schnell. Sie hatte versäumt, von sich aus das Essen zu loben. Die größeren Fleischbrocken waren innen kalt. »Ist es dir nicht warm genug? Soll ich es noch einmal auf den Herd stellen?« Rosmarie überlegte, ob sie es riskieren sollte, ja zu sagen. Die Folgen erschienen ihr unabsehbar. »Danke, das geht schon so«, erwiderte sie. »Also schmeckt es dir nicht«, stellte die Mutter fest. »Das habe ich nicht gesagt«, entgegnete Rosmarie. *Warum, zum Teufel, fühle ich mich schon wieder schuldig?*

»Was machst du überhaupt in Köln?«
»Ich – bin bei Martha zu Besuch«, log Rosmarie.
»Martha?«
»Meine alte Freundin. Sie war einmal hier. Weißt du das nicht mehr? Du fandest sie entzückend.«
Sie hatte damals das, was, deiner Meinung nach, mir fehlte (und immer fehlen wird): einen ausgeprägten Höhere-Tochter-Stil. Schottenrock, Kaschmirpullover, Perlenkette. Das war vor 68. Danach hat sie sich verändert ...
»Die Kommunistin?«
»Sie war in der Studentenbewegung aktiv. Deshalb ist man noch kein Kommunist.«
»Das hast du mir selbst erzählt.«
»Das habe ich nicht.«
»Doch. Du hast gesagt, du habest mit ihr gebrochen, weil sie zu den Marxisten übergelaufen sei.«
»Vielleicht habe ich gesagt, daß sie Marx liest? Das bedeutet nicht notwendigerweise, daß man Kommunist wird.«
Außerdem hatte nicht ich mit ihr gebrochen. Sie war es, die mit mir brach. Wegen Justus.
Rosmarie hatte, was Martha einen »Römer-Tick« nannte. In einer Mittagspause beförderte sie die Freundin buchstäblich (Pörtners Buch unter dem Arm) »mit dem Fahrstuhl in die Römerzeit«. – »Die zehn Stufen hätten wir auch zu Fuß gehen können.« Rosmarie ärgerte sich über Marthas nüchternen Kommentar. Sie war fasziniert von dem Gedanken, daß an dieser Stelle geschichtliche Epochen wie Gesteinsschichten aufeinander ruhten. Über der Erde die nach Bohnerwachs riechenden Amtsstuben der Kölner Stadtväter, und im Souterrain die ungleich solideren Fundamente des römischen Statthalterpalastes. »Es waren die Fliegerbomben, die das Constantinische Prätorium freigeschaufelt haben«, erläuterte Rosmarie, als sie am Geländer des rundum führenden Stegs lehnten und auf das Mauerwerk schauten, das die Scheinwerfer mit mystifizierenden Hell-Dunkel-Kontrasten überformten. Martha zuckte die Achseln und meinte, dieser Steinhaufen erinnere sie an die Berliner Ruinen, in denen sie als Kind gespielt habe. Rosmarie fing an, von Wells' »Zeitmaschine« zu erzählen und wie gern sie die Fähigkeit hätte, die Uhr ein paar Jahrhunderte zurückzudrehen, um vergangenen Epochen einen Besuch abzustatten. »Noch viel spannender

müßte es sein, auf einer Wolke zu liegen und zu sehen, wie die Menschheit sich weiterentwickelt.«
»Hör zu«, sagte Martha. Sie drehte sich um, lehnte sich mit dem Rücken ans Geländer. »Ich muß mit dir reden. Über deine Gegenwart.« Ihr Gesicht konnte Rosmarie nicht sehen, nur den Schattenriß vor der reflektierenden Mauer. »Dieser Justus ... Ganz abgesehen davon, daß er mir politisch verdächtig ist – er gefällt mir auch persönlich nicht. Irgendwas stimmt mit ihm nicht. Diese eure Seelenharmonie, auf die du dir so viel zugute tust, beruht darauf, daß er dir in allem recht gibt. Das brauchst du. So bekommt er dich in die Hand. Er paßt sich dir an, damit du ihm gefügig wirst. Er wird dir unter die Haut kriechen und dich von innen aushöhlen. Du hast dich schon jetzt verändert. Du strahlst mehr Apathie aus als Glück. Er ist ein kaputter Typ, der dich ruinieren wird.«
Rosmarie war sprachlos vor Empörung. Ohne ein Wort trottete sie hinter Martha her dem Ausgang zu. Die drehte sich noch einmal um: »Entschuldige«, sagte sie. »Einer mußte mit dir darüber sprechen. Es muß dir doch aufgefallen sein, daß alle deine Freunde sich von dir zurückgezogen haben, seitdem du keinen Schritt ohne diesen Mann mehr tust.« Sie stiegen die Treppe hinauf. In der Großen Budengasse kroch herbstlich früher Abendnebel vom Rhein hoch. »Tschüß!« sagte Martha. Rosmarie hielt sie am Arm fest. »Von einer wirklichen Freundin erwarte ich, daß sie mir die Stange hält. Daß sie den Mann, den ich liebe, akzeptiert – meinetwegen.« Martha zuckte die Schultern. »Liebe kann auch Ideologie sein«, erwiderte sie. »Falsches Bewußtsein!« *Glücklicherweise war Martha nicht nachtragend. Sie ließ mich nicht merken, daß sie recht behalten hatte, als ich, ein paar Jahre später, mit einem übereilt gepackten Koffer, zwischen Mitternacht und Morgengrauen bei ihr anreiste ...*
Eilfertig sprang Rosmarie auf, um der Mutter beim Zusammenstellen des Geschirrs zu helfen. In der Küche machte sie sich gleich ans Spülen: Verstimmungen hieß es zuvorzukommen ... Beim Gang durch den Garten war es dann soweit: »Und was«, fragte die Mutter, während sie sich bückte, um ein Löwenzahnbüschel unter dem Johannisbeerstrauch zu entfernen, »ist mit Justus?« – Rosmarie zuckte, unbemerkt, die Achseln: »Ich werde mich wohl scheiden lassen – müssen.« Die Mutter seufzte tief. »Hast du denn wirklich alles

versucht.« – »Alles.« – »Du bist fast vierzig. Du wirst allein bleiben. Vereinsamen.« – »Verheiratet zu sein, ist keine Garantie gegen Einsamkeit.« – »Eine Frau«, sagte die Mutter, »kann sehr viel dafür tun, daß der Mann bei ihr bleibt. Wenn sie sich pflegt, sich gut anzieht« (Rosmarie fühlte die Quetschfalten ihres Overalls wie einen körperlichen Makel), »warum sollte er dann davonlaufen.« – »Jemand kann sterben.« – »Er kann sterben«, wiederholte die Mutter und drehte das Unkraut in ihren Händen, als wüßte sie nicht, was sie damit machen sollte. Rosmarie bereute die Bemerkung sofort. Sie kroch unter den Strauch und begann, die Disteln hinten am Zaun auszureißen.
In der Küche, während sie der Kaffeemaschine zusah, wie sie heißes Wasser in den Filter spuckte, wurde Rosmarie den ängstlich erwarteten Nachforschungen unterzogen. »Wann hat Justus eigentlich mit dem Trinken angefangen?« *Sie stellt die Frage so, als müsse zwangsläufig ich daran schuld sein.*
»Er trank schon, als wir uns kennenlernten.«
»Warum hast du ihn dann geheiratet?« *Unentrinnbar: auf die eine oder andere Art bin ich schuldig.*
»Weil ich's nicht gemerkt habe.«
»So etwas merkt man doch.«
»Wahrscheinlich habe ich es nicht merken wollen.«
»Das verstehe ich nicht.«
»Justus war so sehr mein Traum von einem Mann, daß ich meinen Verstand einfach ausgeschaltet habe. Gib zu, daß er dir auch gefallen hat –!«
Das Staunen im Gesicht ihrer Mutter, als sie die Haustür öffnete und Justus vor ihr stand ... Ihr Begrüßungsblick streifte die Tochter nur kurz. Alle Ängste vor unordentlichen Verhältnissen fielen sichtlich von ihr ab ...
Vor zwei Wochen noch hatte Rosmarie geglaubt, sie sei schwanger. Sie liebte Justus, und sie wollte auch gern ein Kind. Zum erstenmal in ihrem Leben zog sie so etwas ernsthaft in Erwägung: eine Dreizimmerwohnung; einen Mann, der morgens geht und abends kommt; Kinder. Sie hatte ihre Mutter angerufen und sich mit ihr in einem Kölner Café verabredet. Natürlich kam sie zu spät, wie fast immer bei familiären Zusammenkünften klappte im letzten Moment etwas nicht, Strümpfe mußten wegen einer Laufmasche gewechselt werden, dann verpaßte sie auch noch die Straßenbahn. Ihre

Mutter saß auf der Bank an der Spiegelwand, Hut auf dem Kopf und Perlenkette im Ausschnitt, genau wie die exorbitanten Matronen an den Marmortischen links und rechts, und dennoch unterschied sie sich von ihnen; es war etwas in ihrer Haltung. Sie wirkte in sich gekehrt und voller Vorwurf, den Rosmarie prompt auf sich bezog; umständlich entschuldigte sie sich. Allein mit ihrer Mutter, geriet sie stets, ohne daß sie den Grund wußte, in sich steigernde Panik; es war ihr jedesmal, als rede sie gegen eine Wand aus Abwehr an.
Diesmal aber fühlte sie sich durch den Gedanken an Justus gestärkt und nahm das Unvermeidliche in Angriff. »Ich bin schwanger«, erklärte sie fröhlich. Klirrend setzte eine Kaffeetasse auf dem Unterteller auf. Nach einer bemerkenswert kurzen Pause sagte, mit strengem Mund und niedergeschlagenen Augen, ihre Mutter: »Das habe ich kommen sehen.«
Rosmarie wartete: auf eine Geste der Solidarität. Schließlich bekam sie ein Baby, ging ein in die Gemeinschaft der Mütter ... »Wer der Vater ist, frage ich wohl besser nicht?« *Rundreisebillett. Mutters Wort für das Schlimmste, was einem Mädchen passieren konnte.* Rosmarie hätte jetzt von Justus reden müssen, aber Verletztheit verschloß ihr den Mund. Sie rührte ihren Kaffee um und um. »Das hast du nun davon«, sagte die Mutter. »Wovon?« – »Vom ...« Sie brachte das Wort nicht über die Lippen. Rosmarie bezweifelte, daß ihre Mutter das Wort *dafür* jemals auch nur gedacht hatte. »Was wirst du tun?«
Rosmarie saß wie am Stuhl festgeleimt. Sie hatte Lust, davonzulaufen – nein. Eigentlich war ihr danach, mit einem einzigen großen Armschwung alles Porzellan vom Tisch zu fegen oder sich wie ein Kind auf die Erde zu werfen und laut schreiend mit Händen und Füßen zu strampeln. Statt dessen flüsterte sie: »Justus will mich heiraten.« – »Justus? Wer ist Justus?« Die Stimme der Mutter klang abweisend, aber in ihrem Blick war eine Hoffnung aufgegangen.
Es kostete Justus keine Mühe, sie mit seinem Charme und seinen guten Manieren einzuwickeln. Am Kaffeetisch gerieten Rosmarie und ihr Vater angesichts des Austausches von Liebenswürdigkeiten zwischen Schwiegermutter und Schwiegersohn in spe an den Rand. Der Vater zog das Gespräch an sich, lenkte es nach den ersten statusklärenden Fragen auf die schlechte Wirtschaftslage. »Die deutsche Kohle ist

zu teuer. Amerikanische Steinkohle kostet den halben Preis, und das trotz der hohen Frachtraten. Hunderttausend Bergarbeiter sind arbeitslos. Wenn das so weitergeht, haben wir bald wieder Weimarer Zustände. Man weiß, wohin das führt ...«

Cognac und Zigaretten wurden an der Sitzgruppe serviert. Justus' Familienverhältnisse, der väterliche Betrieb, Größenordnungen: Vermögen, Umsatz, Gewinn. »Und wann werden Sie einsteigen?« – »Wenn ich mit dem Studium fertig bin.« Rosmarie wußte, daß Justus log. Sie würden zusammen nach Amerika gehen ... In ihrer Weinstube hatten sie den Plan geschmiedet, laut einander ins Ohr schreiend. Ein Trupp Pfadfinder, Tücher um die Hälse, Barette auf den Köpfen, war in die Kneipe eingefallen. Die Gitarre schlug der ergraute Führer mit den jugendlich kurzen Hosen. »Wir lieben die Stürme, die brausenden Wogen ...« Wohin in Amerika? Justus war neugierig auf New Orleans. Rosmarie verstand ihn: »Faulkner, was? Tennessee Williams! Stimmt's? Für mich ist New York DIE STADT. Kennst du die Gedichte von Walt Whitman? Dos Passos' MANHATTAN TRANSFER?« – »Heioheioheioho ...« sangen die Pfadfinder. – »Man muß ja nicht die ganze Zeit über an einem Ort bleiben«, schrie Rosmarie. – »Wir treiben die Beute mit fliegenden Segeln, wir jagen sie weit auf das offene Meer ...« – »In einem Wohnwagen den Kontinent durchqueren –«, brüllte Justus. – »Hei! Unser der Sieg! Viel Freude, viel Ehr!« sangen die Pfadfinder. Der Musikant stellte endlich die Gitarre beiseite. Die Knaben umlagerten ihn. Dem einen streichelte er die rosigen Wangen, dem zweiten wühlte er im Haar, den dritten zog er auf seine Knie. Hinter der Theke die blondtoupierte Wirtin machte ein bedenkliches Gesicht. Sie flüsterte ihrem knochigen Freund etwas zu.

Über seiner Zigarre der Vater sah zufrieden aus. Die gute Laune der Mutter garantierte die Zukunft. Rosmarie aber fühlte sich unbehaglich. Eifersucht war es nicht. Eher ein Draußenbleiben- und Zugucken-Müssen; sie war nicht im Spiel. Ihre Mutter fing an, über sie zu reden, als sei sie nicht da. Selbstverständlich meinte sie es gut, denn sie lobte Rosmarie. Der kam es vor, als teile die Mutter ihre eigenen Zweifel an der Tochter Justus so auf indirekte Weise mit. Zwei Erwachsene, die über ein Kind sprechen ... Das machte sie wütend. »Stell mich nicht als ein braves kleines Mädchen hin«, sagte sie plötzlich, »Justus weiß, daß ich das nicht bin.« Die Eltern schwiegen betreten. »Früher«, fuhr Rosmarie fort, »hast du immer behauptet, ich bekäme nie einen Mann, weil ich so unordentlich sei. Kürzlich erst meintest du, eine Frau, die Knoblauch ißt, nähme keiner. Vorgestern warst du noch der Ansicht, niemand wollte mich, weil ich keine Jungfrau mehr bin.« Der Vater nahm die Zigarre aus dem Mund. Die Mutter strich sich den Rock glatt. »Ich esse gern Knoblauch – gnädige Frau«, sagte Justus und lächelte über zwei Zahnreihen. Um den Mund der Mutter zuckte es. »Ich bringe es einfach nicht fertig, mich mit meinen Eltern nicht zu streiten«, sagte Rosmarie auf dem Rückweg. Das war in der Höhe von Wesseling. Rechts von der Autobahn blinkte silbern das Rohrlabyrinth der Raffinerie. Unheilige Flammen flackerten geheimnislos gegen den bleifarbenen Himmel. Justus antwortete nicht.

Beim Tischdecken ereilte Rosmarie die dritte Frage: »Das hat doch irgendwelche Ursachen, wenn einer trinkt?«

»Hör mal«, sagte sie nachdrücklich, »ich will nicht weiterreden über Justus.«

»Wieso nicht?«

»Weil es weh tut.«

Die Mutter schwieg.

»Das hast du dir alles selbst zuzuschreiben«, murmelte sie dann.

»Gibt es Milch?« fragte Rosmarie schroff.

»Da ist Sahne.«

»Du weißt doch, daß ich lieber Milch in den Kaffee nehme.«

»Wie redest du eigentlich mit mir?«

Rosmarie erstarrte. *Nur das nicht: strafender Rückzug ins Schweigen. Terror durch Liebesentzug. Ich halte das nicht aus.*

Glücklicherweise dauerte die Verstimmung der Mutter nicht lange. Später am Nachmittag, im Wohnzimmer, zwischen den schweren schwarzen Eichenmöbeln mit den geschnitzten Weinranken und Löwenköpfen, stellte sich sogar eine lang zurückliegende Vertrautheit wieder her. Immer noch schäumte über dem burgunderrotsamtenen Sofa das Seestück; allen kindlich-magischen Vorstellungen zum Trotz, war das auf einem Wellenkamm tanzende Segelschiff nie über Nacht untergegangen. Keines hätte sie für sich haben wollen von diesen besitzergreifenden Möbelstücken, und doch spürte sie jedesmal, wenn sie hierher kam, eine Erleichterung, daß alles an seinem Platz war. Ausrangiertes (eine Vase, ein Buch) fehlte ihr sofort. Sie sah nach, wo es geblieben war. Die Mutter warf nichts weg, versteckte es nur in abgelegenen Schränken. Neu Hinzugekommenes interessierte Rosmarie nicht, fiel ihr noch nicht einmal auf; ihre Augen ignorierten es einfach, bemerkten nicht den neuen Lampenschirm, sondern nur den alten gedrechselten Fuß, von dem sie genau wußte, wie er sich in der Handfläche anfühlte, weil sie ihn als Kind unzählige Male berührt hatte.

Rosmarie bat um den Karton mit den Fotos. Sie liebte es, in der zweckentfremdeten Hutschachtel herumzuwühlen und in zufälliger Folge die chamois und weiß, glänzend oder matt eingefangenen Familiengeschichtspartikel mit ihren Erinnerungen zu vergleichen. Aber die Bilder lagen nicht, wie früher, lose durcheinander. Die Mutter war auch nicht mehr bereit, den Karton aus den Händen zu geben, sondern bestand darauf, Rosmarie ein säuberlich gebündeltes Paket nach dem anderen zu überreichen. Rosmarie als Kleinkind – ein Püppchen mit Schleifen im Haar. Babyfotos vom Bruder. Nachkriegsschnappschüsse: Wie dünn die Eltern waren! Pubertärer Mumps, kombiniert mit der ersten Dauerwelle; scheußlich. Ferienreisen an die Ostsee; Weihnachtsbäume; Sommerpicknicks; Tanzstundenabschlußball. Es war ziemlich langweilig, die Fotos so eins nach dem anderen und unter Aufsicht anzuschauen. Ein Vorkriegs-Bilderpäckchen. Da gab es Rosmarie noch nicht. Da war der Vater ein ernsthaft blickender junger Mann in Uniform und die Mutter eine hübsche Frau in der eleganten, schmalhüftigen Mode der dreißiger Jahre. »Erzähl doch mal – wie war das damals?« Die Mutter holte einen flachen Karton mit Fetzchen von rosa Nylon, gebündelten gelben Knöpfen, Silberdraht. Sie setzte ihre Brille auf und begann, schmallippig, konzentriert, einen fingernagelgroßen Rahmen zu biegen, auf den sie ein winziges Stück hauchdünnen Krepp spannte. Rosmarie begriff, daß dies eine der künstlichen Knospen werden sollte, die – an trokkenen Zweigen befestigt – ewigen Mandelblüten-Frühling in die Vasen gaukeln. »So viel Geduld hätte ich nicht«, sagte sie.

Zärtlich und ein wenig mitleidig schaute sie ihrer Mutter zu. Diese Leidenschaft für das Allerkleinste drückte etwas aus, für das sie keine Formulierung fand. *Vielleicht so etwas wie eine aufs Detail reduzierte Selbstbehauptung. Äußerste Zurückgenommenheit, die sich das kleinstmögliche Ventil schafft.*
Wie das damals war ... »Haben Sie denn keine Angst um Ihren Mann?« war die junge Frau auf einem Offiziers-Frauenkränzchen gefragt worden. Dadurch erst erfuhr sie, daß er, in der Schlacht um England, mit Bomben über den Kanal flog. Seither hatte sie Angst. Heulende Sirenen, Detonationen, Bunkernächte. »Daran kann ich mich noch erinnern«, sagte Rosmarie.
»Du? Du warst doch viel zu klein!«
»Und wie war das mit den Juden? Hast du wirklich nichts gesehen? Nichts gehört?«
Unübersehbar sei der gelbe Stern gewesen. Plötzlich habe man erkannt, wer alles jüdisch war. Leute, von denen man das nicht gedacht hätte. In den Lebensmittelgeschäften hätten sie warten müssen, bis alle anderen an der Reihe waren. Da sei eine jüdische Nachbarin gewesen, für die sie eingekauft habe: »Das war riskant.« – »Was riskierte man?« Strafende Blicke. Denunziation ... Das Problem habe sich von selbst gelöst. Nach und nach seien die Davidssterne aus dem Straßenbild verschwunden. »Hast du dir keine Gedanken darüber gemacht, wo sie geblieben sein könnten?« Man habe gewußt, daß es KZs gab. Aber man habe natürlich keine Ahnung gehabt, daß da Unschuldige eingesperrt waren. »Es muß doch etwas durchgesickert sein?« Ein alter katholischer Herr, der fürs Winterhilfswerk sammelte, habe ihr »Greuelgeschichten« erzählt. Die Juden würden zum Bombenentschärfen eingesetzt. Das sei das reinste Himmelfahrtskommando. Und was so in den Lagern passierte ... »Hast du ihm geglaubt?« – »Ich dachte, er übertreibt.« – »Was sagte der Vater dazu?« – »Er wollte nichts davon hören.«
Rosmarie fühlte sich ihrer Mutter näher als seit Jahren. Vielleicht waren es sogar Jahrzehnte, die vergangen waren, seit sie zum letztenmal so vertraut beieinander gesessen hatten. Diese seltsame Schranke aus heimlichem Vorwurf und vorweggenommener Verteidigung schien für einen Moment außer Kraft gesetzt. Etwas, das sie lange wußte (oder zu wissen glaubte), bestätigte sich. Ein warmer Impuls veranlaßte sie,

die Hand auf das schmale, beschäftigte Gelenk der Mutter zu legen. Diese duldete die Berührung nicht länger als eine Sekunde; wie unabsichtlich entzog sie sich ihr durch ein prüfendes Hochheben des fast vollendeten Blütenblattes. Rosmarie registrierte, was sie, schmerzhaft, als Zurückweisung empfand, nur ungenau. *Das kann ich mir vorstellen, daß ein Mann wie mein Vater, für den die Uniform den sozialen Aufstieg bedeutete, zwar nicht korrupt war, aber in fortschreitendem Maße schwerhörig gegenüber allen Informationen, die seinen förderlichen Pflichtbegriff hätten aufweichen können …* »Hast du ›Mein Kampf‹ gelesen?« – »Nein.« – »Aber das Buch stand im Schrank?« – »Die Amerikaner haben es später gestohlen.« – »Hast du bis zuletzt an den Endsieg geglaubt?« – »Nach Stalingrad nicht mehr. Lena, unser russisches Mädchen, ging oft zum Zwangsarbeiterlager und sprach mit ihren Landsleuten. Die wußten besser Bescheid als wir.«
Richtig: Lena. Rosmarie hatte eine freundliche Hauterinnerung an sie, aber keine optische. »Erzähl mir von Lena.« Auf dem Arbeitsamt habe die Offiziersfrau mit den zwei Kindern sich ein Dienstmädchen abholen können. Die Ukrainerin aus einer deutschfreundlichen Familie habe sich freiwillig zum Einsatz im Reich gemeldet gehabt. Die Täuschung müsse ihr schon auf der Reise im Viehwaggon bewußt geworden sein. Ein in eine Decke gewickeltes, stinkendes Bündel menschlichen Elends. »Zuerst habe ich ihr ein Bad eingelassen«, berichtete Rosmaries Mutter. »Als sie dann ins Zimmer kam, sah ich, was für eine Schönheit sie war, mit ihren langen blonden Haaren. Nach einiger Zeit sagte sie ›Mama‹ zu mir, so wie du. Sie las mir jeden Wunsch von den Augen ab.« Die Ostfront sei näher gerückt und Lena in ein Arbeitslager gesteckt worden. Sie habe Kassiber geschrieben: schwere Arbeit in der Munitionsfabrik; Hunger. »Ich habe ihr zu Weihnachten Plätzchen geschickt.« – »Plätzchen?« – »Eines Tages stand sie vor der Tür. Ich konnte sie nicht aufnehmen, das war klar. Die Gestapo hat sie auch prompt bei uns gesucht. Später erfuhr ich, sie sei in dem Café aufgegriffen worden, wo sie sich immer mit ihren Landsleuten zu treffen pflegte.« – »Was ist mit ihr geschehen?« – »Ich weiß es nicht. Ich habe nie wieder etwas von ihr gehört. Dann war ja auch der Krieg zu Ende … Wir hatten genug mit uns zu tun.«
Rosmarie betrachtete ihre Mutter, die sich im gelben Licht

der Stehlampe mit der Herstellung von künstlichen Mandelblüten abplagte, und fragte sich, wie sie selbst sich wohl verhalten hätte, wenn sie damals erwachsen gewesen wäre. *Einen Menschen, der einem vertraut, fallenzulassen …* »Warum hast du sie nicht versteckt?« – »Aber Rosmarie! Wenn man sie bei mir gefunden hätte –!« Dann wäre die Mutter verhaftet, abgeführt, verhört worden. Vielleicht gefoltert; sicher verurteilt. Rosmarie war froh, daß ihre Mutter diese Erfahrung nicht hatte machen müssen. *Trotzdem wünschte ich, meine Eltern hätten mir Veranlassung gegeben, stolz auf sie zu sein. Aber kann man das: im nachhinein Heroismus verlangen? Ich bilde mir ein, ich hätte Lena, ohne Rücksicht auf mich, versteckt. Doch wer weiß, ob ich den Methoden der Gestapo standgehalten hätte –!* Das Telefon läutete. Der Vater war am Apparat. »Rosmarie ist da«, erzählte die Mutter. Als sie in den Lichtkegel der Stehlampe zurückkam, wischte sie sich über die Augen. Rosmarie erschrak. War er kränker, als sie dachte? »Wann wird er aus dem Krankenhaus entlassen?« – »Nächste Woche. Übermorgen sollen die Untersuchungsergebnisse vorliegen.«

Nach zwei, drei im Haus der Eltern verbrachten Stunden pflegte Rosmarie unruhig zu werden. »Ich glaube, ich muß gehen.« – »Willst du nicht noch zum Abendessen bleiben?« Der Blick der Mutter wanderte durchs Zimmer, als ob sie vorwegnehmen wollte, wie sie sich, alleingelassen, gleich fühlen würde. »Wie war es überhaupt in Amerika?« – »Schön.« Mehr, das wußte Rosmarie, wollte die Mutter nicht hören. Da fiel ihr etwas ein: »Wo ist eigentlich das AMERIKA-Buch geblieben, das mit dem blauen Einband und den blauen Sternchen in der weißen Schrift? Ich habe es, weißt du noch, als Trostpreis in einem Malwettbewerb über die Schulspeisung gewonnen.« Den ersten Preis bekam damals Lydia. Sie hatte eine kleine Stadt aus der Vogelperspektive gezeichnet. Alles war genau zu erkennen: die Fachwerkhäuser, das Kopfsteinpflaster, der Brunnen. Winzige Kinder liefen durch die Gassen zum Marktplatz, wo unter dem wehenden Sternenbanner die großen Kessel dampften; einer mit gelbem Inhalt: das war Maissuppe; in dem anderen war rosa Haferbrei.

Auf der Rückfahrt, in der Kleinbahn, blätterte Rosmarie das Buch durch. Entzückt erkannte sie die Fotos wieder, die sie als Kind so beeindruckt hatten. Manhattan: die Skyline –

mehr dem Himmel als der Erde zugehörig ... Fensterfronten wie kariertes Papier; bestimmte Kästchen sind schwarz ausgemalt ... Nachts ist der Himmel ein wenig heller als der Umriß der Gebäude, und die Fenster sind nicht einfach weiß; sie überstrahlen ihre Konturen. Ins Empire State Building schlägt der Blitz ein! New York, die legendäre Stadt ... Eine Karte der Vereinigten Staaten: Symbole geben die Ressourcen an. Im Osten rauchen Schornsteine, liegen schwarze Kohlehäufchen. In der Mitte gibt es fast nur Schweine, Weizengarben und Mais. Ein breiter Senkrechtstreifen, von Montana bis Texas, ist mit kräftigen Kühen bestückt. Nach Westen zu werden sie von lockigen Schafen abgelöst. Gelbe Klötze tauchen auf, die von einem Strahlenkranz umgeben sind: Gold! Dieses Amerika ist einfach, überschaubar und zugänglich, ein Land für Kinder. »Texas heißt: Guten Tag, mein Freund!« Magische Namen. Man braucht sie nur zu hören, und Geschichten fallen einem ein. COLORADO-RIVER. »Glaubt mir, mein Herr, mit meinen eigenen Augen habe ich es gesehen ... Civola, das Sagenland mit den sieben goldenen Städten, seine funkelnden Juwelen, die das Licht der Sonne widerspiegeln. Quer durch das Land erstreckt sich ein Fluß – wild und verräterisch ... und die Farbe des Flusses ist rot – rot wie Blut. Und der Sand, der seine Ufer bedeckt, ist goldener Sand.« So sprach der Negersklave im Jahr 1536 zu Hernando Cortez. ROCKY MOUNTAINS: »Das Goldfieber erfaßte Tausende. Überall im Land formierten sich die Ochsenwagen zu Trails und strebten westwärts zum Felsengebirge.« SAN FRANCISCO: » Auf ›Nob-Hill‹, dem ›Nabob-Hügel‹, ließen sich die erfolgreichen Goldgräber Kaliforniens in Marmorpalästen nieder.«
Reichtum. Und Glück. »In den Prärien des nordamerikanischen Westens, wo die Rinder zahlreicher als die Menschen sind, leben große, schlanke, braungebrannte, oft O-beinige Burschen, die hochhackige Stiefel und einen breitkrempigen Filzhut tragen; sie reiten in einem hornartig auslaufenden Sattel, und aus ihrem ewig lächelnden Gesicht ragt die von der Sonne rotverbrannte Nase. Das sind die amerikanischen Cowboys; sie gehören zu den glücklichsten und kühnsten Menschen.«
AMERIKA. Das Land der Verheißung. Rosmarie entdeckte, daß sie, als sie ihre Reise antrat, ohne es zu wissen, dem

Appell dieses Buches gefolgt war. In den Fotos erkannte sie die Landschaften ihrer kindlichen Fluchtträume wieder. Da war, auf Seite 31, auch die Luftaufnahme von San Francisco, diese aus Hochhäusern und Werften gebildete senkrecht/waagrechte Schraffur. Sogar die Kontinentüberquerung mit AMTRAC schien keine zufällige Wahl gewesen zu sein, denn der abgebildete Pullman-Wagen kam ihr so bekannt vor, als habe sie in Vorzeiten den Sprung aus der Wirklichkeit in das Bild hinein geschafft. Sie spürte den rauhen Bezug des Klappsitzes unter den Fingerspitzen, sah durch die schmutzverschatteten Fensterscheiben die unendlich eintönige Wüste vorüberziehen, roch die verbrauchte Luft des Club-Cars, wo die Männer rauchten und Karten spielten, hatte den faden Geschmack des infrarot aufgetauten Puten-Sandwiches auf der Zunge ...

Jeremy thronte, als sie das Hotelzimmer betrat, auf dem zierlichen Hocker vor dem Sekretär wie ein Frühstücksei auf dem Becher. Was er da tat, war leicht zu erraten, da er das bunte Familienfoto vor sich aufgebaut hatte. »Hi«, machte Rosmarie obenhin. »Hi«, winkte er mit dem Kugelschreiber. Sie setzte sich auf den Bettrand und wunderte sich, daß es ihr etwas ausmachte zu sehen, wie Jeremy an seine Frau schrieb. War das Eifersucht? Kaum; da sie ja nicht im geringsten verliebt in ihn war. Was sonst? Wenn sie daran dachte, daß Justus andere Frauen hatte, blieb sie innerlich gleichgültig; das war die mindere Folge einer großen Katastrophe. Woher also diese Bitterkeit? Jeremy war eine Zufallsbekanntschaft, sie würde ihn nie wiedersehen; das hatte sie die ganze Zeit über gewußt. Dennoch traf sie die Erkenntnis, daß er in einen Lebenszusammenhang gehörte, aus dem sie ausgeschlossen war, wie ein Schock. Betont leise, mit verkrampft ruhigen Bewegungen, begann sie, ihre Kleider in den Koffer zu legen. »Was machst du denn da?« fragte endlich, endlich Jeremy. »Siehst du doch!« stieß sie hervor. Und stopfte die schmutzige Wäsche in den Rucksack. Jeremy drehte sich langsam herum. Er zündete sich eine Zigarette an, schüttelte das Streichholz aus, warf es irgendwohin. Erschreckt, auf ein Feuer gefaßt, mindestens einen Brandfleck, folgte sie der Bewegung mit den Augen. Breitbeinig sitzend, die freie Hand auf den Oberschenkel gestützt, mit zusammengekniffenen Augen sagte er:

»Du gehst also weg.«
»Siehst du doch.«
»Den Grund willst du mir nicht sagen?«
Sie zuckte die Schultern.
»Stört es dich, daß ich an meine Familie schreibe?«
»Nein.«
Das Bewußtsein zu lügen, machte ihre Bewegungen fahrig. Sie stakste ins Bad, raffte Cremedöschen zusammen, warf sie ins Necessaire.
»Übrigens lebe ich nicht mit meiner Frau zusammen«, sagte Jeremy.
Rosmarie packte stumm weiter.
»Aber, um ehrlich zu sein, ich liebe sie.«
Rosmarie deutete mit einer Handbewegung Gleichgültigkeit an und kniete nieder, um unters Bett zu schauen.
»Also gut, lady. Wenn du gehen willst, dann geh. Ich halte dich nicht.«
Hatte Rosmarie erwartet, er würde sie zum Dableiben überreden? Beschleunigt, lief der Fluchtimpuls ins Leere. Sie ließ sich auf die Bettkante sinken und schlug die Hände vors Gesicht. Jeremy betrachtete sie.
»Hast du schon gegessen?«
»Hab keinen Hunger.«
»Sollen wir ein Glas Wein zusammen trinken?«
Sie schüttelte den Kopf. Jeremy erhob sich sacht, ging zu ihr, faßte sie unters Kinn. Da fing sie an zu weinen. Er setzte sich neben sie, legte den Arm um ihre Schultern, tröstete sie auf Deutsch und Englisch. Sie nahm das Angebot an und ließ ihrem Schmerz freien Lauf.
In der Pizzeria tat es ihr schon wieder leid, daß sie sich hatte gehenlassen. Sie bat um eine Zigarette, trank das erste Glas Frascati ziemlich rasch aus und das zweite nicht viel langsamer, lächelte Jeremy an, wenn er von seiner Jakobsmuschel hochblickte, und begann, von ihrem AMERIKA-Buch zu erzählen: »All diese Skylines, hellerleuchteten Boulevards, Häusermeere, weitgespannten Brücken ... Ich kroch in die armseligen, kleinformatigen Schwarzweißfotos hinein, eine graugescheckte Felswand vermittelte mir den Grand Canyon, eine windgeriffelte Sanddüne stellte das ›Tal des Todes‹ vor – meiner Phantasie genügten die Namen! Wie viele meiner Kinderbücher spielten in Amerika ... Ich lebte mit Goldsuchern,

Fallenstellern, Cowboys, Indianern. Winnetou, es gab ihn wirklich, denn im AMERIKA-Buch hieß es: Die Enkel Winnetous treffen sich alljährlich in Neu-Mexiko ... Pow-Wow und Feuertanz. Der Mississippi ist der Fluß, an dem Tom Sawyer und Huckleberry Finn mit Murmeln spielen. Goldsucher durchwühlen die Sandbänke des Sacramento. Vor den steinernen Zeigefingern der Mesa, die aussehen wie die Ruinen vorzeitlicher Kathedralen, jagen die Indianer Büffelherden. Fallensteller ziehen einsam durch die wilden Wälder von Maine ...« *Verwachsene Dickichte, birkenumsäumte Teiche und die Gewißheit: Das geht mich nichts mehr an.*
»Zwei Drittel von Maine gehören den Indianern«, nahm Jeremy das Thema auf. »Die neuenglischen Papiermühlenbesitzer haben sich das Land widerrechtlich angeeignet. Drei Stämme, die Passamaquoddy, Penobscot und Maliseet prozessieren seit Jahren gegen den Staat.« Und, da Rosmarie nicht reagierte: »Was ist? Du hörst ja gar nicht zu.« –
»In Maine hatte ich Lust, in die Wälder zu laufen und zu sterben. Alle Stadien der Evolution nach rückwärts durchschreitend, Lurch, Amöbe, Zelle, wollte ich widerstandslos in die Materie eingehen. Und weißt du, was ich statt dessen gemacht habe? Ich bin in einen dieser schwimmenden zollfreien Schnellimbisse gegangen und habe mir auf dem zugigen Schiffsdeck einen Hummer mit Kartoffelchips und Coca-Cola einverleibt.«
Jeremy lachte. »Du bist gesünder, als du weißt.« Dann legte er seine Hand auf ihre. »Nur solltest du nicht versuchen, Stärke vorzutäuschen.« Seine Hand fühlte sich schwer und heiß an; sie zog ihre eigene zurück. Er wandte sich wieder dem Kaninchenbraten zu. »Sie kochen hier wirklich gut«, sagte er anerkennend. Es war ein einfaches kleines Restaurant in der Nähe des Eigelsteintores; sie hatten es ganz zufällig entdeckt. Rosmarie goß sich Wein nach. Jeremy hob die Hand und bestellte eine zweite Karaffe. »Was ich dich fragen wollte« – er unterbrach, um seine Zigarette anzuzünden und Rosmarie Gelegenheit zu geben, sich gegen seine Neugier zu wappnen –, »was stört euch Frauen eigentlich daran, wenn Männer trinken? Ich kenne viele, die das tun, weißt du. Genau betrachtet, tun es nur wenige nicht. Solange sie nicht randalieren, das Mobiliar zertrümmern, die Kinder schlagen oder euch – was ist daran schlimm?« – »Sie ruinieren sich.« –

»Ist das euer Problem?« – »Sie ruinieren auch uns.« – »Wieso?« – »Sie sind nicht verläßlich. Nicht da, wenn man sie braucht. In sich versunken, mit sich selbst beschäftigt. Weit, weit weg ... Und außerdem« – sie gab ihrem Weinglas einen Schubs, als machte sie es für alle Verführungen des Alkohols verantwortlich –, »ist Trinken langweilig. So viel Stumpfsinn, Öde, Leere!«

Ihre Rebellion begann an dem Abend, als sie Axel von G. hinauswarf. Nie zuvor in ihrem Leben hatte sie etwas so Unhöfliches getan. Justus hatte sich bei einem Autounfall ein Schleudertrauma zugezogen und lag mit einer korsettsteifen Halskrause im Bett. Rosmarie hatte eine Veranstaltung der Volkshochschule besucht: »Werke der Weltliteratur«; die Provinzstadt war kulturelle Wüste, ab und zu eine Theaterpremiere, ein Konzert. »Macht es dir wirklich nichts aus, wenn ich dich allein lasse?« hatte sie Justus gefragt, und genau in diesem Moment hatte der Schulkamerad angerufen. »Kommen Sie doch her«, hatte sie gesagt, »Justus ist krank und wird sich freuen, wenn Sie ihm Gesellschaft leisten.«

Zwei Stunden später fand sie Justus nicht im Bett, sondern mit lose wackelndem Kopf auf dem Wohnzimmersofa vor. Zwei Gesichter wandten sich ihr zu, in den glasigen Augen hockte ein Befremden, das sich in spöttische Abwehr verwandelte, als sie die erste beste Flasche ergriff und mit aller Kraft zu Boden schmetterte. Axel von G. erhob sich, aber sie gab ihm nicht die Chance eines freiwilligen Abgangs, sondern forderte ihn auf, sofort das Haus zu verlassen; die Tür knallte sie hinter ihm zu. Sie nahm Justus am Arm, zerrte ihn vom Sofa und führte ihn ins Schlafzimmer, wo sein baumelnder Kopf zur Ruhe kam; nach dem Aufräumen, Aufkehren, Aufwischen war die Tür von innen abgeschlossen; Justus öffnete nicht. Angst und Wut setzten ihre Kräfte frei; sie trat die Tür ein. Justus schlief fest. Sie lag die ganze Nacht wach, versuchte, sich mit MANHATTAN TRANSFER abzulenken, geriet zufällig an die Stelle, wo Ellen etwas Ähnliches widerfährt wie ihr an diesem Abend, *mit einem jähen Sturz, wie der taumelnde Ruck einer Achterbahn, begann sie in düstere Abgründe des Elends zu stürzen;* Stan, mit dem gebräunten Athletenkörper; *»bin ich seine Amme?«* gibt Ellen zurück, als ein Freund ihr nahelegt, ihrem Geliebten das Trinken abzugewöhnen.

»Es war, als hätte ich eine andere Brille aufgesetzt. Ich habe, bis dahin, ganz gerne mitgetrunken. Es war für mich immer eine bunte, lustige Angelegenheit: Musik, kreiselndes Licht, freundliche Stimmen, zugewandte Gesichter. Selten habe ich die Grenze überschritten, jenseits derer die Extrovertiertheit umkippt und du in dich hineinfällst, in ein stumpfes Brüten versinkst, in der eigenen Leere herumrudernd vergeblich einen Horizont suchst ... Seit jenem Abend besah ich mir die Wirkung des Alkohols von außen. Und nüchtern war ich eine schlechte Gesprächspartnerin. Mir fiel einfach nichts ein. Ich langweilte mich, die Thekennachbarn links und rechts, mit denen ich mich sonst so angeregt unterhalten hatte, gingen mir auf die Nerven. Justus schien das nicht weiter zu berühren. Ich versuchte, ihn vom dritten Glas zurückzuhalten, denn ich wußte, in ihm würde er amphibienselig wegschwimmen, aber es gelang mir nicht, zumal der dicke Wirt mit Justus im Bunde war und seinen Blick auffing, so daß ein kühler, tröpfchenbedeckter Römer nach dem anderen abrakadabra aus der Theke wuchs. Justus trieb davon, schnell wie von einer Strömung erfaßt, die Bewegung läuft im Kreis, in immer engeren Spiralen ...

Ich begann, die Kneipe zu hassen, und das blieben keine unerwiderten Gefühle. Seit ich mich gegen die Spielregeln verging, versuchte sie, mich auszustoßen. Ich trank nicht mehr, blieb auch nicht die stumme, geduldig wartende Gefährtin meines trinkenden Mannes; ich wurde untragbar, weil ich Gläser zählte, dem Aufbruch das Wort redete, dem Wirt Mißbilligung signalisierte, den Mitzechern Verachtung zeigte. Die Kneipe beschloß, meinen Mann vor mir zu schützen. Der Wirt und die Stammgäste kooperierten wie ein gut eingespieltes Team, um Justus zu dem Rausch zu verhelfen, den er brauchte. Sie klopften ihm auf die Schulter und ignorierten mich; sie spendierten ihm das Glas, das ich ihm gerade auszureden versuchte. Sie trieben mich an den Punkt. Eines Tages sagte ich: ›Jetzt ist Schluß.‹ Das war gewissermaßen das Ende, obwohl es seine Zeit brauchte, bis es von außen nach innen drang.«

Wieder legte Jeremy seine Hand auf die ihre, und auch diesmal entzog sie sich ihm. Wie immer sie seine Geste deutete – als Zeichen von Mitgefühl, Mitleid, Verständnis –, sie war ihr unangenehm. Und mit Schrecken dachte sie daran, daß sie

gleich mit Jeremy allein in dem Hotelzimmer sein würde. *Das beste ist, ich fange einen Streit an.* Aber es kam dann doch anders. Ihren Widerstand, noch bevor er richtig aufgebaut war, unterlaufend, nahm er sie in die Arme. Er wandte nicht Gewalt an, aber er zog seinen Vorteil daraus, daß er wußte, was er wollte, und sie nicht. Er bedrängte sie nicht, doch er ließ, in dem Ritual sich steigernder Zärtlichkeiten, keine jene winzigen Pausen zu, in denen sie sich noch hätte zurückziehen können. Er verbündete sich mit ihrem Körper gegen sie. Rosmarie ließ ihn gewähren, genoß den Akt und fühlte sich dennoch vergewaltigt. Sie rächte sich, indem sie genau in dem Augenblick, als Jeremy, tief atmend, aus einem Gefühl äußerster Nähe, ihr Gesicht mit Küssen bedeckte, in sachlich-kaltem Ton fragte: »Hast du schon einmal darüber nachgedacht, wie alt ich bei Kriegsende war?«
Jeremy kippte von ihrem Bauch herunter, als habe er einen Schlag bekommen, und fluchte – auf die Bettritze, in die er hart gefallen war. Rosmarie stand auf, ging ins Bad, sprühte gelben Sirup aus einer Plastikflasche in die Wanne und drehte den Hahn auf. Als sie im warmen Wasser lag und der Schaum ihr die Nase kitzelte, kam Jeremy herein: »Was zum Teufel ist in dich gefahren?« – »Ich mußte die ganze Zeit daran denken, daß du zu denen gehörst, die uns Frauen und Kinder – meine Mutter, meinen Bruder, Lena und mich – mit Bomben beworfen haben. Und du stellst dich hin und forderst von mir Rechenschaft für die Nazi-Verbrechen.« – »Das tue ich doch gar nicht – habe ich nie getan –!« – »Doch. Der Vorwurf steht um dich herum wie eine Aura. Auch wenn du nicht bewußt daran denkst – unbewußt bist du voller Vorbehalte gegen mich – die nichts mit meiner Person zu tun haben.« – »Du bist ja verrückt!« sagte er. »Mach dir das doch mal klar: 1945 war ich fünf Jahre alt!« – »Just old enough to say Heil Hitler!« brüllte er. – »Aha«, sagte Rosmarie: »Da haben wir's.«
»And what did your father do in the war?« – »Er war Soldat, wie du. Er war nicht in der Partei. Er wußte nichts von den Judenmorden.« – »You do believe him? You really do believe him?« Glaubte sie ihrem Vater? Selbstverständlich hatte sie ihn befragt. Die inquisitorische Untersuchung des Verhaltens der Eltern im Dritten Reich gehörte zum pubertären Ablösungskonflikt ihrer Generation. Nächtliche Gerichtssitzungen im halbdunklen, von unzähligen Zigaretten verqualmten

Wohnzimmer. Der Vater im Bademantel marschiert auf und ab, auf und ab; schreit; beruhigt sich auf Zureden der Mutter – auch sie im Morgenrock, aus dem Schlaf gerissen von der spät heimkehrenden, zur Rede gestellten, sich mit vehementen Attacken wehrenden Tochter –, argumentiert, erregt sich, wird laut, läuft schließlich, die Hand auf die Brust gepreßt, stöhnend, hinaus. »Laß ihn doch in Ruh. Sein Herz –!« bittet die Mutter. »Du weißt ganz genau, daß er kerngesund ist«, entgegnet unnachsichtig die Tochter.

»Jawohl, ich glaube ihm«, sagte Rosmarie kühl. *Was geht es Jeremy an, wie wir mit unserer Geschichte fertig werden. Was betrifft es ihn, daß meine ganze Generation ihren Eltern nicht verzeihen kann, Hitler gewählt oder sich mit ihm abgefunden oder ihn einfach nur ertragen zu haben.* »Wenn du, Jeremy«, fuhr sie fort, »uns unbedingt alle für Nazis halten willst, dann ist das deine Angelegenheit. Solange du uns durch eine Brille siehst, die trübe ist vor Haß, kannst du zu keinem gerechten Urteil kommen. Ich habe es satt, zur Verantwortung gezogen zu werden für etwas, das ich nicht zu verantworten habe. Was würdest du sagen, wenn ich die Millionen Indianer, die die amerikanischen Pioniere zwecks Landgewinnung ausgerottet haben, dir persönlich zur Last legte? Und wie war das mit Hiroshima? In Nürnberg wurde der Begriff ›Kriegsverbrechen‹ geprägt. War der Abwurf der Atombombe etwa kein Kriegsverbrechen? Und My Lai? Und –« Jeremy war blaß geworden. Er drehte sich um und ging hinaus. Rosmarie hörte, wie er sich aufs Bett warf. Sein Feuerzeug klickte. *Ich werde nicht mehr zu ihm gehen. Ich werde warten, bis er eingeschlafen ist, dann werde ich meine Sachen packen und das Zimmer verlassen; das Hotel; Köln. Ich werde Jeremy einen Scheck auf den Nachttisch legen, unter das Familienfoto. Nein, ich werde ihn bei der Rezeption abgeben und ihn mir quittieren lassen. Ich werde Martha anrufen oder gleich nach G. fahren, vorausgesetzt, es geht so spät nachts noch ein Zug.*

V

Martha. Liebe Martha. Als Rosmarie sie so ansah, konnte sie verstehen, daß Männer sich in Details einer Frau verlieben: in den feinen Schwung des Ellbogens zum Beispiel, den der Ärmel des großblumigen Morgenrocks entblößte, wenn Martha sich ins Haar griff. An dieser Geste hätte Rosmarie Martha selbst dann wiedererkannt, wenn noch weniger an ihre Freundin von 1967 erinnert hätte, als es ohnehin der Fall war. Martha besaß die Gabe der völligen Verwandlung; nicht nur ihre Kleidung und ihr Haarschnitt paßten sich der jeweiligen Lebenssituation an, sondern auch ihr Gesichtsausdruck, ihre Stimmlage und natürlich die Brille, die sie trug. Jetzt war es ein vergoldetes Gestell mit eigenwillig geknickten Bügeln, die den Eindruck hervorriefen, als ob sie unter den Ohren säßen. Maisfarbene Haare standen kurz und drahtig von Marthas rundem Kopf ab; der hohe Ansatz des Schnitts legte eine verletzliche Nackenlinie frei, die in Rosmarie eine fast begehrliche Zärtlichkeit erweckte. Das war mit Martha immer so gewesen: daß eine Spannung zwischen ihnen entstand, mit der zumindest Rosmarie nichts anzufangen wußte; Martha ging selbstverständlicher damit um, legte auch mal den Arm um die Freundin oder gab ihr einen Kuß auf die Wange, während diese, verwirrt von der Heftigkeit ihrer Gefühle, zu Bewegungslosigkeit erstarrte.

»Das weißt du doch: daß du zu jeder Tag- und Nachtzeit hierherkommen kannst!« hatte Martha am Telefon gesagt und gelacht, als sie Rosmarie mit dem Koffer in der Hand und dem »backpack« auf dem Rücken unter der Tür stehen sah: »Na – bist du wieder mal auf der Flucht?«

Das war eine Anspielung auf Rosmaries ersten Versuch, vor Justus davonzulaufen. Damals war sie spätabends von einem Besuch bei Ilona zurückgekehrt, und Justus war nicht auf dem Bahnsteig gewesen, obwohl er ihr drei Stunden früher, als sie von Hamburg aus anrief, versprochen hatte, sie abzuholen. Voll böser Ahnungen hatte sie ein Taxi genommen. Zu Hause war Justus nicht. Sie steckte ihre Wäsche in die Waschmaschine, las die Ansichtspostkarte ihrer Eltern aus dem Schwarzwälder Kurort, machte sich ein Käsebrot, aß es in der Küche im Stehen – und entschloß sich endlich, der Sache auf den Grund zu gehen. Drei Kneipen standen zur Wahl; sie fand ihn schon in der ersten. Die Erleichterung, als sie ihn sah: lebendig, von Kopf bis Fuß Justus, tatsächlich er (wie wenn sie befürchtet hätte, er könnte sich plötzlich in Luft aufgelöst haben), wich einem tiefen Erschrecken – Justus erkannte sie nicht. Er sah sie und durch sie hindurch; wandte sich ab. »Justus!« sagte sie entsetzt und faßte ihn am Arm. Er starrte sie an, blinzelte, kniff die Augen zusammen – nichts. Sekundenlang war sie davon überzeugt, daß eine Verwechslung vorliege, daß dieser Mann gar nicht Justus sei ... Sie war aus der Wirklichkeit herausgefallen; wo Oben und Unten, Links und Rechts war, hätte sie in diesem Moment nicht angeben können. Die Vernunft fand eine Waffe gegen den Irrsinn: War es möglich, daß Justus das Gedächtnis verloren hatte? Oder war er ihr böse? Das war es, mußte es sein: Er ignorierte sie bewußt. Aber weshalb? Fieberhaft begann sie das Telefongespräch zu rekapitulieren; hatte sie etwas Falsches, Verletzendes gesagt? Da legte, zu ihrer Überraschung, Justus den Arm um ihre Schultern. »Dubisstass«, lallte er; und: »wokommss-tutennher ...« Rosmarie drehte sich auf dem Absatz herum, rannte nach Hause, stopfte die Wäsche naß in einen Plastiksack und verbrachte, bis zur Abfahrt des Zuges nach Köln, zwei leere, schwarze Stunden im Wartesaal des Bahnhofs. In der halbdunklen, nach Zigarettenkippen und Urin riechenden Halle, wo sich abgerissene Gestalten für den allgegenwärtigen Bahnpolizisten schlafend stellten, fühlte sie sich richtig am Platz; die Anonymität des Unglücks war ihr hier garantiert; keiner von diesen aus der Gesellschaft Gefallenen forderte Verstellung von ihr.

Martha offerierte Kakao. Rosmarie kroch zwischen die bunten Kissen auf dem Sofa und überließ sich diesem Platz in der angenehmen Gewißheit, daß sie, wenn sie müde wäre, hier einfach würde liegenbleiben und einschlafen können. Während sie aus einer zierlichen Biedermeiertasse mit Goldrand das heiße, süße, mit einem Häubchen Schlagsahne gekrönte Getränk schlürfte, schilderte sie ihren periodisch auftretenden Schokoladenhunger. »Darüber kann dir Christine einiges erzählen«, sagte Martha. »Im Kakao ist irgendein Stoff – ich weiß nicht, wie er heißt –, den der Körper produziert, wenn man verliebt ist. Bei Liebeskummer wird die Produktion eingestellt, und es treten Entzugserscheinungen auf.«

»Bei meiner ersten Trennung von meinen Eltern – ich wurde, wegen Untergewicht, es muß knapp nach den Hungerjahren gewesen sein, für sechs Wochen in ein Kinderheim geschickt – habe ich diese Sucht entwickelt. Ich habe mein ganzes Taschengeld für Schokolade ausgegeben. Als ich zurückkam, war ich kugelrund, sehr zur Freude meiner Eltern.«

Rosmarie merkte selbst, daß ihre Stimme von verkrampfter Munterkeit brüchig klang. Wie sollte Martha das entgehen ...! »Du siehst gut aus«, sagte sie – weil es stimmte und weil sie Marthas bohrender Nachfrage durch Schmeichelei zuvorkommen wollte. »Du nicht«, erwiderte Martha kühl. »Man sieht dir an, daß es dir schlecht geht.«

Da fiel der Zwang, Fassung vorzutäuschen, von Rosmarie ab. Sie fühlte, wie das weggeschobene, aber nicht außer Kraft gesetzte Leid sie überwältigte; ihre Mundwinkel zuckten. Martha wartete ab, bis sie sich beruhigt hatte. »Erzähle«, sagte sie. Rosmarie suchte einen Anfang und sagte, zu ihrer eigenen Überraschung, denn sie dachte, sie hätte Justus und nur Justus im Kopf: »Mein Vater ist krank.« – »Schlimm?« – »Lungenentzündung. Er liegt im Krankenhaus.« Martha dachte eine Weile nach und sagte dann: »Mit Lungenentzündung werden die Ärzte heutzutage ganz gut fertig.« – »Sie haben eine Bronchienspiegelung gemacht.« Wieder schwieg Martha, ehe sie, behutsam, fragte: »Krebs?« *Sie hat die Dinge schon immer beim Namen genannt.* Rosmarie unterdrückte aufsteigende Angst. »Man muß doch nicht immer gleich das Schlimmste annehmen ...!« – »Das muß man nicht.«

Rosmarie rutschte nach vorn an die Sofakante, stellte ihre Tasse ab, goß Kakao nach und kleckste einen Löffel Schlagsahne darauf. Martha nahm die Brille ab, um sie mit einem Zipfel ihres Morgenrocks blankzureiben. Das war Rosmarie schon früher aufgefallen: daß Marthas Beine, diese kindlich runden Knie über stämmigen Waden, eigentlich gar nicht zu ihr paßten. Damals, als sie sich regelmäßig im Republikanischen Club trafen, war Martha, die nicht weit von Rosmaries Appartement in einem Dachzimmerchen ohne Bad wohnte, öfters zum Duschen zu ihr gekommen und hatte nichts dabei

gefunden, nackt in ihrer Wohnung herumzulaufen. Rosmarie hatte es die Sprache verschlagen, als sie Martha zum erstenmal so sah; sie kannte außer ihrem Spiegelbild keine nackte Frau. Verlegen hatte sie irgendeine Beschäftigung gesucht, in einem Buch geblättert, sich in der Küche zu schaffen gemacht – bis Martha sich endlich angezogen hatte. Einmal war sie, tropfnaß, aus dem Bad geschossen gekommen, als das Telefon klingelte. Während sie mit Hans-Paul sprach, hatte sie, wie man Staub von der Kleidung klopft, mit der linken Handkante die Wassertropfen aus ihrem Schamhaar geschlagen.
In diesem Moment war Rosmarie bewußt geworden, daß sie Marthas Haut berühren wollte. Es kam aber nie dazu. Statt dessen reagierten sie die Spannung zwischen sich ab, indem sie erbittert darüber diskutierten, ob Literatur, Kunst überhaupt, noch eine Daseinsberechtigung habe. Martha behauptete: nein. Das war die Zeit, als sie angefangen hatte, politisch zu arbeiten. Später zog sie mit Hans-Paul zusammen in eine Wohngemeinschaft und veränderte sich rapide. Sie tauschte ihre Twinsets und Tweedkostüme gegen Jeans und Männerhemden ein, ließ sich keine wöchentlich erneuerungsbedürftigen Locken mehr in die Haare drehen und korrigierte ihre Kurzsichtigkeit mit einem runden Nickelbrillchen, das Rosmarie auf John Lennon, Martha jedoch auf Brecht zurückzuführen beharrte.
Am auffälligsten war der Wechsel ihres Wesens. Zwar erhielt sie sich die verbindliche Aufmerksamkeit, mit der sie auf jeden einzugehen pflegte, aber sie verlor – wie Rosmarie das seinerzeit sah – ihre »guten Manieren«. Mit Entsetzen beobachtete sie, daß Martha beim Spaghetti-Essen am bloßen Küchentisch sich mit dem Handrücken über den soßenverschmierten Mund fuhr und danach die Finger ableckte. Alle, die da waren: Michael, Klaus, Peter, gelegentlich Alfred und die – außer Martha – nur sporadisch auftauchenden Freundinnen, machten es so: saugten zischend die Nudeln ein, schmatzten, rülpsten; Hans-Paul bohrte gar ausgiebig in der Nase ...
Rosmarie, in ihrer Übererzogenheit, hätte sich in einem Indianerwigwam nicht fremder fühlen können. Gleichzeitig übte diese Umgebung einen exotischen Reiz auf sie aus. Alles, was zu Hause als »unmöglich« galt, schien hier möglich zu sein. Das fing damit an, daß das Geschirr nicht zusammen-

paßte, geschweige denn das Besteck, und an Gläsern gab es vom geschliffenen Sektkelch (aus Marthas Elternhaus) bis zum Bierseidel alle Varianten. Ebenso zufällig war das Mobiliar zusammengestellt; jeder hatte, was er besaß, beigesteuert, und das reihte sich nun aneinander: das selbstgezimmerte Regal, das antike Tellerbord, der ausgebaute Einbauschrank, das prächtige Vertiko von Peters bäuerlicher Großmutter ...

Die Wände waren mit Flugblättern befremdlichen Inhaltes bedeckt; eines zeigte, links oben, unter der Überschrift »Eine Mutter, ein Kind und Napalm« zwei verkohlte Leichen; darunter war, in der Art einer sich als sachliche Information gebenden Werbeschrift, ein Fragenkatalog abgedruckt: »Was ist Napalm?« ... »Was bewirkt Napalm?« ... »Wie wird Napalm verwendet?« Antwort: »Unsere Flugzeuge fliegen bis zu 450 Einsätzen am Tag gegen die ländlichen Gebiete Südvietnams. Der Abwurf von Napalm terrorisiert die Bauern in den durch den Vietcong besetzten Gebieten so, daß sie in die von den Amerikanern besetzten Gebiete ausweichen.« (Washington Post vom 13. März 1965.) »Die Verluste unter der Zivilbevölkerung sind hoch. Napalm ist die populärste Bombe in Vietnam. Sie ist billig, und sie ist tödlich.« (San Francisco Chronicle vom 9. Februar 1966.)

Der haustürgroße Küchentisch war die Schaltstelle der Wohngemeinschaft; hier wurde, nach den meist rasch und wortlos verlaufenden Mahlzeiten, stundenlang über Dinge gesprochen, die Rosmarie in ihrer Ahnung bestätigten, auf fremdes Terrain geraten zu sein. Sortiert wurde nach »Thesen« und »Argumenten«. Von Marx und Engels, Lenin und Rosa Luxemburg war die Rede, aber auch von Adorno, Bloch, Mao, Marcuse – ihre Schriften schienen aus lauter Zitaten zu bestehen, die man, wie Trümpfe, gegeneinander ausspielen konnte.

Hans-Paul schwieg meist am längsten. Dafür waren dann alle anderen still, sobald er mit einem milden Kopfschütteln zu verstehen gab, daß er das Wort ergreifen wollte. Er erhob den Zeigefinger und erledigte Adorno (und mit ihm Michael) als hegelianischen Begriffshuber, verwies Marcuse (wie auch Klaus) ins Revisionistenlager, stellte Mao in einen Zusammenhang mit Trotzki (worauf Peter nichts mehr einfiel) und referierte dann, aus dem Kopf und ohne Stocken, die Kritik der politischen Ökonomie. Rosmarie beobachtete ihn, mißtrauisch, verwirrt und wider Willen fasziniert: Dieser gehemmte junge Mann mit dem altväterlichen Gebaren, der die Sätze lispelnd, von prustenden Lachpausen unterbrochen, aussprach, wie wenn er sich für die Rücksichtslosigkeit seiner Formulierungen entschuldigen wollte, wurde von den anderen respektvoll angehört. In seltsamem Gegensatz zu der Schüchternheit seines Auftretens stand die Rigorosität, mit der er »Argumente, bring doch mal Argumente!« forderte oder (zu Martha, die vor Aufregung stotternd einen Einwand vorgebracht hatte) sanft sagte, dies sei nun der größte Blödsinn, den er jemals gehört habe. »In Hearings ist er gefürchtet«, teilte Martha Rosmarie mit. »Kürzlich hat er einen Gegner so in Grund und Boden diskutiert, daß der einen Nervenzusammenbruch erlitt, dasaß und fassungslos weinte ...« – »Hast du keine Angst vor ihm?« brachte Rosmarie ihre Gefühle auf einen Nenner. »Nein«, sagte Martha. »Er ist der liebste Mann der Welt. Nach dem Motto: Im Diskutieren hart – im Bette zart ...«

Rosmaries von Eifersucht geschärfte Wahrnehmung suchte nach Gründen für die Anziehungskraft, die Hans-Peter offenbar auf Martha ausübte, und fand keine. Es schien ihr, als gehe er eher achtlos mit Martha um, kümmere sich unter allen Anwesenden um sie am wenigsten, kritisiere sie wegen Kleinigkeiten unverhältnismäßig hart und führe insgesamt eine durchaus autoritäre Auslegung seiner Männerrolle vor – obwohl »antiautoritär« damals Marthas Lieblingswort war (womit übrigens sogar Rosmarie etwas anfangen konnte). »Wer zweimal mit der gleichen pennt, gehört schon zum Establishment«, sagte er einmal, und alle, die um den Küchentisch versammelt waren, lachten – einschließlich Martha. »Ist er dir denn nicht treu?« erkundigte sich Rosmarie später.

»Doch, doch. Er tut nur so. Im Grunde interessiert ihn Sex nicht besonders. Die ersten vier, sechs Wochen, ja ...«

»Fehlt dir da nicht was?«

»Es gibt Wichtigeres.«

»Sag mal, liebt er dich überhaupt?«

»Ich glaube schon.«

»Du glaubst?«

»Liebe ist auch nur Ideologie.«

»Wie bitte?«

»Ausdruck von bürgerlichem Besitzdenken. Wir müssen befreitere Formen des Umgangs miteinander finden. Die Familie ist ein Atavismus. An ihre Stelle wird die Gruppe treten –«

»Soll das heißen«, Rosmarie assoziierte Schändliches, das sie den Zeitungen entnommen hatte, »daß ihr, wie in der Berliner Kommune, alle miteinander ...?«

Martha lachte. »Weder alle miteinander noch durcheinander. In diesem Punkt ist Hans-Paul Traditionalist. Ich meine etwas anderes. Die Familie, als Lebensform, ist überholt. Es sind die bürgerlichen Soziologen selbst, die das festgestellt haben; denk an Schelsky! Der Spätkapitalismus hat die herkömmliche Großfamilie in Kleinstverbände zerschlagen: Vater + Mutter + Kind ... Lauter winzige Bastionen bürgerlichen Denkens ... Jetzt muß nur die Paar-Einheit abgeschafft werden, dann ist endlich der Weg frei für eine neue Gesellschaft ...«

Beim letzten Spaghetti-Essen, an dem Rosmarie teilnahm, ging es um die Anti-Springer-Kampagne, die auf der Delegiertenkonferenz des SDS in Frankfurt beschlossen worden war. »Wenn du dir anschaust, wie die Springer-Presse gegen die Studenten gehetzt hat, dann ist die Ermordung von Benno Ohnesorg kein Zufall«, belehrte Hans-Paul die von seiner Unerbittlichkeit aufgebrachte Rosmarie. »BILD hat aufgefordert, den Grips der Studenten durch Knüppelhiebe auf den Kopf zu lockern! Nein, nein, das ist ganz in Ordnung, die Enteignung des Konzerns zu fordern. ›Wer Terror produziert, muß Härte in Kauf nehmen!‹ Der Satz stammt nicht vom SDS, sondern aus der BZ.«

Es war typisch für Hans-Paul, daß er nach solchen tagespolitischen Exkursen stets »den Anschluß an die Theorie« suchte. Er schlug »Das Kapital« auf und zitierte »den Heißhunger des Kapitals nach Mehrarbeit«. An seine Zuhörer gerichtet, fragte er: »Was heißt das?« – »Das heißt, der Kapitalist versucht, aus dem Arbeiter so viel Leistung wie möglich herauszupressen«, antwortete beflissen Klaus, der inzwischen Hans-Pauls Rat befolgt hatte, sich doch, statt seine Zeit mit dem dekadenten Marcuse zu vertrödeln, einer vertretbaren Lektüre zuzuwenden. Hans-Paul nickte zustimmend; aber in Rosmarie stieg Trotz auf: Es gebe auch verantwortungsbewußte Unternehmer, verteidigte sie den ungenannt präsenten

Kapitalistensohn Justus. Und überhaupt, das sei doch Quatsch, anzunehmen, daß die das ganze Jahr über Urlaub machten ... Die arbeiteten doch auch – und hart – und trügen überdies das ganze finanzielle Risiko ... Hohngelächter antwortete ihr. Das sei nicht der Punkt, berichtigte Hans-Paul, als die Affekte sich wieder gelegt hatten. Es gehe darum, daß das Kapital verlorene Investition sei, wenn es sich nicht verwerte. Und die einzige Möglichkeit, die tote Arbeit, die darin stecke, wiederzubeleben, sei die Schaffung von Mehrwert. Er senkte den Kopf über den blauen Band: »Hier steht es: Das Kapital ist verstorbene Arbeit, die sich nur vampirmäßig belebt durch Einsaugung lebendiger Arbeit und um so mehr lebt, je mehr sie davon einsaugt ...«
Die Vokabeln, mit denen sich die »WG« so offenbar mühelos verständigte, kamen Rosmarie wie ein Geheimcode vor. Was bedeutete zum Beispiel: »Die Proportion Mehrarbeitszeit durch notwendige Arbeitszeit bestimmt die Rate des Mehrwerts?« Alle, einschließlich Martha, gingen mit dieser Formel um wie mit »zweimal zwei ist vier«. Rosmarie hielt sich an dem fest, was Justus ihr gesagt hatte: daß der Marxsche Begriff vom Mehrwert wissenschaftlich längst widerlegt sei, da er von einem absoluten Wert der produzierten Ware ausgehe. Tatsächlich aber könne der Warenwert nur relativ zum Preis gesehen werden, den diese im Spiel von Angebot und Nachfrage auf dem freien Markt erziele ...
Auch davon hatte Rosmarie kaum etwas verstanden; aber sie trug, was sie sich gemerkt hatte, naiv am linken Gemeinschaftstisch vor. Diesmal erntete sie nicht Gelächter, sondern eisiges Schweigen. Auch Martha, selbst Alfred wichen ihrem Blick aus. Schließlich fing Hans-Paul ohne Gepruste und erhobenen Zeigefinger zu sprechen an: Da habe sie sich voll den Standpunkt des Klassenfeindes zu eigen gemacht. Das habe er sich doch schon länger gedacht: daß sie, Rosmarie, zu diesen Leuten gehöre, die in den Villenvororten säßen und arrogant auf die anderen herabblickten. Selbstverständlich wolle er nicht in Marthas Autonomie eingreifen – aber diese Verbindung müsse in Frage gestellt werden. Ob Rosmarie sich darüber im klaren sei, daß sie hier mit Leuten an einem Tisch sitze, die, wenn die Rote Armee einmarschiere, auf sie, Rosmarie, schießen würden ...?
»Dein Freund ist ja ein Killer«, sagte Rosmarie erbittert zu

Martha, als sie sich das nächste Mal trafen. »Er steckt voller Aggressionen. Er macht Krieg; mit Worten. Das kannst du schon daran sehen, wie er sich in einen Diskussionsgegner verbeißt! Ohne Tötungshemmung. Er läßt erst los, wenn der andere zerstört ist.«
»Davon mußt du bei uns nun einmal ausgehen: daß Positionen zu Ende diskutiert werden!« sagte Martha. »Es kann nur gut für dich sein, wenn du dich einmal grundsätzlich in Frage stellen läßt! Mußt du dich denn ausgerechnet in jemanden wie Justus verlieben ...?« – »Mußt du dich ausgerechnet in jemanden wie Hans-Paul verlieben?« – »Immerhin hat er den fortschrittlicheren Standpunkt.« – »Ha!«
Rosmarie war zwiespältig. Einerseits beneidete sie die Freundin um die Sicherheit, die diese offensichtlich aus dem Zusammenhalt ihrer Gruppe bezog. Andererseits wehrten sich ihre Instinkte gegen das Risiko der Berührung mit Denkformen, die jene, von denen sie selbst bestimmt war, umzustürzen drohten. Die seelische Stärke ging ihr ab, die Martha fähig machte, ihre bürgerliche Erziehung beiseitezuschieben und sich in anderen Lebensentwürfen auszuprobieren. Das, worauf die Freundin sich so kopfüber einließ, machte ihr letztlich noch mehr Angst als die Verschwommenheit ihrer eigenen Realität, in der es, als Fixpunkt, wenigstens Justus gab.
Justus ... Martha würde zweifellos gleich nach ihm fragen. Groß und aufmerksam waren hinter den entspiegelten Brillengläsern ihre Augen auf Rosmarie gerichtet. Sie rutschte tief in die Kissen, zog die Knie hoch und umschlang sie mit den Armen.
»Wie war Amerika?« – »Amerika ...!« *Seltsam – ich denke schon gar nicht mehr daran.* »Ich weiß nicht, womit ich beginnen soll. Was hast du davon, wenn ich dir sage: schön war's. Gigantisch. So wie ich es mir vorgestellt hatte, aber noch größer, lebendiger, wirklicher. Alle unsere Vorurteile sind gleichzeitig berechtigt und falsch. Das Land ist riesig und voller Kontraste – 5000 Kilometer von einer Küste zur anderen – das ist so weit wie von hier nach Indien! Die Größenordnung mußt du dir mitdenken, wenn du dir von Amerika ein Bild machen willst. Unsere Raster sind fipsig, unsere Maßstäbe bieder. Allein der mitteleuropäische Naturbegriff! Wir kennen weder Hurrikans noch ausbrechende Vulkane oder Erdbeben. Bei uns gibt es keine Urwälder und keine

Wüsten; jeder Stein ist tausendmal umgedreht; wenn du drei Kilometer über Land läufst, taucht die nächste Kirchturmspitze auf. In Amerika ist die Konfrontation von Mensch und Natur direkter. Die Unmittelbarkeit der existentiellen Bedrohung schafft einen anderen Menschentypus; einen härteren, wenn du so willst. Den Pragmatismus des täglichen Lebens, diese anti-sentimentale Moral des ›Behaupte-dich-oder-du-fällst-auf-die-Schnauze‹ mußt du auf dem Hintergrund eines Kontinents sehen, wo 150 Millionen auf ein paar dschungelhafte Städte und riesige, einsame Landstriche verteilt sind. Die Amerikaner halten Widersprüche aus, die unsere Gesellschaftstheoretiker zur Verzweiflung treiben würden: Reichtum und Elend, Rockefeller und *brown bag ladies*, Ausbeutung und Wohltätigkeit, Religiosität und Korruption, Freiheitsstatue und Ku-Klux-Klan, Homosexuellen-Hochzeiten und Amish, Bretterhütten und Wolkenkratzer, Massenorgien gegen Eintrittsgeld und Bikini-Tops für Babys, ein Schienennetz aus der Pionierzeit und Spekulationen auf die Magnetbahn, überfüllte U-Bahnen und Gegenden, durch die du tagelang fahren kannst, ohne einen Menschen zu sehen. Morgens läßt du die Jalousie deines Waggonfensters hinaufschnellen und erblickst hellgelbe, mit dunklen Hartgrasbüscheln übersäte Wüste; mittags glitzert sie weiß, und die Dornensträucher leuchten in einem trügerisch saftigen Grün; abends entfärbt sie sich langsam, Grau schluckt die Konturen der Vegetation, das letzte Dämmerlicht erlischt … Du kannst den nächsten Tag kaum erwarten und stellst fest: Nichts hat sich verändert. Hättest du nicht das regelmäßige Klopfen der Schienenstraße im Ohr, müßtest du glauben, der Zug hätte die ganze Nacht stillgestanden. In deinem klimatisierten Abteil hast du Mühe, dir vorzustellen, wie heiß es da draußen ist; kein Mensch, kein Tier würde diese Sonne aushalten …«

Martha lächelte Rosmarie, die außer Atem geraten war, freundlich zu. »Immer noch die alte«, sagte sie, nicht ohne Spott; »hebt ab wie Ikarus – und landet mitten im Unglück … Was ich gerne von dir wissen möchte, ist, ob die Reise dir bei der Bewältigung deiner Probleme geholfen hat? Siehst du jetzt klarer? Weißt du, was du tun wirst?«

In diesem Moment öffnete sich die Tür und eine junge Frau in Höschen und T-Shirt kam herein. »Da bist du«, sagte sie mit einem süddeutschen Akzent, »ich hab' dich schon vermißt.« Sie dehnte die Arme und gähnte. »Das ist meine alte Freundin Rosmarie«, sagte Martha. – »Grüß dich. Ich hab' schon viel von dir gehört.« Christine wanderte um den Tisch herum und gab Rosmarie die Hand. Dann kniete sie neben Marthas Sessel nieder und legte den Kopf in ihren Schoß. »Kommst du bald, Schatz? Ich fürcht' mich. Ich hab' so was Dummes geträumt, so was Brutales ...« Martha streichelte die dunklen Locken. »Trink einen Kakao mit uns.«

Rosmarie war fasziniert von Christines kindlicher Anmut: wie sie den Deckel von der Kanne hob und die Nase hineinsteckte, »hmmm« machte und dabei Rosmarie aus dunklen Augen ansah. »Heiße Schokolade ist was Feines, gelt? Besonders wenn die Martha sie kocht.«

Sie ließ den Deckel fallen und zog Marthas Arm um ihre Schultern. »Ich mag jetzt nicht. Da muß ich mir ja noch mal die Zähne putzen.« – »Dann geh wieder schlafen, Maus«, sagte Martha und küßte sie aufs Ohr. »Ich komme bald nach.« Christine zog einen Flunsch: »Aber wirklich bald, ja?« Sie winkte Rosmarie zu und trollte sich auf zierlichen olivbraunen Beinen.

»Die ist ja süß!« rief Rosmarie mit vor Bewunderung offenem Mund. Martha lachte. »Sie hat mich verführt ... Regelrecht erobert ... Ein Jahr ist das jetzt her. Sie ist Münchnerin, studiert hier, Biologie und Chemie. Ich habe sie in der Frauengruppe kennengelernt. Damals war ich mit einem Mann zusammen, Uli, und hätte natürlich nie gedacht, daß ich überlaufen würde. Christine nahm den Kampf mit ihm auf; du hättest die Szenen erleben sollen ...! Er hat ziemlich schnell das Feld geräumt, schneller wahrscheinlich, als er es bei einem männlichen Rivalen getan hätte. Dieser Konstellation war er nicht gewachsen. Er tat mir leid, aber ich konnte nichts für ihn tun. Christines Charme und ihre Zärtlichkeit sind einfach unwiderstehlich. Die Liebesfalle ist zugeschnappt, und ich sitze darin, hilfloser als je in einer Männerbeziehung. Kannst du dir vorstellen, daß ich eifersüchtig bin wie ein Sizilianer?«

Nein – das konnte Rosmarie nun ganz und gar nicht nachvollziehen: Martha, ihre kühle, beherrschte Freundin, die seinerzeit Eifersucht für ein Relikt bürgerlichen Eigentumsdenkens erklärt hatte, sollte in gesellschaftliche Atavismen zurückverfallen sein? Das war schon komisch. »Alfred«, sagte Rosmarie, »hat, als ich ihn kürzlich traf – rate mal, wo? Im ›Campi‹, natürlich! Und rate, was er las? Richtig: das ›Kursbuch‹ –, angedeutet, daß du mit einer Frau zusammenlebst. Das ist ihm wohl nicht geheuer. Er möchte dich gern besuchen, fürchtet aber, ihr könntet etwas dagegen haben ...«

»Das ist typisch«, erwiderte Martha. »Weibliche Homosexualität treibt Männer in die Paranoia. Sag ihm, wenn du ihn siehst, daß wir ihm nicht den Schwanz abschneiden werden ...« Es verwirrte Rosmarie, daß Martha lachte, als habe sie einen Witz gemacht. Dann schien sie sich darauf zu besinnen, daß der Zweck des Gesprächs ja noch nicht eingelöst war, und wurde ernst. Rosmarie zog sich hinter die Verteidigungsstellung ihrer Knie zurück. Um das Thema Justus zu vermeiden, erzählte sie von Jeremy.

»Ist er Jude?«

»Ich glaube ja.«

»Hast du ihn nicht gefragt?«

»Nein.«

»Warum nicht?«

»Dann wären wir gleich beim Thema, weißt du. HOLOCAUST.«

»So steht das Thema zwischen euch ... Man muß die Dinge beim Namen nennen. Wenn du unbefangen wärst –«

»Kann ich denn unbefangen sein – einem jüdischen Mann, oder einer jüdischen Frau gegenüber? Ich denke, daß sie, was mich betrifft, befangen sind. Ich stelle mir vor, was in ihren Köpfen vorgeht, wenn sie hören, daß ich Deutsche bin. Auschwitz schwingt da doch immer mit.«

»Bist du in Jeremy verliebt?«

»Nein.«

»Na Gott sei Dank. Ich dachte schon, du hättest dich in die nächste Liebesgeschichte gestürzt, ehe du noch die davor verarbeitet hast ...«

Ach nein. Gewiß nicht.

»Verfolgst du den Majdanek-Prozeß?« fragte Rosmarie.

»Ich lese, was in den Zeitungen darüber steht. Was mich besonders erschüttert hat, ist die Rolle, die Frauen als Aufseherinnen im KZ gespielt haben. Die ›Blutige Brygida‹, die scharfe Hunde auf die Häftlinge hetzte ... ›Hermine, die Stute‹, die sie mit ihren Stiefeln zu Tode trampelte ... Solche

Beispiele von weiblichem Sadismus erschüttern meinen Glauben daran, daß Frauen friedfertiger sind als Männer und deshalb auch besser geeignet, mit den Folgen des technischen Fortschrittes fertig zu werden. Psychologisch kann man das zwar alles erklären: Gefühlskälte, Haß – warum sollten nicht auch Frauen nach einer verfehlten Sozialisation dazu fähig sein, andere zu quälen ... Dennoch halte ich uns für das menschlichere – oder vielmehr: für das zu mehr Menschlichkeit begabte Geschlecht, einfach deshalb, weil wir vital unverbraucht sind, nie in dem Maße wie die Männer verlernt haben, aus unseren Gefühlen zu leben ... Ich muß daran als dem Prinzip Hoffnung festhalten, denn die von der männlichen ratio aufgebaute technische Welt droht, sich selbst zu zerstören ...«
Rosmarie hatte nicht zugehört. Etwas anderes beschäftigte sie.
»Diese Hermine Ryan, geborene Braunstein – sie hat nach dem Krieg einen amerikanischen Besatzungssoldaten geheiratet –, ist 1972 im New Yorker Stadtteil Queens aufgestöbert worden. Weißt du, von wem?«
»Von Simon Wiesenthal?«
»Nein. Von einem Reporter der »New York Times«.« Sie sah Martha erwartungsvoll an.
»Und?«
»Jeremy arbeitet für diese Zeitung. Er ist hier, um nach einem ehemaligen deutschen Soldaten zu suchen, dessen Namen er nicht kennt.«
»Du vermutest, daß er ein Agent des israelischen Geheimdienstes ist?«
Auf diese Idee war Rosmarie noch gar nicht gekommen.
»Das glaube ich nicht«, sagte sie nach einigem Überlegen.
»Es verträgt sich nicht mit dem, was ich von ihm weiß. Er hat keine Pistole unter dem Jackett. Ein wenig kurzangebunden, das ist er; aber nicht ohne Güte –.«
Martha schüttelte den Kopf. »Sie haben doch keinen Schaum vorm Mund. Es steht ihnen nicht im Gesicht geschrieben, daß sie töten können. Und wollen ... Wenn man's genau betrachtet, können sie es alle, und die, die es wollen, werden Soldaten oder Agenten. Sie lernen es früh, mit der ersten Spielzeugpistole ... Männer.«
Der Kater Friedolin. Rosmarie drängte den Gedanken an

Justus zurück. Unsere Generation auch? Ich dachte immer, die Väter seien die Killer.«

»Sie kämpfen anders; aber sie kämpfen auch. Sie töten mit Worten – hast du das nicht mal von Hans-Paul gesagt? Da hattest du ausnahmsweise recht. Die Mordlust liegt bei ihnen tiefer, ist zugedeckt von kleinbürgerlicher Erziehung, die keine starken Gefühle zuläßt ... Hans-Paul könnte keiner Fliege etwas zuleide tun, schon deshalb, weil es ihn vor dem Fleck an der Wand ekeln würde. Trotzdem ist er einer der aggressivsten Menschen, die ich kenne. Nur – er läßt die Wut nicht heraus, ahnt sie nicht einmal ... Andere merken es, wenn er seine berüchtigten taktlosen Bemerkungen macht. Ich habe ihn nie wütend erlebt, nie aufgebracht, überhaupt nie emotional erwärmt, weder im Bösen noch im Guten ... Er war ein schrecklicher Liebhaber; ganz kalt. Meinst du, er hat ein einziges Mal geseufzt oder gestöhnt oder verliebt meinen Namen gesagt? Anfangs dachte ich, das sei Selbstbeherrschung, aber mit der Zeit habe ich doch gemerkt, daß er ausschließlich mit dem Kopf vögelte: Jetzt mache ich dies, dann mache ich das, und was mache ich jetzt? Pausen der Ratlosigkeit. Er hat auch immer die Augen aufgehabt, mich genau beobachtet ... Macht über mich ausgeübt. Und sich nie hingegeben. Das konnte er einfach nicht. Manchmal habe ich mich gefragt, ob er nicht einfach Pflichtübungen absolvierte. Zumal er mit der Zeit an Sex immer uninteressierter wurde, die politische Arbeit vorschob. Wenn du mich jetzt fragst: Ich glaube inzwischen, er fühlte tatsächlich nichts. Vielleicht ein Kribbeln ... was weiß ich. Aber sicher nicht: Ich gehöre Martha, Martha gehört mir.«

»Ich habe nie verstanden, was du an ihm gefunden hast.«

»Schwer zu sagen. Es war so eine Grundkomponente von Zärtlichkeit bei ihm da. Die kam manchmal durch. Meine Instinkte haben den Menschen in ihm gewittert, der er hätte sein können, wenn nicht irgendwelche Mechanismen ihn daran gehindert hätten. Zwanghafte Reflexe: ein tiefsitzendes Mißtrauen ... Du weißt, wie er war (und mutmaßlich noch ist): so schüchtern, daß es eine Qual für ihn ist, in ein Geschäft zu gehen und sich ein Paar Schuhe zu kaufen – so ausgeliefert, daß er niemandem etwas abschlagen kann, und dabei immer unzufrieden und schlecht gelaunt und bereit, diejenigen für seine Ausbeutbarkeit verantwortlich zu machen, die es durchaus akzeptieren würden, wenn er nein sagte ... Auf der anderen Seite seine Militanz – er liest einen Kriegsbericht nach dem anderen, aus dem Zweiten Weltkrieg, dem Spanischen Bürgerkrieg; er kennt alle Schlachtfelder, vorzugsweise die an der Ostfront, rasselt die technischen Details jeder Waffe nur so herunter: Maschinengewehre, Panzer, Raketen ...

›Ich bin ein gefürchteter Militarist‹, sagte er einmal. Wir waren auf einer Vorfrühlings-Wanderung; der Wald war noch ganz dünn und hell. Ich betrachtete ihn, wie er so etwas knikkebeinig durch das Laub vom Vorjahr watete, und lachte. Diese Äußerung erschien mir so theoretisch-abstrakt ... Ach, man soll die Leute immer wörtlich nehmen! Seine kriegerischen Phantasien sind die Kompensation seiner praktischen Wehrlosigkeit. Er hat – wie soll ich sagen – seine eigene gefährliche Feindseligkeit dadurch neutralisiert, daß er die Bourgeois, Faschisten, CDU-Wähler, Nazis zu seinen höchst persönlichen Gegnern stilisierte und sie durch den vorgestellten Sieg der Arbeiterklasse außer Gefecht setzte. Hans-Paul ist jemand, der sich von der Revolution erhofft, sie werde ihn an den anonymen Mächten rächen, die ihn nicht zum Zuge kommen lassen ... Stell dir vor, er hat Stalin verteidigt! Unter den westdeutschen Linken, die ich kenne, ist er der einzige, der das gewagt hat. Stalin habe die Wahl gehabt, die Kulaken zu ermorden, um die Rüstungsindustrie voranzutreiben – oder aber von Hitler besiegt zu werden – was sagst du dazu!«

Martha war aus ihrem Sessel aufgesprungen und wanderte im Zimmer umher. Rosmarie hatte das Gefühl, unter der Decke zu schweben und die Szene von oben zu sehen. Um einen ovalen Tisch gruppiert: Stehlampe, Sessel, Kübelpflanze, Sofa; darin ein Häuflein Elend, die Knie vors Gesicht gezogen: sie; Martha in ständiger Bewegung, vier Schritte hin, vier Schritte zurück; bunt verschlungen der Drachenschweif auf dem himmelblauen chinesischen Teppich.

»Und wie wird man so?« fragte Rosmarie.

»Was weiß ich? Bei uns war Psychologie als ›bourgeoise Krankheit‹ streng verpönt. Wenn wir sie zugelassen hätten, wäre uns vielleicht hin und wieder ein Licht über uns selbst aufgegangen. Statt dessen führten wir alles auf politische Kategorien zurück. Wenn Hans-Paul und ich Meinungsver-

schiedenheiten hatten, dann stand nicht sein Charakter oder meiner zur Diskussion, sondern es wurden Klassengegensätze ausgetragen. Das habe ich ja alles erst viel später begriffen: wie systematisch er meine bürgerliche Herkunft, derentwegen ich mich immer entschuldigen zu müssen glaubte (ist das nicht pervers, sich für seine Eltern zu schämen?), gegen mich verwendet hat, wenn ich ganz simple Beziehungsbeschwerden hatte, seine Egozentrik betreffend oder die Launenhaftigkeit, mit der er Pläne schmiedete und gleich wieder verwarf. Nichts konnte er so wenig vertragen wie Kritik! Wenn ich ihn angriff, sprach der Klassenfeind aus mir. Sein Selbstwertgefühl brach zusammen, sobald er fühlte, daß man aus der totalen Identifikation mit ihm ausscherte.
Ich will ihm ja nichts Übles nachreden – aber weißt du, was ich inzwischen glaube? Daß die politische Arbeit für ihn weniger Dienst am Zweck war als Möglichkeit der Selbstdarstellung. Als ASTA-Vorsitzender war er wer, zumindest unter den Studenten ... Der Mensch, der Mann blieb dabei unentwickelt. Kurz nachdem ich mich von ihm getrennt hatte, habe ich ihn einmal von weitem in der Mensa-Schlange warten sehen; mit seinen bedächtigen, fast furchtsamen Bewegungen und diesem resignativen Zug um den Mund kam er mir vor wie ein dauerbeleidigtes großes Kind; ich sah deutlich den unbeholfenen, schwierigen Jungen vor mir, der er gewesen sein muß – die anderen Kinder hänselten ihn, niemand wollte mit ihm spielen ... Trotzdem hatte ich kein Mitleid mit ihm, denn ich stellte mir vor, daß er sich schon damals aus lauter Überheblichkeit abgesondert hat – ein Prinzchen, das einen roten Teppich zum Bolzplatz ausgerollt haben wollte ...«
Vielfältig knackend reagierte der Sessel darauf, daß Martha sich in ihn fallen ließ. Sie streckte Beine und Arme von sich, kratzte sich mit beiden Händen ausgiebig die maisgelbe Mähne. »Hans-Paul! Alles zusammengenommen, habe ich mehr über ihn als mit ihm geredet. Ich war ihn erst los, als ich ihn mir erklären konnte. Das hat lange gedauert! Er war so im Trend ... Hatte für alles eine höchst vernünftig klingende Erklärung. Argumentativ war ihm nicht beizukommen; aber emotional auch nicht – er ließ sich einfach nicht hinreißen ... Und die anderen standen voll hinter ihm. Du weißt ja, was für ein Fraktionszwang in der WG herrschte! Meine Instinkte sagten mir, daß etwas nicht stimmte – aber Gefühle wurden

selbstverständlich nicht ernst genommen. Irgendwann fiel zwar mal der Satz, daß das Emotionale zu kurz käme. Damit war das Problem benannt und gleichzeitig erledigt; geändert hat sich dadurch nichts.
Die Situation spitzte sich für mich zu. Ich beging den Fehler, Hans-Paul mit einem Genossen zu betrügen. Es war die pure Verzweiflung. Ich war so eifersüchtig auf all die Zeit, die er mir vorenthielt und der Politik widmete, daß ich ihm zeigen wollte, wie unverläßlich seine vielgeliebten Kampfgefährten sind ... Der Schuß ging nach hinten los. Theoretisch war die Polygamie – vorausgesetzt, man blieb in der sozialistischen Familie – selbstverständlich akzeptiert, wurde achselzuckend zur Kenntnis genommen. Hans-Paul ließ sich nicht direkt anmerken, wie tief gekränkt er war. Statt dessen verschärfte er den Klassenkampf. Einmal äußerte ich, nach einem Verwandtenbesuch in der DDR, Zweifel daran, ob die Menschen im realen Sozialismus tatsächlich mehr Autonomie besäßen als zur Zeit noch bei uns. Da habe ich was zu hören gekriegt ...! Schließlich war ich so weit, daß ich mich ernsthaft fragte, ob ich spinne oder die anderen. Ich entschied mich dafür, mir zu glauben, und zog aus. Das fiel mir sehr schwer, denn es bedeutete auch den Bruch mit der Gruppe. Eine Zeitlang zweifelte ich an allem, sogar am Sozialismus ... Bis ich dahinterkam, daß diese Kombination von Politik und Paranoia ja nichts Zwangsläufiges ist. Es gibt schließlich auch andere, glaubwürdige Sozialisten. Wie Rudi Dutschke.«
»Kennst du ihn?« fragte Rosmarie ehrfürchtig.
»Ich habe ihn einmal getroffen, im März 68, wenige Wochen vor dem Attentat. Er hat mich sehr beeindruckt. Ich hatte ihn vorher als Redner erlebt, dem die Massen zujubelten, und war etwas skeptisch. Aber Starallüren hatte er nicht; er war gänzlich uneitel. Er kam so auf dich zu, weißt du: offen, herzlich, bereit, sich anzuhören, was du zu sagen hast ... Er gab dir das Gefühl, daß er dein Bruder und Vater sei ... Als ich später Blochs Wort von der ›humanity in action‹ las, dachte ich sofort an Rudi. Auch die Brechtsche Formel von der mitmenschlichen Freundlichkeit paßte auf ihn. Er verkörperte das, was Sozialismus aus den Menschen machen muß, wenn er glaubhaft sein soll ... Hans-Paul hingegen! Der kann einem Angst einjagen vor dem, was er vertritt.«

»Aber es muß doch einen bestimmten Grund haben, daß er so ist.«
Martha zuckte die Achseln. »Sein Vater war Nazi. Aber wessen Vater war das nicht?«
»Meiner nicht!« entgegnete Rosmarie.
»Als Generalstabsoffizier? Glaubst du das wirklich?« Martha hatte die Augenbrauen bis über den Goldrand ihrer Brillengläser hochgezogen. *Sie zweifelt auch.* Eine Pause entstand. Dann fuhr Martha, an den Knöpfen ihres Morgenrocks nestelnd, fort: »Du kannst dir denken, daß ich daran herumgerätselt habe. Was Hans-Paul von uns anderen unterschied, war, daß er seinen Vater abgöttisch liebte. Alle, Frauen wie Männer, unserer Generation, die ich kenne, waren auf Distanz zu ihren mehr oder weniger belasteten Elternhäusern gegangen. Im nachhinein erscheint mir dies sogar das movens der Studentenbewegung gewesen zu sein: den Ungehorsam gegen die Nazi-Generation zu organisieren. Hans-Paul machte da eine Ausnahme. Er identifizierte sich mit seinem Vater. Ich habe keine Ahnung, wie das tiefenpsychologisch zu erklären ist, und eigentlich auch schon lange aufgehört, darüber nachzugrübeln. Aber irgendeine Form von Wiedergutmachung betrieb auch Hans-Paul. Vielleicht stellte er tagträumend die faschistische Situation nach und übte sich in Gedanken darin, der Versuchung zu widerstehen, der sein Vater erlegen ist …«
Rosmarie dachte nach. »Das gilt doch aber für viele«, wandte sie ein.
»Zweifellos.«
»Wie willst du ausschließen, daß nicht jeder Revolutionär so ein privates Motiv hat? Das ist doch ganz normal.«
»Der Sozialismus«, rief Martha ärgerlich, »darf doch nicht die Spielwiese von Neurotikern sein, die ihre unbewußten Vernichtungswünsche in eine andere Semantik übertragen! Was soll denn das für eine Revolution sein, die stellvertretend für Vater- oder Muttermord steht!«
Rosmarie verstand nichts, außer, daß da ein Stichwort gefallen war. *Vatermord.* Sie sah Justus vor sich, an einem ihrer ruhigeren Weinstuben-Abende (es muß im Winter gewesen sein, die Rentner drängten sich um das Öfchen. »Gehen wir zu dir oder zu mir?« fragte eine alte Frau den alten Mann neben ihr, der sich die geschwollenen Fingergelenke mas-

sierte. »Lieber zu dir, da ist es warm«, gab er zur Antwort – sie schüttelte traurig den Kopf: »Ich hab' vergessen, Kohlen zu bestellen …« Seufzend blieben sie sitzen, drehten die leeren Gläser zwischen ihren Händen), wie er von dem Vorsatz, den er als Siebzehnjähriger fast in die Tat umgesetzt hätte: seinen Vater umzubringen, berichtete. »Ich hielt das Fleischmesser hinter dem Rücken«, sagte er. »Wenn es in diesem Moment nicht an der Haustür geklingelt hätte –!« Rosmarie deckte seine zitternde Hand mit der ihren zu. Wie gut sie das verstand: die Erfahrung der Ohnmacht. Ein geprügeltes Kind, dem Vater noch als Halberwachsener ausgeliefert, wehrlos aus dem zu oft wiederholten Erlebnis der Unterlegenheit. Die Tat hätte ihn befreit, dachte Rosmarie. Aber nicht das sagte sie, sondern: »Gut, daß du es nicht getan hast. Denn dann säßest du jetzt im Gefängnis, und nicht hier bei mir.«

»Wie kommst du auf Vatermord?« fragte sie.

»Ich wollte damit sagen, daß manche Leute ihren politischen Radikalismus aus unerledigten Familien-Abrechnungen beziehen. – Vergiß es. Psychologie ist nicht mein Fach«, fügte Martha hinzu. Sie schwiegen. Rosmarie suchte einen Anknüpfungspunkt, um das Gespräch nicht abreißen zu lassen. Die Augen fielen ihr zu.

»Was macht Rudi Dutschke eigentlich? Man hört so wenig von ihm.«

»Du hörst wenig von ihm«, korrigierte Martha, »weil du nur die bürgerlichen Zeitungen liest. Frag' mal Alfred, oder die anderen … Er ist pausenlos unterwegs, organisiert die rotgrüne Partei … Gesundheitlich soll es ihm nicht so gut gehen, angeblich hat er epileptische Anfälle. Die Genossen sagen, er reibe sich auf, um die zersplitterte Linke wieder zu sammeln … Genaueres weiß ich nicht; ich bin ja schon 70 ausgeschert, in die Frauenbewegung …«

»Davon erzählst du mir später, ja?« Rosmarie ließ sich auf die Seite fallen.

»Willst du schlafen?«

Embryonal gekrümmt, murmelte Rosmarie Zustimmung.

»Ich hole das Bettzeug«, schlug Martha vor. Keine Reaktion. Sie warf eine Decke über die Freundin und knipste das Licht aus.

Fern, gedämpft durch die Jalousien, den dichten grünen Vorhang, hörte Rosmarie das Läuten der Glocken. Der Wecker tickte. Sie fand sich in der Wärme eines Körpers. Sie drehte sich Justus zu und grub den Kopf in seine Achselhöhle. Er rührte sich nicht. Er schlief. Er war ihr nah und gleichzeitig ganz woanders. Selbst wenn er von ihr träumte, wäre die, von der er träumte, nicht sie. Tick-tick-tick. Der Sekundenzeiger trieb die Zeit voran. Etwas war anders. Sie lag im Dunkeln und rekapitulierte: Rechts ist die Tür, und links ist das Fenster, und dort steht der Schreibtisch und davor der Stuhl; alles wie immer. Der Wecker tickte. Der kurze Zeiger, grün flirrend, deutete auf die Sieben. Der lange Zeiger stand fast senkrecht. Sie streckte die Hand aus, drückte den Knopf des Läutwerks fest. Alles wie immer: Sie lag in ihrem Bett, in einem sechsunddreißig Quadratmeter großen Zimmer im Parterre eines Mietshauses in einer nach einem Lokalheiligen benannten Straße im rechtsrheinischen Kölner Stadtteil Deutz. Auf den Tag mußte sie sich erst besinnen: Montag. Der würde nach seinen Montagsgesetzen verlaufen wie alle seine Vorgänger; das war es nicht, was anders war. Neben ihr lag ein Mann; das kam hin und wieder vor. Die Veränderung war – was? Nichts Konkretes jedenfalls. Nichts, was die Außenwelt betraf. Es mußte an ihr liegen; in ihr. Sie fühlte sich anders als sonst. Da gab es irgendeine Steigerungsform von Wohlbefinden. Zufriedenheit? Zu wenig. Glück? Zu viel. Vorsichtige Freude war besser. Neugierige Vorfreude: wie es wohl weitergehen würde? Diese letzte Nacht war anders gewesen als gewöhnliche Nächte mit vorübergehenden Liebhabern. Keine Routine, kein wohlbekanntes Repertoire und keine Ausstellung von Männlichkeit. Justus zitterte, als er sie auszog, berührte sie kaum; rührte sie. »Was ist los?« fragte sie. »Ich weiß nicht«, flüsterte er. Und: »Das ist mir noch nie passiert.« – »Das macht doch nichts«, tröstete sie ihn, kroch dicht an ihn heran, legte ihren Kopf in seine Armbeuge und schlief, seine kitzelnden Brusthaare an der Nase, ein ...

Und jetzt war irgendwas anders als sonst. Wie sah der Tag aus? Sie schwang die Beine aus dem Bett, tastete sich im Dunkeln zum Fenster, zog die Jalousie ein Stück hoch, bis Licht durch die Spalten fiel – strahlendes Morgensonnenlicht, das der Vorhang als grüne Dämmerung ins Zimmer filterte. Justus lag still, mit geschlossenen Augen. »Schläfst du noch?« fragte sie. Ihr war, als hätten sich seine Lider bewegt, aber er

regte sich nicht. Sie duschte, zog ein Sommerkleid an, setzte den Wasserkessel auf die Herdplatte, rührte in zwei Bechern den Pulverkaffee so an, wie sie ihn am liebsten mochte: mit Instant-Kakao und Zucker vermischt, goß warme Milch und kochendes Wasser auf, brachte eine der Tassen ans Bett.
Justus – schlief er oder stellte er sich schlafend? Sie faßte ihn leicht an der Schulter, bewegte den Becher neben seinem Gesicht, damit ihm der Duft in die Nase stiege. »Kaffee?« fragte sie. Er wachte auf, gähnte ein bißchen, streckte die Arme, richtete sich auf den Ellbogen auf, sah sie an, als sähe er sie zum erstenmal, schaute sich um, als wollte er fragen: »Wo bin ich überhaupt?«, guckte betont erstaunt auf den Kaffeetopf in ihrer Hand, griff danach, schlürfte etwas Flüssigkeit vom Rand ab.
Rosmarie setzte sich dem Bett gegenüber auf den Schreibtischstuhl und beobachtete Justus. Von seinem durch die nach vorn fallenden Haare halb verdeckten Gesicht war nur die Nasenspitze zu sehen und – wenn er die Tasse absetzte – das kantige Kinn. Rosmarie registrierte Gleichgültigkeit; dieser Mann war ihr fremd; mit der schönen Erwartung in ihr hatte er nichts zu tun. »Schmeckt dir der Kaffee so?« fragte sie. »Sehr gut«, antwortete er eilig, »was ist da drin?« – »Kakao.« Er nahm einen Schluck, und noch einen; sein Kehlkopf tanzte. »Die Mischung mag nicht jeder!« – »Doch, doch!« Aber Rosmarie gab nicht nach: »Schmeckt sie dir wirklich?« – »Bestimmt!« versicherte er. »Ich muß gehen«, stellte sie fest, schlüpfte in die Sandalen, griff nach der Handtasche. »Zieh nachher einfach die Tür hinter dir zu!« Sie zögerte: Würde er fragen, ob sie sich wiedersehen könnten ...? Er fragte nicht. Egal. Sie rannte zur Straßenbahnhaltestelle.
Als sie am Neumarkt ausstieg, wollte sie in den gewohnten raschen Trab verfallen, aber irgend etwas bremste sie; der frische Morgen? Langsam schlenderte sie unter den Platanen daher und genoß die Erinnerung an Justus' Hände und Lippen auf ihrer Haut. Die Luft war kühl; nur da, wo die Sonne durch die Blätter drang, war sie warm. Die Gammler, die tagsüber die Bänke zu bevölkern pflegten, waren nicht da; sie schliefen wohl noch. Wo eigentlich? Sie überquerte die Fahrbahn. Gleich würde es vorbei sein mit dem Sommer; gleich würde sie in ihrem Büro vor einer grauen Wand an einer grauen Schreibmaschine sitzen und wie ein Automat ganz be-

stimmte Dinge in geregelter Abfolge und unaufhörlicher Wiederholung gedankenlos ausführen ... Der Obstverkäufer baute seinen Stand auf. Wie schmecken Kiwis? Fußgänger kamen entgegen; überholten. Gesprächsfetzen: »In Junkersdorf gab's gestern nur noch Stehplätze.« – »Sie haben den Mörder noch nicht.« – »Em Fägföör kann et och nit vil wärmer sein.« Die Glastür, der grüßende Portier (der freundliche, kleine, die Woche fängt gut an; sie fängt überhaupt gut an), im Lift Fräulein Schuster mit dem singenden rheinischen Tonfall: »Juten Moogen!« – »Guten Morgen!« Sparsam tikkend bestätigten die Fernschreiber die Waffenruhe im Nahen Osten.

VI

Es waren Aufstehgeräusche, die Rosmarie im Halbschlaf erreichten: Wasserspülungsrauschen, Kesselpfeifen, Fönsummen. Zwei Frauenstimmen, eine dunkle und eine hellere, bildeten sich in ihrer entgrenzten Wahrnehmung als Flugkörper ab; der braunschillernde schraubte sich in Spiralen höher und höher – plötzliche Stille: Absturz ... Dem Wachsein näher gerückt, stellte Rosmarie sich vor, Martha habe sich verdoppelt, spreche und lache mit ihrem buntgeblümten Zwilling. Dann sah sie sich selbst in der Küche stehen, mit der Teetasse in der einen und dem Marmeladetoast in der anderen Hand, und hörte im Dialog mit Martha ihre eigene Stimme. Als die Wirklichkeit mehr Macht über sie gewann, erinnerte sie sich an Christine. Nun fiel ihr auch das Ticken einer Uhr auf und das grüne Licht, das aber nicht, wie in ihrer früheren Kölner Wohnung, durch einen Vorhang gefiltert wurde, sondern ein Reflex der Bäume draußen im Garten war. Die Tür öffnete sich; jemand schlich herein, legte etwas auf den Tisch. Rosmarie war noch nicht neugierig auf Botschaften vom Tage. Sie drehte sich zur Wand, warf das knisternde Seidenkissen, das sie am Atmen hinderte, kopfüber hinaus und machte sich zum Weiterträumen bereit: Justus, verstrubbelt, warmgeschlafen, in einer Aura vertrauter Gerüche, in ihrem Bett ... Der Gedanke, der ihr endgültig den Schlaf vertrieb, war: Er hat gelogen. Er mochte den Kaffee gar nicht.
An jenem Tag, der so vielversprechend begonnen hatte, war sie mittags mit Martha verabredet gewesen. Sie trafen sich, wie immer, in der Kaffeestube, wo man an hohen Tischen ellbogennah miteinander ins Reden kommt. Heute war der Laden leer; es war den Leuten zu heiß. Die Verkäuferin in der braunen Schürze fragte: »Milch?« und wartete die Antwort ab, sie fragte »Zucker?« und wartete, nahm die drei Groschen entgegen und reichte dann die randvolle Tasse vorsichtig über die Theke. Rosmarie balancierte sie zu einem der leeren Tische und stellte sie ab. Sie legte den Zuckerwürfel auf den

Löffel, tunkte ihn in den Kaffee und schob ihn in den Mund. Sie scheuchte eine Fliege von ihrer Wange, dann von ihrer Hand, dann vom Löffel, dann von der Stirn ... Sie ärgerte sich überhaupt nicht. Auch die Hitze störte sie nicht. Sie fühlte sich wohl in ihrer Haut.
Martha fing, wie immer, sofort von Politik an. »Hast du die Bonzen im Fernsehen gesehen? Kiesingers Rührstück: wie glücklich und zufrieden er einstmals gewesen sei über die Chance, studieren zu dürfen? Strauß' Selbstmitleid: demonstrieren, das sei leicht, aber die Arbeit, das Bildungsdefizit auszurechnen, bleibe an ihm hängen? Als ob sie die verkannten Väter seien – und die Studenten undankbare Kinder ...!«
Rosmarie schaute wohl nicht sehr interessiert drein.
»Was ist los mit dir?« fragte Martha und musterte sie aufmerksam.
»Ich hab' da jemanden kennengelernt ...«
»Verliebt?«
»Vielleicht ist es ja diesmal der Richtige.«
»Na, nicht so schnell! Wie lange kennst du ihn denn! Eine Woche? Zwei? Du hast mir noch überhaupt nichts von ihm erzählt!«
»Bei Hans-Paul warst du dir ja auch deiner Sache sofort sicher –!«
»Hans-Paul ...!«
»Stimmt etwas nicht?«
»Er hat so eine Art, einen vor den Kopf zu stoßen ... Wahrscheinlich ist es meine Schuld. Vermutlich treibe ich ihn mit meinen überzogenen Ansprüchen in die Defensive.«
Martha rührte den ungemildert schwarzen Kaffee um und um.
»Na ja«, stellte sie fest: »Probleme gibt's schließlich in jeder Beziehung. – Hast du den Nirumand endlich gelesen? Nein? Hast du wenigstens in den Marcuse hineingeguckt?«
Rosmarie nickte, nicht, weil es der Wahrheit entsprach, sondern weil es ihr peinlich war, Marthas Erwartungen so hartnäckig zu enttäuschen.
»Wie findest du die Hauptthese?«
Rosmarie sah ratlos aus.
»Na – daß wir unsere wirklichen Bedürfnisse nicht einfordern können, weil wir sie gar nicht kennen? Da ist was dran, nicht wahr?«

Rosmarie nickte.
»Ich muß los«, rief Martha nach einem Blick auf die Armbanduhr, »zur Schulung!« Weg war sie.
Um vier hatte der Arbeitstag Rosmarie längst eingeholt. Als sie durch die Glastür auf die Straße trat, kam ihr der Himmel grau vor, der Sommerabend schal; sie schmeckte ihn nicht, so wie man das Essen nicht schmeckt, wenn man Schnupfen hat; ihr Sensorium war außer Kraft gesetzt. Matt trödelte sie hinüber zum Neumarkt, wo die Gammler in aufgeregten Grüppchen herumstanden und diskutierten. Einer von ihnen war ermordet worden. Sie ging weiter, Niesreiz in der Nase vom Staub. Während sie auf die Straßenbahn wartete, dachte sie über den Mord in den Rheinwiesen nach. Es mußte dort von Mücken wimmeln. »Hallo«, sagte eine warme Stimme hinter ihrer Schulter. Justus. Er nahm sie in den Arm, drückte sie an sich.
Da war das Gefühl vom frühen Morgen wieder. Sogar ein bißchen stärker; Freude ganz ohne Vorsicht. Hand in Hand gingen sie durch die Schildergasse und dann die Hohe Straße hinauf. Rosmarie vergaß, an den cardo maximus zu denken. Im »Campi« hob Alfred den Kopf vom »Kursbuch«, betrachtete Justus gründlich. Dann warf er Rosmarie einen Blick zu, der ein Signal enthielt. Weder konnte noch wollte sie es entziffern. Beim Eisessen sprachen sie kaum, lächelten sich nur manchmal an. Dann wanderten sie weiter, am Bretterzaun entlang, hinter dem der Domvorplatz umgebaut wurde. Die archäologischen Schätze, die aus dem zweitausendjährigen Stadtgrund zutage gefördert wurden – wie gleichgültig sie Rosmarie heute waren! Zwischen Dom und Bahnhof war die Schlucht zu überqueren, in die hinein die U-Bahn gesenkt werden sollte. Rechts die »Kathedrale des Rückschritts«, links die »Kathedrale des Fortschritts«. Da, wo der bronzene Preuße gegen die Technik anreitet, nahmen sie den Aufgang zur Hohenzollernbrücke. Der Fluß glänzte matt unter der Dunstglocke, durch die sich eine rötliche Sonne bohrte. Ein Zug rollte vorbei. Dumpf vibrierten die stählernen Streben. Am Deutzer Ufer beobachteten sie den schönsten aller Kölner Sonnenuntergänge. Gegen den fahlen Himmel zeichneten sich scharf die gotischen Spitzen des Domes, die byzantinisch gebauchten Hauben von Groß-St.-Martin ab. Dann fiel die Sonne aus den Wolken und baute, ihnen zu Füßen, einen rot-

goldenen Steg über den Fluß. *Zu Hause fand ich die halbleere Tasse. Habe ich mir etwas dabei gedacht? Justus hat geschwindelt, um mir zu gefallen. Ich habe die höfliche Unwahrheit, indem ich insistierte, in eine dreifache Lüge verwandelt. So fing es an.*

Das Telefon klingelte. Rosmarie beschloß, daß es sie nichts angehe. Lange konnte sie nicht widerstehen. Alfred war am Apparat, erfreut, daß sie es war, die antwortete. Sie redeten ein bißchen hin und her, denn Rosmarie wollte nicht, daß er sie bei Martha besuchte, und behauptete deshalb, sie wüßte nicht, ob sie ihn einladen dürfe. Sie verabredeten sich für den Nachmittag bei ihm. Rosmarie ärgerte sich, daß sie in ihren Kleidern geschlafen hatte; wegen der durch Gummizüge behinderten Blutzirkulation schmerzten ihr die Beine; der Overall roch verschwitzt. »Bis heute abend!« stand auf Marthas Zettel und daß Tee warmgestellt sei. Der war inzwischen allerdings abgestanden; Rosmarie brühte sich eine frische Portion auf. Sie duschte ausgiebig und fühlte sich gleich besser. Am Haken im Bad hing Marthas geblümter Morgenmantel. Sie schlüpfte hinein. Beim Zuknöpfen kam ihr etwas falsch vor; erst dachte sie, es sei der gewohnte Reißverschluß, der fehlte, dann merkte sie, daß die Knöpfe sich nicht so anfühlten, wie sie es eigentlich sollten. Plötzlich war der Zusammenhang da: Der Morgenrock ihrer Mutter, der ebenfalls irgendwie blaurotweiß auf schwarzem Grund gewesen war und aus einem ähnlich zärtlich dünnen Baumwollzeug, hatte stoffbezogene Knöpfe gehabt ... Als kleines Mädchen hatte sie, wenn sie allein zu Hause war, »erwachsen« gespielt, indem sie dieses Hauskleid um sich raffte und in die viel zu großen Stöckelschuhe ihrer Mutter stieg.

Mit der Teetasse in der Hand ging Rosmarie in der Wohnung umher. Eine Zimmertür war nur angelehnt. Sie stieß sie mit dem Fuß auf und erschrak nun doch beim Anblick des durchaus ehelichen französischen Bettes mit zwei Kopfkissen und zwei Decken. *Sie schlafen zusammen.* Rosmarie versuchte, sich vorzustellen, wie zwei Frauen sich lieben. Von sich selbst ertappt, brach sie die Phantasie ab, zog sacht die Tür hinter sich zu. Das nächste Zimmer könne, so dachte sie, keine Überraschungen bergen. Richtig; ein Arbeitszimmer, mit wandhohen Regalen und zwei Schreibtischen. Es gab Rosmarie dennoch einen Stich, als sie ein gerahmtes Foto von Martha und Christine entdeckte: Sie hatten einander die Arme um die Taille gelegt, hielten die Köpfe schief und blickten ernst in die Kamera. Wieder war Rosmarie vage eifersüchtig; nicht auf Martha, nicht wegen Christine ... *Die anderen haben etwas, das ich nicht habe.* Und unvermittelt, als ein bodenloses Fallen, war die Trauer wieder da.

In der Wohnung hielt sie es nicht aus. Sie lief durch die Stadt, sah nichts und niemanden, blinzelte in Licht, wich Schatten aus, hörte von sehr fern Stimmen, Preßlufthämmer, Bremsenkreischen, merkte nicht, wohin sie trat. Sie rannte scheinbar ziellos, und doch kam sie irgendwo an: in einer Telefonzelle. Sie wählte die Nummer von Justus' Büro. Er meldete sich mit dem Namen, der auch ihrer war. Atemlos horchte sie auf seine Stimme. »Hallo?« fragte er. In den Sekundenbruchteilen, die verstrichen, versuchte sie, sich sein Gesicht vorzustellen, aber statt der Großaufnahme gelang ihr nur eine Halbtotale, ein Umriß, eine Haltung: Justus von hinten, wartend, die Hände in den Hosentaschen, eine Schulter hochgezogen – viel Abwehr, sogar Feindseligkeit. – »Hallo!« rief er ärgerlich; sie hätte geschworen, daß er wußte, wer am anderen Ende der Leitung war – daß er sie an der Art ihres Schweigens erkannte ... Knacken. Tuten. Aus.

Erst als sie gegenüber dem Hotel auf den Stufen saß, die das Gefälle zwischen der Domplattform und dem Vorplatz ausgleichen, wurde ihr bewußt, daß sie auf Jeremy wartete. Der Platz sah beängstigend leer aus, Männer in Gummistiefeln stampften breitbeinig über die Fläche und trieben mit dicken Wasserschläuchen Streifen von Strandgut vor sich her; die Rollschuhläufer und die Tauben trippelten nervös in sich sammelnden, sich auflösenden Grüppchen am Rand auf und ab. Unkonzentriert blätterte Rosmarie im »Hyperion«. Neben ihr ließ sich, sechs oder sieben vollgestopfte Plastiktüten sorgfältig außerhalb Rosmaries Reichweite verstauend, eine alte Frau in einem fleckigen, dunklen Mantel nieder. Rosmaries erster Impuls war ein Abrücken; aber sie unterdrückte ihn, hauptsächlich aus Gleichgültigkeit. Das Weiblein wühlte tief auf dem Grund der Taschen, ohne etwas zutage zu fördern. Mit einer ruckhaften Bewegung drehte es das Gesicht, das wie ein alter Apfel voller Runzeln und Klüfte war, Rosmarie zu, lachte mit unerwartet blanken Zähnen und fragte, wie spät es sei. Sie wisse es nicht, antwortete Rosmarie. Wie

das denn möglich sei? Normalerweise wüßten alle Menschen die Uhrzeit. Auch wenn ihnen sonst einiges abhanden käme – die Zeit doch nie.
Rosmarie war sich nicht sicher, ob die blinzelnde Greisin sie etwa auf den Arm nehmen wollte. »Wissen Sie denn, wie spät es ist?« fragte sie zurück. »Gewiß doch«, erwiderte die Frau, schlug den linken Mantelärmel zurück und las von einem billigen Ührchen »13.25« ab. »Aber wieso –«, fing Rosmarie an. Sie wurde ungeduldig unterbrochen: »Das habe ich dir doch gesagt: die Uhrzeit zu wissen ist wichtig.« Sie sah Rosmarie aus leicht entzündeten, von weißen Wimpern umgebenen Augen aufmerksam an: »Weißt du denn wenigstens, wo du bist?«
»In Köln.«
»Genauer!«
»Am Dom.«
»Wie heißt der Platz?«
Rosmarie zuckte die Schultern. »Domplatz«.
»Falsch. Roncalliplatz. Nach wem? Na! Papst Johannes dem Dreiundzwanzigsten. Er hieß mit Familiennamen Roncalli.«
In einem versöhnlichen Ton fügte sie hinzu: »Man kann nicht alles wissen. Hauptsache, man weiß, wer man ist. Das weißt du doch?«
»Was für eine Frage!« *Und doch gibt es Momente, wo ich mir dessen gar nicht sicher bin.*
»In sechsundachtzig Jahren erlebt man viel«, sagte die Frau. »Ich glaube, daß die Hälfte der Menschheit verrückt ist. Exakt jeder zweite. Den wenigsten sieht man es an. Aber es gibt einen todsicheren Test, herauszufinden, ob einer normal ist oder nicht: die Frage nach Zeit und Ort. Wenn er die nicht beantworten kann, weiß er nicht, wer er ist. Du zum Beispiel bist ein bißchen verrückt, so gerade an der Kante. Manchmal weißt du, wer du bist, und manchmal nicht. Stimmt's?«
Rosmarie starrte sie an.
»Stimmt's?« wiederholte die Greisin und fixierte sie aus Augen, deren helles Blau merkwürdig künstlich wirkte, wie Neonlicht. Rosmarie nickte.
»Du bist nicht von hier?«
»Ich habe hier lange gelebt.«
»Das ist nicht dasselbe. Man wird kein Kölner, wenn man

nicht hier geboren ist. Sie lassen es einen ein Leben lang spüren … Ich bin auch nicht von hier.«
Rosmarie nutzte die Pause nicht für die erwartete Frage. Sie wäre gern aufgestanden und gegangen.
»Ich bin aus dem Osten. Aus Rußland. Hört man das nicht?«
»Nein«, erwiderte Rosmarie grausam. Das verschrumpelte Köpfchen senkte sich nachdenklich. Nicht ohne Rührung sah Rosmarie die weiße Kopfhaut durch die dünnen grauen Strähnen schimmern. *Wenn meine Mutter mich so sähe, Seite an Seite mit einer Stadtstreicherin, würde sie sich entsetzlich schämen. – Wieso denke ich in solchen Situationen eigentlich immer an meine Mutter?*
»Mein Deutsch ist fast akzentfrei. Das kommt, weil wir für alle Sprachen Hauslehrer hatten. Die deutsche Gouvernante hieß Fräulein Krüger … Ich stamme nämlich aus einer sehr vornehmen Familie.«
Sie reckte stolz das Kinn, gab Rosmarie Gelegenheit, Fragen zu stellen … Die kam sich schäbig vor, weil sie sich so überwinden mußte. »Ja?« sagte sie halbherzig. Die Greisin winkte mit dem Finger und flüsterte in das ihr zögernd zugeneigte Ohr: »Ich bin eine Romanowa.«
»Tatsächlich?« Rosmarie war wider Willen fasziniert, obwohl sie *natürlich* kein Wort glaubte. Hatte diese Frau nicht etwas, das auf eine sorgfältige Erziehung schließen ließ, eine Haltung, eine »Contenance«, wie Rosmaries Mutter sagen würde? *Eine Dame bleibt auch in Lumpen eine Dame.* Wenn man sich die vielen Falten und Fältchen wegdachte, mußte dieses Gesicht einmal schön gewesen sein.
Die Miene der Alten verfinsterte sich. »Die verdammten Kommis in der Regierung sind schuld daran, daß ich keine Rente kriege!« rief sie und spuckte durchaus unfein aus.
»Kommis?«
»Kommunisten oder Sozialisten – das ist doch egal dasselbe! Das war zu Adenauers Zeiten anders. Der war ein kluger Mann. Der wußte, mit wem er es zu tun hatte, als er nach Moskau fuhr. Eine Handvoll Strauchdiebe, diese neuen Herren! Die haben ihre Agenten überall … Da drüben«, – sie deutete quer über den Platz – »habe ich bei Adenauers Beerdigung gestanden. Diesen Klotz« (gemeint war das Römisch-Germanische Museum) »gab es damals noch nicht …«

Rosmarie versuchte, Adenauers Todesdatum zu rekonstruieren. War das nicht 1967? Im April. Sie selbst hatte sich nicht sehr für das Ereignis interessiert, aber Martha war voller Empörung gewesen: Das sei ja eine schöne Gesellschaft, die da zum Hochamt im Dom zusammengekommen sei! Johnson und Rusk, und in Vietnam krepiere derweil das Volk unter amerikanischen Bomben ... Minister aus Spanien und Portugal, in deren Militärgefängnissen die politischen Gegner dahinsiechten ... Vertreter des neuen griechischen Terrorregimes ... Der Vizepräsident Boliviens, dessen special forces in den Bergdörfern auf Che Guevara Jagd machten ...

Marthas Formulierung von der »internationalen Salonfähigkeit der Faschisten« hatte auf Rosmarie als Reizwort gewirkt. »Das klingt nach Hans-Paul«, hatte sie abwehrend gesagt. »Und? Hat er nicht recht? Was meinst du, in wie vielen Professorenstühlen, Richtersesseln, Mercedes-Kutschen, Hollywoodschaukeln bei uns ehemalige Nazis sitzen! Es ist in Wirklichkeit ja alles noch viel schlimmer, als es aussieht!«

Damals steckte der Studentenaufruhr noch in den Kinderschuhen. Und jetzt? Man hört nichts mehr. Ich muß Alfred danach fragen.

Ungeduldig, denn plötzlich wollte sie etwas tun, schlug sie sich mit dem Buch auf den Schenkel. »Was liest du da?« fragte die Alte und griff nach dem Band. »Hölderlin!« Sie beugte sich zurück, preßte beide Handballen gegen die Schläfen, schloß die Augen und deklamierte: »Weh mir, wo nehm' ich, wenn / es Winter ist, die Blumen, und wo / den Sonnenschein, / und Schatten der Erde?«

Die letzte Silbe dehnte sich melancholisch, riß ab. Rosmarie horchte.

Da hatte die Stimmung der Rezitatorin schon wieder gewechselt: »Schön, nicht?« strahlte sie. Noch bevor Rosmarie nicken konnte, verdüsterte sie sich abermals: »Ach, das Alter! Früher wußte ich viele Gedichte auswendig, Hölderlin, Goethe, Schiller, Heinrich Heine ... Jetzt bin ich sechsundachtzig, und mein Gedächtnis läßt nach ... Alles läßt nach, sogar die Kraft zu wünschen ... Und wenn das Wünschen aufhört, dann hört das Leben auf ... Du bist noch jung, mein Kind, du hast noch viel vor dir ... Vergiß nie, wo du bist und ob es Tag oder Nacht ist, Montag oder Freitag,

März oder November ... Wer Ort und Zeit verliert, findet sich selbst nicht mehr ...!«
Sie raffte ihre Plastikbeutel zusammen, nickte Rosmarie zu und schlurfte davon. Die hätte sie am liebsten am Arm festgehalten und gebeten, noch ein bißchen dazubleiben, Romanowa oder nicht. Da sah sie Jeremy. Er kam vom Westen her langsam über den Platz. Von weitem wirkte er älter, als er war, mit seinem zu kleinen Hut über dem zipfligen Regenmantel, dem angestrengten Gang. Er steuerte auf den Eingang des Hotels zu. Rosmarie stand auf und rannte hinter ihm her. »Hallo«, sagte sie außer Atem. Seine Freude, sie zu sehen, tat ihr gut.
Sie gingen zu »Früh am Dom«. Die Ellbogen auf dem gescheuerten Holztisch, die Sohlen auf dem nagelbeschlagenen Sockel, tauchte Rosmarie in den singenden Tonfall ein, der polyphon den Raum erfüllte. Die Kölschstange schmiegte sich kühl in ihre Hand. Am selben Tisch aßen eine Frau und ein Mann Eisbein mit Sauerkraut. Sie schoben große Happen in den Mund, malmten und mampften, sie sprachen weder, noch sahen sie einander an. Ihre Blicke wanderten von der Platte zum Teller und zurück, als ob sie abschätzten, wie lange ihr Appetit reiche und wie viel noch zu essen übrigbliebe. Sie wirkten so in sich ruhend, so zutiefst mit Gott und der Welt zufrieden, daß es Rosmarie einen Moment lang vorkam, als könne man alle Probleme der Welt durch Essen lösen. *Aber man wird ja wieder hungrig.*
»Ein Oxtail mit Röggelsche«, verkündete der Köbes im blauen Strickkamisol und setzte Teller und Brotkorb mit Schwung vor Jeremy.
»Warum bist du weggelaufen?«
»Muß ich dir das wirklich erklären?«
»Nein.«
Rosmarie hatte sich einen »halve Hahn« bestellt und freute sich kindisch über Jeremys Überraschung angesichts des bescheidenen Käsebrötchens.
»Wie spät ist es?« fragte sie.
Er sah auf seine Armbanduhr: »Halb drei.«
»Und wo sind wir?«
»In Köln –!?«
»Du wenigstens bist nicht verrückt.« Rosmarie berichtete von ihrer Begegnung mit der alten Frau.

»Ich liebe Europa!« rief Jeremy aus.
»Deswegen? – Ausgeflippte habt ihr doch selbst genug. Zum Beispiel einen Kerouac, der sagt: ›Wenn du auf dem Gipfel eines Berges angekommen bist, dann klettre weiter ...‹«
»Das ist ganz etwas anderes. Bei uns bricht man aus dem Alltag nach oben oder in die Zukunft aus; der Irrsinn ist schrill, bunt, futuristisch. Bei euch hat er einen ganz anderen Charakter: Er geht in die Tiefe, gräbt zwischen den Wurzeln, zielt auf die Weltmitte ... Die Identitätsformel deiner Zarentochter lautet: Der Mensch ist seine Geschichte ...«
Jeremy legte seine große, mit Härchen und Sommersprossen bedeckte Hand auf die ihre. »Ich habe einen Wagen gemietet«, sagte er. »Komm mit mir nach Süddeutschland. Würzburg, Creglingen, Dettwang, Rothenburg. Ich möchte die Riemenschneider-Altäre wiedersehen.«
»Weißt du, daß ich im Fränkischen aufgewachsen bin?« sagte Rosmarie. »In einer kleinen Stadt voller Erinnerungen an die Bauernkriege. Unsere Turnhalle war nach Florian Geyer benannt. Tilman Riemenschneider soll hinter den Bruchsteinmauern gefoltert worden sein, die das erzbischöfliche Hofgut umgeben. Man hat ihm die Hände zerbrochen. Anderen wurden die Augen mit glühenden Eisen ausgebrannt. Ich habe immer daran denken müssen, wenn ich dort entlangging. Von den Bauernführern haben wir als Kinder mehr gehört als von Hitler, Himmler, Göring ...«
Es gibt mimische Signale, die vor Grenzüberschreitungen warnen. Rosmarie wechselte schnell das Thema. »Geht es dir auch so«, fragte sie, »daß deine Kindersommer alle schön waren? Ich erinnere mich nicht an Regen oder Kälte. Nur an Sonne und Hitze. War das Wetter damals besser? Oder vergißt man, so wie man sich zum Beispiel Zahnweh nicht vorstellen kann, wenn man es nicht gerade hat, auch die schlechten Zeiten?«
Jeremy streckte seine Hand aus und streichelte Rosmaries Wange. Auf dem Weg um das Ohr herum zu ihrem Nacken verwandelte sich die väterliche Zärtlichkeit in die eines Liebhabers. Rosmarie hatte Lust, mit ihm zu schlafen, wagte aber nicht, es ihm zu sagen. Zu Justus hatte sie es einmal, ganz am Anfang, gesagt, in einer ähnlichen Umgebung, an irgendeinem regnerischen Sonntagnachmittag. Sie waren aufgestanden, in den Volkswagen gestiegen, zu ihrer Wohnung gefah-

ren. Unterwegs hatten sie über dies und jenes gesprochen. Hinter der Tür hatten sie sich gegenseitig ausgezogen. Die Kleider hatten den Weg zum Bett markiert. Trotzdem war es nicht das geworden, was Rosmarie sich davon versprochen hatte. *Es war eine vergebliche Suche geblieben. Für mich, jedenfalls. Mir fehlte etwas; aber Justus schlief fest.*
»Kommst du mit zu mir?« fragte Jeremy. Rosmarie fühlte, wie sie errötete. »Okay«, sagte sie. Er sah sie aufmerksam an, während er dem Köbes winkte. Der kam schnell, im ledernen Beutel unter dem spitzigen Bauch vorsorglich nach Wechselgeld wühlend. Jeremy nahm sie am Handgelenk, als ob die Gefahr bestünde, daß sie es sich anders überlegte und wegliefe. Dann ließ er ihre Hand los und faßte sie im Nakken. Wenn sie ihn ansah, grinste er und zwinkerte ihr zu. Sie gingen gemächlich, wie Spaziergänger, aber die Spannung zwischen ihnen wuchs. Im Lift spürte sie Jeremys Erregung. An diesem Tag war er ein Liebhaber nach ihrem Maß. Sie war ihm dankbar für seine Geduld. Es waren viele innere Barrieren zu überwinden, ehe sie bereit war, sich loszulassen.
Als sie dösend auf der weichen Schwellung seines Bauches lag, fiel ihr ein, woher sie den Mann mit der Quastenperücke kannte ... Nachdem sich herausgestellt hatte, daß Rosmarie nicht schwanger war, hatten sie trotzdem geheiratet. Das sei doch nur eine Formalität, hatten sie sich gesagt. Rosmarie lud ihre alte Freundin Ilona ein, schrieb ihr aber nichts von dem Anlaß. Zwei Tage vor dem festgesetzten Hochzeitsdatum stand sie auf dem Bahnsteig, unter dem Waffelmuster der Stahl-Glas-Konstruktion, 4711 EAU DE COLOGNE, und malte sich aus, wie sie in den nächsten Zug stiege und in eine der Hauptstädte führe, deren Namen auf einmal nicht mehr so erreichbar klangen wie bisher ... Kopenhagen ... Amsterdam ... Paris ... Madrid ...
Sie schaute sich auf dem Bahnhof um: Koffer, Kisten, Menschen; zu viele, um einem einzelnen Aufmerksamkeit zu widmen. Die nebeneinander warteten, sahen aneinander vorbei. Der Intercity lief ein. Ein dicker Mann in mittleren Jahren stieg mit einem weißen Lederkoffer aus, den Rosmarie als Ilonas Eigentum identifizierte. Hinter ihm tauchte, kaum wiederzuerkennen mit ihren kupferroten Haaren und dem giftgrünen Minikleid, die Freundin auf; sie wartete, bis der

Kavalier sich umdrehte, ihr die Hand reichte und sie die Stufen hinabgeleitete.
»Rosmarie!« Küsse rechts und links. Bei Ilona wußte man nie so genau, was echt war und was Theater. Sie wandte sich ihrem Begleiter zu, nahm ihm den Koffer aus der Hand, sagte »auf Wiedersehen« und hakte sich bei Rosmarie ein. Der Mann sah ihnen verdutzt hinterher. »Hab' ich unterwegs kennengelernt. Irgendein Geschäftsmann«, kommentierte Ilona verächtlich. Sie nahmen den Hinterausgang, unter dem winterfarbenen Glasbild hindurch, das Rosmarie liebte: blaßblaugrünbraun die Rheinfront von Köln mit den schmalen gotischen Fassaden, gluckenhaft darüber thronend Groß-St.-Martin, der Dom noch turmlos, daneben ein Baukran. – Justus wartete im Auto.
Sie fuhren in ein Gastarbeiterlokal, das kürzlich im Severinsviertel aufgemacht hatte. Unter Corrida-Plakaten, Weinschläuchen aus Ziegenleder, einem präparierten Stierkopf mit Glasaugen saßen an langen Holztischen Spanier, Rundfunkredakteure, Studenten. Sie bestellten frittierte Tintenfischringe, bunten Bauernsalat, geröstete Mandeln. Ilona erzählte, sie sei durch Vermittlung eines Schriftstellerfreundes zum nächsten Treffen der Gruppe 47 in Prag eingeladen. »Wirst du deine Geschichte über das Liebesleben der Gespenster vorlesen?« fragte Rosmarie. Sie hatte die Erkundigung keineswegs so spöttisch gemeint, wie sie klang.
Daß sie den vertrauten Ton mit der Freundin nicht fand, schien an der Spannung zu liegen, die sich zwischen Ilona und Justus hergestellt hatte. Es sah so aus, als seien die beiden sich auf Anhieb unsympathisch. Rosmarie fühlte, wie ihr der Kontakt zu Justus entglitt. Sie kämpfte dagegen an, indem sie ihn immer wieder mit einem »Weißt du, Ilona und ich ...« ins Gespräch einzubeziehen versuchte; vergeblich. Er entzog sich durch Schweigen. Ilona hingegen erzählte munter drauflos. »Die Literaten«, sagte sie, »treiben ihre narzistische Selbststeigerung so weit, daß sie von ihren Frauen nicht nur die Anbetung jedes einzelnen Wortes erwarten, das ihnen aus der begnadeten Feder fließt – sie wollen auch noch vom Fußnagel bis zur Bartstoppel als Übermänner vergöttlicht werden.« Sie nannte ein paar prominente Namen. »Woher kennst du die alle?« fragte Rosmarie voller Bewunderung. »Von der letzten Buchmesse«, antwortete Ilona. »Ich habe mein Spar-

konto geplündert, um ein tief ausgeschnittenes Abendkleid und einen schwarzen Samthut zu kaufen. Ans Décolleté habe ich mir Großmutters Riesenbrosche gesteckt. Ich weiß doch, wie Kameraleute sind – Gummilinse und Zoom –!«
Sie lachte und warf Justus einen Seitenblick zu. Der reagierte nicht. Rosmarie aber hatte eine Vision, wie eine Serie von Doppelbelichtungen: Ilona im Intercity – Rosmarie in der Küche. Ilona dirigiert ein Kamerateam – Rosmarie hantiert mit einem Staubsauger. Ilona, elegant, ein Sektglas in der Hand, von Männern belagert – Rosmarie, ein Baby auf dem Arm, nach Justus ausschauend, an einem Fenster. In diesem Moment erschien ihr die bevorstehende Heirat wie eine Wahnidee. Gleich, wenn sie allein wären, würde sie Ilona bitten, ihr einen Job in Hamburg zu besorgen und mit ihr zusammenzuziehen. Sie malte sich genau aus, wie groß die Wohnung sein müßte: Drei Zimmer würden sie mindestens brauchen, eines für Ilona, eines für sie und ein drittes, wenn Besuch käme. Der Gedanke hatte etwas Erlösendes.
Als sie in ihrer Wohnung angekommen waren, hatte sie diese Fluchtphantasie längst vergessen. Ilona bat, ein Ferngespräch führen zu dürfen. »Ich bin es«, versicherte sie mit einem Kleinmädchenton in ihrer rauchigen Stimme. Während Rosmarie Betten bezog, hörte sie, wie die Freundin dem Mann am anderen Ende der Leitung versicherte, sie könne ihn nicht vergessen, er möge entschuldigen, sie habe sich nun einmal in ihn verliebt ... Dann stand Ilona stumm, der Hörer hing von ihrer abgewinkelten Hand, über ihr Gesicht liefen Tränen. Rosmarie nahm ihr behutsam den Hörer ab und gab ihr Feuer für die Zigarette, die sie in den zitternden Fingern kaum halten konnte.
»Wer war das?«
Ilona nannte einen Namen, der Rosmarie bekannt vorkam.
»Ein Nazibonze hieß so.«
»Er ist der Sohn.«
»Und das kannst du –?«
»Er war ein Kind damals. Er hatte nichts damit zu tun!«
»Dann soll er sich anders nennen. Müller, Meier oder was weiß ich. Wie kann man mit so einem Namen herumlaufen!«
»Die haben auch ihren Stolz.«

Ilona berichtete von der Buchmessen-Eroberung, der Hotelzimmer-Liebe, der One-night-Affäre ...
»Ist er verheiratet?«
»Natürlich.«
Ilona weinte. Rosmarie betrachtete sie. Sie kannten sich lange. Als sie noch zur Schule gingen, hatte Ilona jeden Jungen haben können, den sie wollte. Zum Leidwesen der anderen Mädchen, auch zu Rosmaries, machte sie oft genug Gebrauch davon. Nach vierzehn Tagen oder vier Wochen kehrten die abtrünnigen Freunde zurück; gezeichnet. Melancholisch, verwandelten sie sich auf jedem Fest, wo auch Ilona war, in manische Raucher, grübelnde Trinker. Rosmarie war deswegen nie eifersüchtig. Seltsamerweise verlor sie schnell das Interesse an jungen Männern, die Ilona gegenüber gleichgültig blieben, während sie diejenigen, denen die Freundin den Kopf verdrehte, mit stummer Hartnäckigkeit aus der Entfernung liebte.
Rosmarie wollte sein wie Ilona. Sie war ihr angestrebtes Ich, ihr ideales Doppel; soweit ihr das gelang, imitierte sie die Freundin, trug die gleichen Ballerinaschuhe mit eingerollten Söckchen wie sie, wetteiferte mit ihr in gestärkten Petticoats, malte sich schwarze Striche über die Augen, was Ilona stand, Rosmarie aber nicht, lackierte sich, entgegen dem Verbot ihrer Mutter, die abgeknabberten Fingernägel rot. Dennoch behielt Ilona Rosmarie etwas voraus, ein Geheimnis, das diese vergeblich zu ergründen suchte. Später begriff sie, daß die Freundin eine außerordentliche Fähigkeit der Hingabe besaß. Männer, nicht nur junge, auch solche, die Erfahrung mit Frauen hatten, wurden von der Intensität, mit der sie ihnen entgegenkam, gepackt. Sie liefen herum wie Superman. Aber Ilonas Liebe erlosch meist in dem Moment, wo die des Verführten voll entbrannt war. Sie war unglücklicher als der, den sie verließ; das ahnte Rosmarie, wenn Ilona sich im Spiegel so distanziert betrachtete wie Rosmarie, die nicht Ilona sein konnte, sich selbst.
An diesem Abend sah Rosmarie die Freundin zum erstenmal wie einen fremden Menschen an, den man einzuschätzen versucht. Sie nahm die von Tränen und Alkohol geschwollenen Augen wahr, die zitternden Hände, den abgesprungenen Nagellack, die unter dem zu engen Kleid sich abzeichnende Fettschicht auf den Hüften. Sie ist allein, dachte Rosmarie. Sie hat

den Mann, mit dem sie leben kann, nicht gefunden. Und still für sich wollte sie ihr Glück feiern, Justus getroffen zu haben. Das warme Gefühl im Zwerchfell stellte sich aber nicht ein. Zu nah hatte ihr Ilona gestanden; die Mechanismen der Identifizierung wirkten nach. Es war Ilonas Schicksal, und doch hatte es etwas mit Rosmarie zu tun. Sie fühlte Beklemmung. In den Konturen erkannte sie sich ...
Am nächsten Morgen, Vortag ihrer Hochzeit, kam Justus zum Frühstück. Ilona war vergnügt, frisch, ausgeschlafen; weder Alkohol noch Tränen hatten Spuren hinterlassen; ihre Fingernägel waren neu lackiert; sie trug ein weißes Kleid und roch nach teurem Parfüm. Sie sprach mit tiefer Stimme, lachte aus dem Bauch, schmeichelte Justus so geschickt, daß er es nicht merkte. Sie erzählte ihre Familiengeschichten. Der Inhalt war immer derselbe: Das kleine Mädchen Ilona hatte sich irgendwo in dem verwinkelten Haus oder dem verwunschenen Garten versteckt, und nun suchten alle nach ihr – Mutter, Großmutter, Tante. Justus lachte.
Rosmarie fiel in eine tiefe Depression. Zwar war sie sich Justus' sicher ... (Wirklich?) Sie wollten am nächsten Tag heiraten. (Also.) Aber das war gar nicht das Problem. Worum es eigentlich ging, verstand sie selbst nicht. Es hatte etwas mit Bahnhöfen zu tun. Rosmarie schloß sich im Bad ein und rechnete nach, wie viel Geld sie auf der Bank hatte. Sie überlegte, wie sie ihre Reisetasche packen könnte, ohne daß die beiden es bemerkten. Norden oder Süden? Sie entschied sich, den nächsten Fernzug zu nehmen; wohin auch immer. Ilona schilderte gerade, wie sie als lakenverhülltes Gespenst der Großmutter einen entsetzlichen Schrecken einjagte. Justus lachte. Es gelang Rosmarie, etwas Wäsche einzupacken und die Reisetasche unauffällig in die Nähe der Wohnungstür zu bringen. »Hast du was?« fragte Ilona. Rosmarie stieg ein Schluchzen in die Kehle; sie wandte sich ab. »Ist sie eifersüchtig?« erkundigte sich Ilona bei Justus. »Das glaube ich nicht«, sagte der obenhin, in der Absicht, eine Unterbrechung nicht zuzulassen. Ilona fuhr auch sogleich in ihrer Erzählung fort: »Und dann kam Tante Luise, im wallenden rosa Négligé, mit lauter kleinen Schleifchen in den weißen Locken. Am liebsten hörte sie auf den Namen Lulu, französisch ausgesprochen: Lü-lü ...«
Rosmarie entschloß sich, die Zahnbürste, deren Verschwin-

den womöglich zu früh aufgefallen wäre, im Halter zu lassen. »Ich dreh' mal 'ne Runde.« Die beiden blickten kurz auf, Ilona maliziös, Justus zerstreut, nickten, vertieften sich wieder in das Spiel, das von Ilonas Seite Verführung meinte. Was es für Justus bedeutete, war Rosmarie in diesem Moment egal. Weg, nur weg. Eine halbe Stunde später stand sie vor der Abfahrtstafel in der Bahnhofshalle. Wien ... Kopenhagen ... Rom ... Paris ... Sie räumte sich einen Aufschub ein, ging ins Kino. ORPHEE. Jean Marais geht durch Spiegel, die bei der Berührung wie Wasser zerfließen. Die Unterwelt sieht aus wie ein Ruinenfeld der Nachkriegszeit. Orpheus verliert Eurydike, weil er zweifelt. Rosmarie zweifelte auch. Sie würde Justus verlieren ...

Sie kehrte nach Hause zurück, fand Ilona und ihn in der Küche. Er rührte Cumberlandsauce fürs Roastbeef, sie schlug Meerettichsahne zu den Räucherforellen. Ilona nahm Rosmarie kaum zur Kenntnis, war ganz auf Justus konzentriert, der seiner zukünftigen Frau zuzwinkerte. Ilonas Zauber wirkte bei ihm nicht, das beruhigte Rosmarie. Es hatte auch keine Liebesprobe sein sollen. (Oder doch?) Justus hatte sie bestanden. (Oder nicht?) Sie inspizierte das Bett. Es sah unberührt aus. Wie naiv von ihr zu glauben, die beiden hätten es in Unordnung gelassen im Falle, daß ...

Rosmarie schluckte erst Beruhigungs-, dann Schlaftabletten und verdoppelte, als sie nicht sofort wirkten, die Dosis. – »Wach auf!« rief Justus und schüttelte sie. Ilona stand, im gestickten Nachthemd aus Großmutters Wäscheschrank, appetitlich daneben. »Laß mich in Ruhe«, murmelte Rosmarie und versuchte, in Justus' Händen weiterzuschlafen. Er trug sie ins Bad.

»Wie viele hast du genommen?«

»Weiß nicht.«

Er hob sie in die Wanne, drehte das Wasser an. Wechselduschen weckten Rosmarie so weit auf, daß sie in der Lage war, ihr Hochzeitskleid anzuziehen, ein Kostüm im Chanel-Stil aus einem Second-hand-Laden. Sie war aber nicht wach genug, um sich dafür zu interessieren, warum die anderen – Justus' Freund Konrad war hinzugekommen – so vergnügt waren. Sie belegten ihr Toast mit Fleisch und Fisch, und Rosmarie würgte ein paar Bissen hinunter. Sie gossen ihr Sekt ein, und Rosmarie trank. Dann fiel sie aufs Bett, zog die Decke

über sich und bestand darauf, weiterzuschlafen. Es war aber Zeit, zum Standesamt zu gehen. Justus und Konrad sahen in ihren dunklen Anzügen mit weißen Hemden und silbernen Krawatten wie Prüflinge aus. Ilona war mitgeteilt worden, es handle sich um eine Examensfeierlichkeit. Irgendwie gelangte der Hut auf Rosmaries Kopf; auf irgendeine Weise kam sie in Justus' Auto. Erst als sie vor dem Amtsgebäude standen und der Bräutigam aus dem Gepäckfach den Brautstrauß holte, rote Rosen, weiße Fresien, begriff Ilona, daß sie Treuzeugin sein sollte. Sie faßte sich schnell. Rosmarie ließ die Zeremonie im Halbschlaf über sich ergehen. Draußen auf dem nach Bohnerwachs riechenden Flur, in ihrer ersten klaren Minute, sagte sie zu ihrem frisch angetrauten Ehemann: »Ich bin vermindert zurechnungsfähig. Man kann die Heirat jederzeit annullieren lassen.« Der einzige, der lachte, war Konrad.
Dann rief Rosmarie ihre Mutter an. »Ich wollte dir nur mitteilen, daß Justus und ich soeben geheiratet haben.« Reaktion wie erwartet: erst ungläubig, dann empfindlich, schließlich empört. Zu viel Formales war mit Füßen getreten worden. Anschließend informierte Justus seine Eltern. Er war blaß, als er den Hörer auflegte. »Sie wollen mich enterben.« Rosmarie brach in ein überreiztes Kichern aus.
Wieso sie das Zimmer in dem Hotel am Dom genommen hatten, wußte Rosmarie nicht mehr. Vermutlich hatte Ilona im Laufe des Tages ihr Interesse von Justus auf Konrad verlagert, und Rosmarie wollte der Freundin, wenn schon nicht mit ihrem Mann, so doch wenigstens mit ihrem Bett aushelfen. Rosmarie erinnerte sich, durch ein Aquarium voller Dschungelgrün und lilaleuchtender Orchideen geschwommen zu sein. In der Bar trank Justus noch ein letztes Bier. An der Wand ein Mann mit einer Lockenperücke, die in einer Quaste endete ...
»Gibt es eigentlich Männer, die in ihrer Hochzeitsnacht nüchtern sind?« fragte sie Jeremy.
»Wenige, nehme ich an. Ich war es auch nicht.«
»Justus war so betrunken, daß ich Angst hatte, er würde sterben. Ich zog ihm die Schuhe aus. Mehr, fand ich, konnte ich nicht für ihn tun. Das war meine Hochzeitsnacht. Sie hat übrigens in diesem Hotel stattgefunden. Vielleicht sogar in diesem Zimmer ...«
Jeremy ließ Zigarettenrauch aus seiner Nase flattern und

starrte zur Decke. In Rosmarie regte sich Besorgnis. Manchmal fühlt man sich jemandem nah, der in Gedanken ganz woanders ist. *Eine Frage, die ich nie wieder stellen werde: »Woran denkst du?«* Sie versuchte, sich an irgendwelche Details zu erinnern, an denen sie das Zimmer wiedererkennen könnte.

»Woran denkst du?« fragte sie.

»An Ilse«, antwortete, ohne zu zögern, Jeremy.

Man liegt mit ihnen im Bett, und sie erzählen einem von einer anderen Frau. Seine Brusthaare waren weiß. Sein Schamhaar war dunkel, mit einigen hellen Kringeln darin. Unter den Achseln die Haare waren schwarz. Auf dem Kopf vermengte sich ein rötliches Braun mit Grau.

»Wer ist Ilse?«

»Eine Freundin. Ich traf sie 1946 in Berlin. Du erinnerst mich ein bißchen an sie. Es war eine große Liebe – weißt du, eine von den Affären ohne Verschleiß, die vom Gedächtnis mumifiziert werden ... Dann wird die Vergangenheit zur Utopie, die über alle späteren Begegnungen ihren Schatten wirft.« Jeremy richtete sich auf, um im Aschenbecher auf dem Nachttisch seine Zigarette auszudrücken. Rosmarie stopfte sich ein Kissen in den Rücken. »Erzähl mir von Ilse.«

»Oh – sie war ... groß, blond, sehr schön ...«

Frau eines in Rußland vermißten Offiziers. Sie hatte eine kleine Tochter, Sieglinde. Rosmarie dachte an das Foto in Jeremys Brieftasche und stellte sich vor, wie er 1946 ausgesehen hatte: gutgenährt, in seiner stäubchenfreien Uniform mit blankgewichsten Stiefeln. Eine Tüte aus starkem, braunem Packpapier unter dem Arm, betritt er die Ruinenwohnung, wo ihn eine dünne, junge Frau zurückhaltend begrüßt.

»Sie war eine Lady. Elegant selbst in ihrem Kunstseidenfähnchen. Aus einem Baumwolltuch machte sie den Kopfputz einer Nofretete. Nur ihre Hände waren rauh und hart, vom Steineklopfen. Ich habe ihr Creme mitgebracht und roten Nagellack. Den hat sie nie benutzt. Sie wollte nicht aussehen wie eine Ami-Nutte.« Bitterkeit schwang in seiner Stimme. »Sie ging nie mit mir aus. Sie hätte sich nicht so zu zieren brauchen.«

»Überleg doch mal«, sagte Rosmarie. »Ihr wart unsere Feinde. Im Krieg habt ihr Bomben auf uns geworfen. Ich meine: auf uns, die Frauen und Kinder. Dann wart ihr satte und selbstzufriedene Sieger und habt uns hungern lassen. Sollten wir euch dafür lieben?«

Jeremy griff nach dem Päckchen, klopfte sich eine Zigarette heraus, riß ein Streichholz an, hielt die Flamme unter das Zigarettenende, schüttelte sie aus und warf das Hölzchen irgendwohin. Rosmarie blieb das Herz stehen. *Wenn ich länger mit Jeremy zusammen wäre, müßte er sich das abgewöhnen.* Rosmarie kicherte. »Was ist los?« – »Nichts.« Sie wollte ihm nicht sagen, daß es ein pädagogischer Gesichtspunkt war, unter dem sie eine gemeinsame Zukunft ins Auge faßte. *Die es nicht gibt. Fang nicht schon wieder damit an, dir etwas vorzumachen.*

Jeremy stellte sich den Aschenbecher auf den Bauch. Er war voll geplatzter, zerkrümelter Stummel. Rosmarie nahm einen davon in die Hand. »Ausgesprochen unsozial, diese kurzen Kippen«, sagte sie. »Und außerdem noch mit Filter. Da ist kaum Tabak dran. Was meinst du, was das für eine Sensation war, wenn wir mal eine halb gerauchte Zigarette im Rinnstein fanden! Die brachte so viel ein wie sonst drei oder vier Kippen.«

Jeremy schwieg. Dann sagte er:

»Du mußt so alt gewesen sein wie Sieglinde.«

»1946 war ich sechs.«

»Was hast du außer Kippen sammeln noch gemacht?«

»Meine Oma und ich stahlen Holz auf dem Rangierbahnhof unten am Fluß, wo die schönen, gelben Fichtenklötze, mit denen eure Fahrzeuge auf den Waggons befestigt wurden, in wunderbaren Haufen beieinanderlagen. Die Oma lenkte den Posten ab, der übrigens bewaffnet war, und ich flitzte aus meinem Versteck, um zwei, drei Brocken, so viel ich tragen konnte, wegzuschleppen. Das machte noch mehr Spaß, als in den Ruinen ›Räuber und Gendarm‹ zu spielen. Ein paar hundert Meter weiter wurden Kohlen verladen. Dort war meine Mutter. Manchmal kippten die Arbeiter absichtlich eine Schaufel Eierbriketts über den Rand. Dann warfen sich die Frauen auf die Knie und sammelten in ihre Einkaufstaschen, was sie kriegen konnten. Sie liefen auch hinter den startenden Lastwagen her und lasen die herabfallenden Brocken auf. Es war ein kalter Winter. Über Nacht fror der Fluß zu. Das Treibeis hatte sich gestaut und zu einer festen Decke zusammengeschlossen. Man konnte gefahrlos hinüber zum anderen

Ufer spazieren. Die Eisschollen bildeten ein Flickenmuster auf dem Fluß. In ihrer Mitte waren sie durchsichtig wie Glas, man sah die schwarze Tiefe oder, wo es seichter war, grünfließende Pflanzen. Im Februar brach der Fluß auf. Die Eisdecke knackte; ich habe das Geräusch noch im Ohr. Man konnte dabei zusehen, wie sie höher und höher stieg und den Zusammenhalt verlor. Dann trat das Wasser über die Ufer und warf die Eisstücke wahllos überall hin. Die Überschwemmung erreichte die Markierung einer Jahrhundertkatastrophe. Auch in unserem Keller war Wasser, obwohl unser Haus mindestens fünfzig Meter vom Ufer entfernt stand, in einer Straße, die bergauf führte. Haus ist zuviel gesagt. Wir lebten zu fünft in den beiden übriggebliebenen Zimmern im ersten Stock einer Ruine. Deine Landsleute hatten nämlich unsere Wohnung samt allen Möbeln für einen eurer Offiziere beschlagnahmt.«

»Habt ihr gehungert?«

»Unterernährt waren wir sicher. Es gibt Fotos aus der Zeit, da sehen meine Eltern spindeldürr aus. Sie sind mit den Rädern übers Land gefahren, um das Meißner Porzellan meiner Mutter bei den Bauern gegen Lebensmittel einzutauschen. Meine Oma und ich sammelten Schlehen und Bucheckern. In einer benachbarten Waschküche kochten wir nächtens Sirup aus Zuckerrüben. Wir lebten von Bratkartoffeln. Wenn Speck darunter geschnitten war oder ein Ei darüber geschlagen, war es ein Festmahl.«

»Den Berlinern ging es besonders schlecht«, sagte, Qualm ausatmend, Jeremy.

»Ich kann Frauen wie Ilse verstehen.«

»Es war nicht nur das!«

»Hat sie dich geliebt?«

»Schwer zu sagen. Manchmal hatte ich das Gefühl – manchmal. Gesagt hat sie es mir nie. Sie war ziemlich puritanisch. Mit der Liebe mußten wir immer warten, bis hinter dem Vorhang aus Wehrmachtsdecken Sieglinde fest eingeschlafen war. Das aus irgendeinem Trümmerhaufen gerettete Sofa staubte schrecklich, ich bekam Hustenanfälle ... Dann lachte Ilse. Gar nicht einmal schadenfroh; einfach belustigt. Für einen Moment fiel das Verspannte, Vergrämte von ihr ab, und die lebensfrohe junge Frau, die sie ohne den Krieg hätte sein können, kam zum Vorschein. Ich war jedesmal tief gekränkt, weil es die einzige Gelegenheit war, wo sie so fröhlich war. Glücklicher konnte ich sie nicht machen. Im Dunkeln, wenn sie dachte, ich schliefe, hat sie oft geweint. Vermutlich schämte sie sich, weil sie ›mit einem Ami ging‹, sich Kaffee und Corned beef schenken ließ und Schokolade für das Kind. Sie hat es für ihre Tochter getan ...«

Rosmarie hörte kaum zu; sie war in ihre eigenen Assoziationen versunken. »Kennst du den Film DER DRITTE MANN? Der im Nachkriegs-Wien spielt, mit dem berühmten Zither-Motiv? Und Orson Welles als Penicillinschieber? Ich habe ihn kürzlich wiedergesehen und war fasziniert, weil er die Atmosphäre meiner Kinderzeit heraufbeschwört. Da ist eine Szene, wo ein Paar Füße einen Schuttberg, so halb rutschend, halb springend, hinuntergleiten. Stell dir vor, ich erinnerte mich genau an das Gefühl, das man dabei hat; es kribbelte mir richtig in den Fersen! Unser Spielplatz waren Ruinen in unterschiedlichem Verfallszustand: abgedeckte Zimmerfluchten, halbverschüttete Keller, freiliegendes Gebälk, unterirdische Gänge ... Es war eine abenteuerliche Landschaft, in der nur wir Kinder uns zurechtfanden. Wenn die Sonne schien, roch es überall intensiv nach Kamille, aber bei Regen war ein Modergeruch in der Luft, als ob die Trümmer Reste von Tod in den Ritzen bewahrten.«

»Und doch«, sagte Jeremy, »hatte ich manchmal das Gefühl, daß sie sich darüber freute, mich zu sehen. Ich bin nie richtig klug aus ihr geworden. Sie hat so ein *poker face* gemacht, wenn ich die Wohnung betrat – was heißt: Wohnung! Dieses Ruinenloch, nur über eine im Freien schwebende Treppe zu erreichen, wie ein Vogelnest. Die Fenster mit Pappe und Decken verhängt. Das Öfchen vom feuchten Holz qualmend. Ilse unter der Petroleumlampe, mit ihrem schmalen, verhärmten Gesicht und den großen, hellen Augen. Wohltäter spielen ist eine zweischneidige Sache. Du bist dir nie sicher, ob du nicht nur wegen deiner Wundertüte unter dem Arm geliebt wirst ... Allerdings hat sie nie sofort auspacken wollen; ich mußte sie erst dazu ermuntern. Das konnte aber auch an ihrer preußischen Erziehung liegen. Wenn die Dosen und Päckchen auf dem Tisch ausgebreitet waren, stand sie immer so ein bißchen hilflos dabei, passiv, wie gelähmt. Ich habe jedesmal einen Widerstand überwinden müssen, ehe sie mir erlaubte, sie zu umarmen ...

Dann haben wir uns gestritten. Sie hat mir den Morgenthau-Plan vorgeworfen. Ich ihr die Konzentrationslager. Als ich das nächste Mal kam, war sie verschwunden. Die Wohnung hatte eine Flüchtlingsfamilie übernommen. Es war gespenstisch. Ich stand unter der Tür und verhandelte mit der Frau, an die sich drei heulende Kinder klammerten. Schließlich hielt ich es nicht länger aus und erzwang mir den Eintritt. Durch den Raum waren kreuz und quer Wäscheleinen gezogen, an denen Windeln hingen. Es war tatsächlich nichts mehr da, was an Ilse erinnerte. Die Frau folgte mir auf Schritt und Tritt und keifte. Sie behauptete, sie kenne keine Ilse mit einer kleinen Tochter namens Sieglinde. Sie wohne hier seit Monaten. Ich müsse Haus oder Straße oder Stadtteil verwechseln. Schließlich wurde ich selbst unsicher. Berlin war ein einziger Trümmerhaufen. Man konnte sich in dieser trostlosen Szenerie aus Bombentrichtern und Schuttbergen wirklich leicht verirren. Da sah ich in einem Winkel Ilses Schuhe. Es waren rote Sandalen mit Plateausohlen. ›Und was ist das!‹ rief ich und hob die Schuhe hoch. Die Frau schwieg. Als ihr einfiel, Ilses Schuhe für ihre eigenen auszugeben, forderte ich sie auf, sie anzuziehen – wie in eurem Märchen vom Aschenputtel. Sie ging nicht darauf ein. Ich nahm sie an den Schultern und schüttelte sie, die Kinder kreischten und droschen auf mich ein, aber sie sagte mir nicht, wo Ilse hingegangen war. Ich habe sie überall gesucht. Ich bin in Tränen aufgelöst durch die tote Stadt gehumpelt – mein Bein war damals noch nicht ganz verheilt – und habe sie gesucht. Aber ich habe sie nicht gefunden.«

Diesmal hatte Rosmarie zugehört, sich in Jeremy hineinversetzt, mit ihm mitgelitten; sie fühlte sich ihm nah. Er vertraute ihr; sie vertraute ihm. Deshalb wagte sie die Frage. »Jeremy – bist du ein Agent?« Die Kommunikation zwischen ihnen brach schlagartig ab; es war, als zöge Jeremy alle Zuwendung ein; plötzlich strahlte er eisige Kälte ab.

»Wie kommst du denn darauf?«

»Diesen deutschen Soldaten, dessen Foto du bei dir trägst – weshalb suchst du ihn?«

Er lag wie erstarrt. Dann erhob er sich mit einem Ruck und sprang aus dem Bett.

»Was ist?«

Er antwortete nicht, ging ins Bad. Schuldbewußtsein überwältigte sie. Er kam ins Zimmer zurück und begann, sich anzuziehen. Merkwürdigerweise fing er immer mit dem Hemd an. Seine Krawatten schien er nicht zu mögen. Er griff sich, ohne hinzuschauen, eine aus dem Schrank, würgte sie lieblos zu einem Knoten.

»Ich muß weg«, sagte er. »Du wohnst bei deiner Freundin? Laß mir die Telefonnummer da.«

»Jeremy!« rief sie bittend, als er die Türklinke anfaßte.

Er drehte sich halb um.

»Forget it, baby.«

Und wandte sich ab und zog die Tür hinter sich ins Schloß.

Als sie bei Alfred ankam, war es Rosmarie elend zumute.

»Du kannst Kaffee haben. Oder Apfelwein«, teilte er ihr mit. Während er in der Küche Wasser aufsetzte, lief sie in dem großen Raum hin und her, der sich in den zehn Jahren, seit sie zum letztenmal hier war, nicht verändert hatte. Schon damals reichten die Regale bis zur Decke, und der Tisch war vor lauter Papieren nicht zu sehen. Überall stapelten sich Zeitungen, Mappen, lose Blätter.

»Und hier haben sie Hausdurchsuchung gemacht?« fragte Rosmarie.

»Erinnere mich bloß nicht daran«, erwiderte Alfred. »Ich habe mich nie in meinem Leben so hilflos gefühlt. Sie klingelten morgens um halb sechs, stießen mich beiseite und fingen an, die Regale abzuräumen. Im Bett lag meine Freundin, der gaben sie noch nicht einmal Gelegenheit, sich anzuziehen. In ein Laken gewickelt, stand sie leichenblaß dabei. Ich habe natürlich versucht, mein Gesicht zu wahren, nach der gerichtlichen Anordnung gefragt. Sie zeigten mir irgendeinen Wisch; meinst du, ich habe hingeschaut? Noch mehr als vor Wut zitterte ich vor Angst. Es war tatsächlich so, als hätte sich die Zeit um dreißig Jahre zurückgedreht und die Gestapo wäre bei mir eingedrungen. Es ist seltsam, weißt du: Auch wenn du dir im Kopf sagst, daß dir, als ausgewiesenem Sozialisten, in diesem Staat nicht viel mehr passieren kann als ein Berufsverbot – in einer Situation wie dieser, wo du von ein paar verbissen schweigenden Herren in Zivil auf Null reduziert wirst, reagierst du zwangsläufig paranoid ... Ich habe Monate gebraucht, ehe ich wieder einem Bullen auf der Straße begegnen konnte ohne diesen Wunsch, mich auf ihn zu stürzen. Und noch länger hat es gedauert, ehe ich aufhörte, überall die untrüglichen Anzeichen des wiederkehrenden Faschismus zu sehen.«

»Haben sie etwas bei dir gefunden?«

»Ein paar Hefte ›Konkret‹ mit Leitartikeln von Ulrike Meinhoff und Bernward Vespers ›Reise‹ reichen ja wohl als Indizien für Kontakte mit der Terroristenszene nicht aus ... Tatsächlich habe ich nie etwas mit ihr zu tun gehabt. Die Petition für Irmgard Möller zu unterschreiben war eine Frage des Anstands.«

Draußen pfiff der Wasserkessel.

»Setz dich doch, mach dir einen Stuhl frei!« rief Alfred beim Hinausgehen. Rosmarie nahm ein Heft vom Tisch: »›Sonnenblume‹ – Zeitschrift für Ökologie«. Oben über den Rand des Titelblattes lief ein Fries von lächelnden roten »Atomkraft-nein-Danke«-Sonnen auf gelbem Grund. Das Foto darunter zeigte einen Aal mit einer blasigen Wucherung vor dem Maul. Entsetzt las Rosmarie die Bildunterschrift: »Von dem sogenannten Blumenkohl-Tumor sind mindestens 30 Prozent der Flußaale befallen.« Sie blätterte in der aus grauem Recycling-Papier zusammengehefteten Broschüre, las Proben des in verschiedenen Schrifttypen abgesetzten Textes: *»Als das Werk anfing zu produzieren, stellte sich heraus, daß der Fluorwasserstoff und der Oxydstaub die Bäume angreifen. Die Blätter verformen sich und werden gelb. Wenn die Bäume überhaupt noch Früchte ansetzen, dann werden die rissig, krank und fallen lange vor der Reife ab ...* WIR WERDEN VERGIFTET. – Radioaktivität bei Brunsbüttel frei. – Die Bemühungen, den Rhein wieder zu einem einigermaßen gesunden Strom zu machen, werden von den Besatzungen der Fahrgastschiffe zwischen Rotterdam und Rüdesheim zunehmend zunichte gemacht ... Sie schütten Abfälle – Speisereste, Fäkalien, Flaschen, Plastikmaterial und mehr – gleich tonnenweise in das Wasser ... *Wir fragen uns vor allem, wie lange der Mensch, der nicht aus Metall und Stein gemacht ist, diese ständige Beträufelung mit verdünnten Säuren aushält ...* WIR WERDEN VERGIFTET ... Säuglinge, die gestillt werden, nehmen mit der Muttermilch auch eine Reihe gesundheitlich bedenklicher Schadstoffe auf, die insbesondere aus

Pflanzenschutzmitteln herrühren ... *In einer Kloake wie dem Rhein wechselt die Wasserqualität jeden Augenblick. Ein plötzlicher Schub eines schädlichen Stoffes könnte in wenigen Minuten zu einer Trinkwasserkatastrophe führen ... Wie stark Lebensmittel heute schon von Cadmium verseucht sind, zeigen chemische Analysen der Lebensmittelämter* ... WIR WERDEN VERGIFTET ...«

»Das ist ja deprimierend«, sagte Rosmarie zu Alfred, als der mit einem Tablett in den Händen aus der Küche kam.

»Die September-Nummer.«

»Aber wer liest denn so etwas? Das ist ja widerwärtig. Da wird einem ja schlecht. Da kann man ja nicht weiterleben – wenn man das bis in alle Einzelheiten zu Ende denkt ...«

»Das ist in der Tat ein Problem. Nach einiger Zeit haben es die Leute satt, die Wahrheit zu hören. Sie ziehen es vor, den Kopf in den Sand zu stecken. Bis zu einem gewissen Grad verstehe ich das: Es macht Angst, sich ständig den eigenen Untergang vor Augen zu führen. Aber ich frage dich: Wie willst du ihn verhindern, wenn nicht durch Aufklärung? Irgendwie muß man die Leute doch wachrütteln!«

Rosmarie ließ das Heft fallen und schlug die Hände vors Gesicht.

»Was ist los? Geht es dir nicht gut?«

Er stellte das Tablett auf den Tisch, nahm die Druckfahnen vom Bett.

»Das war doch immer dein Lieblingsplatz.«

Rosmarie krabbelte ganz hinten in die Ecke. Dabei erkannten ihre Fingerspitzen die kratzige Beschaffenheit der handgewebten Schafwolldecke wieder, die diese Schlafstätte schon in den alten Zeiten tagfein gemacht hatte.

»In der nächsten Nummer geht es um Sanierungspolitik. Das ist zwar auch ein dunkles Kapitel, aber es gibt noch Hoffnung.«

Alfred wedelte mit den Korrekturfahnen.

»Nimmst du den Kaffee immer noch mit einem Stück Zucker und viel Milch?«

Rosmarie nickte. Er reichte ihr einen Keramikbecher, fegte einen Stuhl von Papieren frei, trug ihn heran und setzte sich Rosmarie gegenüber.

»Wo stimmt's denn nicht?« fragte er väterlich.

»Genau betrachtet, stimmt es nirgends. Ich komme immer

wieder an den Punkt, wo einer die Tür hinter sich zumacht und mich unter einem Berg von Schuldgefühlen zurückläßt. Es ist wie ein Wiederholungszwang.«

»So etwas gibt es. Auch ich habe meine Grundmuster. Meine Beziehungen halten immer genau fünf Jahre. Dann gehen sie auf irgendeine unerklärliche Weise auseinander.«

»Wie lange kennst du deine jetzige Freundin?«

»Erika? Seit drei Jahren. Weshalb?«

Da merkte sie, was sie eigentlich hatte wissen wollen: ob Alfred frei sei. Schnell machte sie einen Scherz daraus: »Also muß ich noch zwei Jahre warten –!«

»Und dann bist wieder du in festen Händen ... Es wäre nicht das erste Mal, daß wir uns verfehlen.«

Rosmarie betrachtete Alfred. Ressentiments stiegen in ihr auf. »Vor zehn Jahren war es die Politik, die uns trennte«, sagte sie.

»Das habe ich auch mal geglaubt«, sagte er.

»Ich denke da an gewisse Küchendiskussionen ...«

»Inzwischen sehe ich es nicht mehr so. Wenn zwei nicht zusammenkommen, hat das emotionale Gründe.«

»Diskriminiert habt ihr mich. Zu grüßen vergessen. An mir vorbeigeguckt.«

Rosmarie wunderte sich selbst darüber, wieviel Bitterkeit in ihr hochkam.

»Was mich betrifft, so war ich hoffnungslos in dich verliebt und brauchte einen Grund, um mich von dir freizustrampeln. Da kam mir dein inniges Verhältnis zum Klassenfeind gerade recht«, sagte Alfred.

»Mach dir nichts vor. Ihr wart damals ganz schön fanatisch.«

Alfred lachte.

»Wenn du wüßtest, wie oft wir politische Gründe vorgeschoben haben, um eine Frau loszuwerden! Das war doch allgemein üblich in der Studentenbewegung. Das machte es uns doch so leicht, uns da, wo wir uns einfach mies benahmen, auch noch als moralische Helden aufzuführen.«

»So war es wohl auch bei Hans-Paul?«

»Hast du mit Martha über ihn gesprochen?«

»Er hat mich von Martha weggebissen. Dafür habe ich ihn gehaßt.«

»Bei Hans-Paul lagen die Dinge etwas komplizierter. Ich vermute, daß seine Angst vor Frauen größer war als seine Sehnsucht nach ihnen. Kam ihm eine zu nah, ergriff ihn die Panik, und er fand schnell einen Grund, warum sie nicht zu ihm paßte. Am besten machte sich natürlich immer ein Klassengegensatz. Das verlieh ihm den Nimbus eines, der bereit ist, für seine Überzeugung persönliche Opfer zu bringen. Wir respektierten ihn dafür. Wir scharten uns um ihn, beschützten ihn, bestärkten ihn in seinem heroischen Verzicht. Wahrscheinlich war es ihm wichtiger, die Gruppensolidarität zu erfahren als die verunsichernde Zweisamkeit mit einer Frau ... Martha hat mit allen Mitteln um ihn gekämpft, ihn bei seiner angestauten Sinnlichkeit gepackt, sich ihm entzogen, wenn er sich von ihr bedroht fühlte, und sehr viel hinuntergeschluckt ... Er war so hilflos, daß er gar nicht anders konnte, als ihre Liebe mit Gewalt zu zerstören. Er setzte sie unter Druck, indem er ihr täglich vorführte, wie viel wichtiger als sie die politische Arbeit für ihn sei. Als sie ihn verließ, war er zutiefst verletzt, gab es aber nicht zu. Er tröstete sich damit, daß er dem Sieg des Sozialismus einen notwendigen Tribut gezollt habe und der Dank der Weltgeschichte ihm gewiß sei. Er war nicht fähig, aus der Niederlage zu lernen. – Wie sieht Martha das heute?«

»Wir haben über Hans-Paul nicht gesprochen. Ich glaube, sie hat ihn vergessen.«

»Aber daß sie jetzt mit einer Frau zusammenlebt – ist das nicht Ausdruck einer tiefen Enttäuschung?«

»Eine ganz schön einseitige Begründung, findest du nicht? Wenn eine Frau sich einer anderen Frau zuwendet, cherchez l'homme! Daß einer von euch versagt hat, erträgt eure Eitelkeit besser, als den Gedanken, sie könnte sich aus Männern einfach nichts machen.«

»Du bist giftig.«

»Ist doch wahr!«

»Nun, es geht mich nichts an. Obwohl ... Um auf Hans-Paul zurückzukommen: Ich habe mich inzwischen oft gefragt, wie er seine Macht über uns gewinnen konnte. Er war unser Vordenker, kannte sich in allen Ecken und Winkeln des »Kapitals« aus, das die meisten von uns ja nur als Textstellen-Kompilation zur Kenntnis genommen hatten. Als Autorität war er unanfechtbar. Aber das war es nicht allein. Er bot uns väterlich-wohlwollende Zuwendung und strafte uns mit schlechter Laune. Seinen Willen, uns zu beherrschen, hielt er vor sich selbst so gut verborgen, daß auch wir nichts davon bemerkten. Er arbeitete, klagte, seufzte, litt, ging ganz auf im Dienst am Sozialismus, und wir begriffen: So und nicht anders muß es sein. Er war unser Vorbild, dem wir in der Gewißheit nacheiferten, daß wir es niemals erreichen könnten. Erst als er nach Bremen zog und unsere WG auseinanderfiel, lösten wir uns aus dieser dogmatischen Verkrampfung, die von unserer Ungeduld kam, die gesellschaftlichen Verhältnisse in einem Anlauf über den Haufen zu werfen. Wir wurden Lehrer, Redakteure, Wissenschaftler. Bis auf Hans-Paul und mich sind inzwischen auch alle verheiratet, haben Kinder, führen eine nach außen hin angepaßte Existenz. Irgendwas tun wir alle, schreiben für eine alternative Zeitung, arbeiten in Bürgerinitiativen oder nehmen wenigstens an den großen Anti-AKW-Demonstrationen teil. Aber wir sehnen nicht mehr die Revolution herbei wie die Zeugen Jehovas den Jüngsten Tag. Und daß die Diktatur des Proletariats das einzige und geeignetste Mittel ist, alle Probleme der Menschheit zu lösen, erscheint uns inzwischen zweifelhaft. Ich will es mal so sagen: Wir sind erwachsen geworden, duldsamer und geduldiger; wir haben verstanden, daß die Wirklichkeit nicht aus Schwarz und Weiß besteht, sondern aus Grautönen und daß niemand die Verhältnisse ändern kann, der nicht bereit ist, sich selbst zu verändern. So paradox es klingt: Hans-Paul, der da in Bremen Gewerkschaftsfunktionäre agitiert, der den schnurgeraden Weg des Arbeiterkampfes scheinbar nie verlassen hat, ist für mich derjenige, dem es am wenigsten um die Sache geht und am dringlichsten um sein Ego. Ich werde den Verdacht nicht los, daß er mit seinem fulltime-Radikalismus Lebenslücken überspielt, seelische Leere; emotionale Impotenz. Trotzdem tut er mir leid. Er hat das, was man ›schlechte Karten‹ nennt, ein Verhaltensmuster, das ihn immer auf die gleiche Weise zum Verlierer stempelt.«

»Schlechte Karten habe ich auch«, sagte, verzagt, Rosmarie.

Alfred legte den Kopf schief, grinste sie an.

»Ich kenne dich gut. Du bist zäh. Du wirst durchkommen. Vergiß nicht: Leiden läutert.«

»Aber –«, um ihr Kinn zuckte es, »bitte nicht zu viel davon ...«

Alfred warf die Clogs ab, kroch neben sie in die Bettecke, legte den Arm um ihre Schultern. Sie versuchte, sich zusammenzunehmen, doch nicht alle Schluchzer waren kontrollierbar.

»Laß es heraus. Spiel nicht die Heldin. Das ist überhaupt dein größter Fehler, daß du immer stärker erscheinen willst, als du bist.«

Da hockte sie in Alfreds Wärme, fühlte sich von der drückenden Verantwortung vor Gott und der Welt entlastet, dachte so etwas wie »alte Liebe rostet nicht«, entschwebte in die rosarote Verheißung, Justus mit Alfreds Hilfe zu überwinden, zu vergessen ... Da klingelte das Telefon.

»Das muß Erika sein.«

Er blieb unschlüssig sitzen.

»Geh doch ran.«

Rosmarie war wieder auf der Erde.

Er drehte ihr den Rücken zu. Sein zärtlicher Tonfall am Telefon machte sie noch unglücklicher.

Er kam zu ihr zurück; aber nur physisch.

»Ich überlege, was passiert wäre, wenn ich mich damals in dich verliebt hätte – statt in Justus?«

»Dann hätten wir uns vor fünf Jahren getrennt. Und jetzt wären wir gute Freunde. Das sind wir auch so, nicht wahr? Also, was soll's.«

»Für dich kommt es vielleicht auf dasselbe hinaus. Für mich ganz und gar nicht. Ich habe das Gefühl, als ob ich etwas versäumt hätte. Damit meine ich nicht, daß ich mit dir glücklicher gewesen wäre als mit Justus. Das kann sein, kann auch nicht sein. Was ich verpaßt habe, ist meine – soll ich sagen, staatsbürgerliche? – Entwicklung. Ich habe mich zehn Jahre lang nicht für Politik interessiert, stell dir das mal vor. So beschäftigt war ich damit, die immer wieder zusammenbrechende Verständigung zwischen Justus und mir zu reparieren.«

»Ich hätte jedenfalls besser zu dir gepaßt als dieser Justus.«

»Kanntest du ihn denn?«

»Ich habe euch einmal zusammen gesehen, im ›Campi‹. Du warst so vertieft in ihn, daß du von mir keine Notiz genommen hast.«

»Und?«

»Ein schöner Mann. So ein Zigaretten-Reklame-Typ, eitel

und geltungsbedürftig, das sah man auf den ersten Blick. Ich hielt ihn für einen Aufreißer, bedauerte dich, weil ich dachte, er würde dich nach vier Wochen fallenlassen ... Um so erstaunter war ich, als ich hörte, daß du ihn geheiratet hast.«

»Die klassische Verbindung der grauen Maus mit dem kaputten He-Man.«

»So grau war die Maus doch gar nicht!«

»Ich habe mir manchmal gedacht, daß ich diesen gutaussehenden Mann als lebenden Beweis meiner Attraktivität brauchte. Besonders meiner Mutter gegenüber, die mir stets zu verstehen gegeben hatte, daß ich als Frau nichts taugte, weil ich nicht so war, wie sie mich haben wollte.«

»Und deswegen hast du ihn geheiratet?«

»Es war nicht nur das. Sonst hätte diese Ehe ja nicht zehn Jahre gehalten. Was uns verband, war – wie soll ich das beschreiben – eine gemeinsame Negation der Außenwelt. Unsere besten Momente hatten wir, wenn einer von uns sich, zu Recht oder Unrecht, angegriffen fühlte. Dann konnte er immer mit der Solidarität des anderen rechnen. Wir waren eine Kampfgemeinschaft – gegen alle, denn wir kamen mit niemandem zurecht.«

»Und woran ist die Gemeinsamkeit gescheitert?«

»Schwer zu sagen. Ich bin noch zu nah dran. Es war ja eine vereinte Flucht aus der Realität. Nur, daß bei mir immer noch ein Restchen gesunder Menschenverstand übrig war, der mir sagte, daß etwas nicht stimmte. Justus gelang die Abschottung besser; er nahm den Alkohol zu Hilfe. Was die Sache komplizierte, waren meine Schuldgefühle Justus gegenüber. Jeder Zweifel an uns war Verrat, den er hart bestrafte.«

»Wie?«

Er macht die Tür hinter sich zu und läßt mich allein. Er spricht nicht mit mir, sieht mich nicht an, tut, als sei ich nicht da. Er schläft im Gästezimmer, verläßt die Wohnung frühmorgens, kommt spät nach Hause, spricht nicht mit mir, sieht mich nicht an. Er tut, als sei ich gar nicht vorhanden. Er kommt und geht, tagelang, wochenlang, spricht nicht mit mir, sieht mich nicht an. Er will, daß es mich nicht gibt. Ich kann es nicht glauben, versuche, ihn zum Reden zu zwingen, weine, klammere mich an seinem Ärmel fest. Er reißt sich los, geht fort; er meint es ernst. Ich halte es nicht mehr aus, packe meine Koffer ... Dann warte ich, bis er kommt und es sieht und bereut. Wie oft?

»Durch Schweigen.«
»Und du?«
»Ich habe versucht, ihn umzustimmen.«
»Warum hast du ihn nicht einfach sich selbst überlassen?«
»Ich konnte nicht. Ich bin fast verrückt geworden vor Angst. Es war, als ob ich nicht weiterleben könnte, solange er mich negierte.«
»So viel Abhängigkeit hätte ich dir nicht zugetraut.«
»Es war schleichend. Ich verschliß mich, hatte immer weniger, worauf ich mich zurückziehen konnte.«
Alfred überlegte. Eine Luftsäule von ein paar Millimetern Querschnitt war scheinbar alles, was zwischen ihnen stand. Und doch wäre in diesem Moment nichts undenkbarer gewesen als eine Berührung.
»Ein neurotischer Zirkel. Wie hast du dich befreit?«
»Mit einem Kopfsprung.«
»In ein anderes Bett?«
»Ja.«
»Sehr vernünftig.«
Vernünftig? Bestimmt nicht; konsequent, vielleicht. Es bedeutete den Konflikt auf die Spitze zu treiben. Auf Gedeih oder Verderb.
»Ich muß gehen.«
An der Tür erhob sich Rosmarie auf die Zehenspitzen und küßte Alfred auf die Wange. Es war ein bißchen Wiedergutmachung dabei.

VII

»Was hat dir deine Reise denn nun letztlich eingebracht?« fragte Martha. »Hast du etwas gelernt? Oder bleibt alles beim alten?« Sie hatte ihren geblümten Morgenrock an. Irgendwann im Laufe des Vormittags war sie mit einem Tablett ins Zimmer gekommen. »Arbeitest du heute denn nicht?« hatte Rosmarie verschlafen gefragt. »Samstags nie«, war die lakonische Antwort gewesen. »Ist es schon –? Ich muß nach G., sofort!« hatte Rosmarie gerufen und war aus dem Bett gesprungen. Dann hatte sie sich, wegen des Flimmerns vor ihren Augen, wieder hingesetzt. »Erst nach dem Frühstück«, hatte Martha gesagt und in aller Ruhe einen üppigen Tisch gedeckt: mit Käse, Schinken, Rührei, Joghurt, Müsli, Obst. »So pflegen wir das Wochenende zu eröffnen.«

Christine schien am liebsten in der Unterwäsche herumzulaufen; wie sie da mit gekreuzten Beinen zwischen den Seidenkissen saß, wirkte sie nicht älter als fünfzehn. Es war ihre Jugend, die Rosmarie am meisten irritierte. Martha und sie, das war gelebte Zeit; das waren die Höhenflüge und die Abstürze und die Erfahrung, die vorsichtig macht; das waren Seelennarben und die (im Augenblick allerdings kaum glaubhafte) Einsicht, daß auch der größte Schmerz vorbeigeht; das waren die ersten grauen Haare und die unwiderruflichen Fältchen um die Augen und die Gewißheit, daß niemand ungeschoren davonkommt; das war so eine bestimmte ironische Distanz, mit der Wiederholungen aufgenommen werden ... Christine hingegen saß da glatthäutig und ahnungslos, nahm die Tasse in beide Hände, schlürfte andächtig, guckte mit staunenden Kinderaugen über den Rand, verkörperte die Schönheit, auf die man nicht mehr so viel zu geben behauptete, weil man ihre Vergänglichkeit erfahren habe (und dennoch: wie schön ist Schönheit und wie schrecklich der Gedanke, daß sie nicht bleibt ...). Rosmarie betrachtete Marthas Freundin mit Mißtrauen; vielleicht war Christine ja im geheimen Auftrag ihrer Generation hier, um den Älteren das

einzige, was sie den Jüngeren voraushaben, den besseren Überblick, abzuhorchen ...
»O doch, ich habe etwas gelernt«, antwortete sie. »Eine bestimmte pragmatische Haltung, die sich in einigermaßen banalen Kernsätzen ausdrückt. *Take it easy* heißt: nimm dich nicht so ernst. *Take it or leave it* meint: entscheide dich schnell. *Timing* bedeutet, das Richtige im passenden Moment zu tun. Wenn du eine Niederlage erlitten, einen Fehler begangen oder sonst etwas Unangenehmes erlebt hast, gilt: *forget it*. Laß dich nicht gehen, häng nicht herum, fang etwas anderes an. Niemand nimmt es dir übel, falls du einmal Pech hast. Man geht nur auf Distanz und wartet darauf, daß du dich wieder aufrappelst. Hast du die Kraft dazu nicht, bist du vielleicht ein Sozialfall, ganz gewiß aber ein Versager. Selbstmitleidiges In-der-Nase-Bohren, sentimentale Nabelschau sind verpönt. Ich denke, daß es die Erfahrung der Pionierzeit ist, die den Amerikanern in den Knochen steckt. Sie brandmarken Verhaltensweisen, die die Überlebenschancen reduzieren –«.
»Also so was«, rief da Christine mit funkelnden Augen: »Willst du diese Ideologie der Rücksichtslosigkeit etwa noch verteidigen?«
Die verblüffte Rosmarie verlor den Faden. Hilfesuchend sah sie Martha an, die sich mit verschränkten Armen in ihrem Sessel zurückgelehnt hatte und den Blick nicht von Christine ließ.
»Wolf unter Wölfen! Was für ein Bild vom Menschen! *Wounded knee* und der Mord an Martin Luther King und *agent orange* und CIA und der Rechtsputsch in Chile –«
»Ja, doch«, Rosmarie machte eine Handbewegung, die andeuten sollte, wie geläufig ihr diese Assoziationen waren, »gewiß. Das weiß ich alles, und ich denke darüber wie du. Trotzdem –«, sie richtete ihre Konzentration wieder auf Martha, »habe ich diesen Pragmatismus als ein Gegenprogramm zu meinem eigenen, lähmenden Selbstbedauern empfunden. In Amerika ist mir bewußt geworden, wie hinderlich das Festklammern am Vergangenen ist. Abschütteln muß man, was einen belastet, an morgen denken, statt an gestern, eine Vorwärtsstrategie entwickeln ... Mit meinem europäischen Kulturpessimismus, diesem fixen Starren auf den Untergang des Abendlandes, kam ich mir manchmal ganz schön lächerlich vor.
Ich erinnere mich an ein Gespräch mit einem jungen Amerika-

ner, als wir AMTRAC-Passagiere nach der ich weiß nicht wievielten Panne seit Chicago in Cheyenne auf Busse umgeladen und durch die nächtlichen Rocky Mountains nach Ogden chauffiert wurden. Es erscheine mir absurd, sagte ich, auf der einen Seite ein Programm zur Eroberung des Weltraumes zu entwickeln und andererseits die irdischen Transportmittel verkommen zu lassen. Der junge Mann sah mich ganz erstaunt an. Ob ich denn nicht wisse, daß demnächst die Magnetbahn fertiggestellt sei und das existierende Schienennetz überflüssig mache? Dann werde man die Strecke New York – San Francisco in einem statt in vier Tagen zurücklegen können. Begeistert beschrieb er mir die sagenhaften Geschwindigkeiten, die der über dem Gleis schwebende Zug erreichen werde. So sind sie, die Amerikaner. Keine Spur von Fortschrittszweifel oder Zukunftsangst ... Übrigens«, fuhr Rosmarie, von ihren Erinnerungen beflügelt, fort, »am Bahnhof von Ogden steht eine Gedenktafel für den 10. Mai 1869. Wißt ihr, was das für ein Tag war? Da wurde 53 Meilen nordwestlich von der Stadt der goldene Nagel eingeschlagen, der die beiden Stränge der Union Pacific verband!«

Sie machte eine erwartungsvolle Pause. Christine hatte das Kinn auf die Knie gelegt und spielte mit ihren nackten Zehen.

»Tatsächlich?« fragte Martha entgegenkommend.

»Na, ja, hm«, versuchte Rosmarie zu erklären: »Das war doch eine Pionierleistung ersten Ranges, ein fünftausend Kilometer langes Schienennetz quer über den Kontinent zu legen, mit der Gebirgskette dazwischen ... und der Wüste ... Zwei Tage und eine Nacht dauert allein die Fahrt durch die Wüste – das müßt ihr euch mal vorstellen!«

Martha griff zur Kanne. »Möchte jemand noch Tee?«

Rosmarie hielt, während sie weitersprach, ihre Tasse zum Einschenken hin: »Überhaupt, die Natur! Habe ich dir –«, wieder wandte sie sich nur an Martha, »vom Grand Canyon erzählt? Sechs Stunden braucht man für den Abstieg, zweitausend Meter tief in die Erde hinein, an den geologischen Formationen vorbei, Quartär, Tertiär, Kreide, Jura –«

Christine seufzte laut. Martha sah unbehaglich drein. Rosmarie unterbrach sich, fühlte Ärger in sich aufsteigen.

»Ich will euch selbstverständlich nicht langweilen«, sagte sie pikiert.

»Du langweilst uns nicht«, widersprach Martha mit einem erschrockenen Blick zu Christine. Die ließ sich Zeit mit der Höflichkeit, nahm Tee, warf ein Stück Kandis hinein, rührte um, schlürfte einen Mundvoll und noch einen.
»Naa«, meinte sie dann gedehnt, »es ist nicht wegen der Langeweile.«
Sie stellte die Tasse ab, faltete die Beine zum perfekten Lotossitz, legte die nach oben geöffneten Hände auf die Knie, atmete, mit geschlossenen Lidern, tief durch. Dann riß sie die Augen wieder auf.
»Es ist, weil du mich überhaupt nicht anschaust. Du ignorierst mich; absichtlich. Warum?«
Rosmarie war einigermaßen verwirrt.
»Aber –«, stotterte sie, »das stimmt doch gar nicht.«
»Doch, doch«, beharrte Christine. »Stört es dich, daß ich hier bin? Wärst du lieber mit Martha allein? Du brauchst es nur zu sagen. Allerdings –«, sie hob plötzlich die Hände hoch und ließ sie mit einem harten Klatschen auf die Oberschenkel fallen: »erzählt sie mir sowieso alles. Ich kann –«, sie schüttelte den Lockenkopf in den Nacken –, »folglich genausogut hierbleiben.«
»Christine!« Marthas Ton enthielt eine Zurechtweisung.
Rosmarie schwankte zwischen Rückzug und Angriff. Noch ehe sie eine bewußte Entscheidung gefällt hatte, hörte sie sich sagen: »Du hast vollkommen recht. Es irritiert mich, daß du da bist. Nicht, weil du – oder weil ihr – das ist mir egal. Ihr müßt wissen, was ihr tut; also, das interessiert mich nicht. Ganz und gar – nein. Aber Martha ... Wir haben so viel zusammen erlebt. Sie weiß so viel von mir, was du ... Wie auch immer.«
Marthas Umriß in Rosmaries Augenwinkel reagierte nicht. Christine starrte Rosmarie an. Ihre Hände hingen schlaff in ihrem Schoß. Nach endlos sich dehnenden Sekunden stieß sie ein »So!« hervor, sprang vom Sofa, ergriff die Butterdose und den Brötchenkorb und rannte hinaus. Schuldbewußt wandte Rosmarie sich Martha zu. Die rührte sich nicht. Das Schweigen zwischen ihnen nahm zu, bis Rosmarie es nicht mehr aushielt.
»Ist doch wahr!« sagte sie. »Oder?«
»Hm.«
»Sag mal«, Rosmarie beugte sich sympathieheischend vor, »erzählst du ihr wirklich alles?«

»Ach, nein.«
Martha löste sich aus ihrer Starre, griff sich in die goldenen Haare, kämmte sie mit den Fingern. Rosmarie stellte fest, daß der eine, ihr zugewendete Ohrring, ein baumelndes, glitzerndes Ding, kein Pendant hatte.
»Sie will natürlich alles wissen. Aber hin und wieder verschweige ich ihr doch etwas. Sie ist sehr besitzergreifend, weißt du. Und wenn ich nicht aufpasse, kompromittiert sie mich. Am liebsten küßt sie mich in Restaurants und auf der Straße. Je mehr Leute zugucken, desto lieber hat sie es. Im Büro ruft sie mich an und macht mir detaillierte erotische Anträge durchs Telefon, so daß sich alle wundern, warum ich rot werde. Neulich haben wir meine Eltern besucht. Wenn die nicht so ahnungslos wären, hätte es bestimmt einen Skandal gegeben. Christine weigerte sich nämlich standhaft, auf dem Gästesofa zu schlafen; sie wollte zu mir in mein immer noch unverändertes Schulmädchenzimmer. ›Ja, ist euch das Bett denn nicht zu schmal?‹ fragte meine Mutter. Um Christines Anzüglichkeiten zuvorzukommen, schlug ich vor, die Luftmatratze zu nehmen. Wir haben sie tatsächlich aufgeblasen und mit Laken bezogen, aber darauf liegen wollte Christine nicht. Sie war unmöglich; keinen Augenblick in dieser Nacht hielt sie still. Ich habe sie mir schließlich auf den Bauch gepackt; sie ist federleicht, ganz anders als ein Mann. Da ist sie dann endlich, zufrieden wie ein Baby, eingeschlafen.«
Rosmarie hörte mit unklaren Gefühlen zu.
»Wie ist das – mit einer Frau –?«
»Du meinst sexuell?«
Der Ernst, mit dem Martha versuchte, jeder, auch einer sehr intimen Frage, gerecht zu werden, gehörte zu den Seiten, die ihr Rosmaries Vertrauen sicherten.
»Sexuell hat mich Christine anfangs überhaupt nicht interessiert. Ich habe mich teils aus Neugier, teils, weil ihr so viel daran lag, von ihr verführen lassen. Ich fand es nicht besonders aufregend. Es ist – als ob man mit sich selbst schläft. Christines Körper fühlt sich wie mein eigener an, sie riecht wie ich; es ist überhaupt nichts neu. Mit der Zeit habe ich mich dann in sie verliebt. Es ist auch eine Frage der Wiederholung, wie glücklich man miteinander schläft. Meine Gefühle ihr gegenüber sind eher mütterlicher Natur. Sie rührt mich. Immer spielt sie den Kerl und ist dabei doch so zart und

verletzlich. Eines steht jedenfalls fest«, Martha versuchte, ihren kurzen Schopf zu einem Pferdeschwanz zusammenzudrehen, »meine Beziehung zu Christine ist ganz anders als die Männergeschichten, die ich hatte. Vertrauensvoller, entspannter, angstfreier. Diese Furcht vor mehr oder weniger brutalen Reaktionen ist weg, wobei ich natürlich nicht Schläge meine. Ich weiß nicht, wie es dir geht – aber meine Erfahrungen mit Männern enthalten samt und sonders ein Element der Hilflosigkeit. Dieses Mißverhältnis zwischen unserer Rücksichtnahme und ihrer Rücksichtslosigkeit ... Seit ich mit Christine zusammenlebe, geht es mir gut, die ständige Unruhe ist weg, ich kann konzentrierter arbeiten denn je.
Allmählich lerne ich auch, mich zu ihr zu bekennen. Das war anfangs am schwersten, mir selbst zuzugeben, daß ich weniger normal bin – oder was man so unter normal versteht –, als ich immer dachte. Ich lag nächtelang wach und schlug mich mit dem schrecklichen Wort ›lesbisch‹ herum, während Christine neben mir so unendlich leise atmete, wie eine männliche Nase das gar nicht fertigbringt. Meinen Eltern werde ich es allerdings niemals sagen können. Sie haben sich an alles mögliche gewöhnen müssen: daran, daß ihre Tochter in eine Kommune zog, daß sie zu den Linken überlief, daß sie wahrscheinlich eine Akte beim Verfassungsschutz hat ... Ihre Widerstände haben nachgelassen, als sie merkten, daß ihre finsteren Prophezeiungen sich nicht erfüllten und ich weder im Gefängnis landete noch in der Drogenszene – sogar Arbeit habe ich; was will man mehr. Wenn sie allerdings erführen, daß ich mit einer Frau zusammenlebe, würden sie sich mehr vor den Nachbarn schämen, als wenn ich beim Bombenbasteln erwischt worden wäre.« Martha seufzte.
»Ich kenne deine Eltern nicht«, sagte Rosmarie, »sie müssen den meinen sehr ähnlich sein.«
»Ihr Lebensstil ist ein ganz anderer, geprägt vom sogenannten tätigen Christentum. Ich bin mit Büchern und Bach aufgewachsen, mit Kerzenschein und Tischgebet. Das Sein ist mehr wert als der Schein, hieß es bei uns. Während bei euch doch alles ausschließlich auf Repräsentation angelegt ist.«
»Woher weißt du denn das?«
Martha setzte gerade zu einer Erklärung an, da fiel es Rosmarie ein: Sie hatte sie ja einmal nach Hause mitgenommen.

»Jetzt erinnere ich mich. Das war noch in deiner Schottenrock-Zeit. Meine Mutter war begeistert von dir, habe ich dir das jemals erzählt?«
Martha schüttelte den Kopf.
»Ich war wütend, denn ihr Loblied auf dich enthielt gleichzeitig den Vorwurf an mich, daß ich nicht gepflegt, damenhaft, wohlerzogen genug sei. Ha!«
Martha zwinkerte ihr zu.
»Das haben wir ja nun beide hinter uns. Oder?«
Rosmarie sah an ihrem Overall hinunter.
»Ich habe ein komisches Verhältnis zu Kleidern«, sagte sie. »Manchmal denke ich, daß ich nichts zum Anziehen habe, und kaufe mir irgendwas; Justus ist, beziehungsweise war, was Geld betrifft, ja ziemlich großzügig. Vor dem Probierspiegel weiß ich dann nicht so recht, ob mir etwas steht oder nicht steht. Was mir im Geschäft so kühn, modisch, elegant und genau zu mir passend erscheint – du weißt ja, wie Verkäuferinnen sind, sie loben immerzu –, kommt mir auf der Straße übertrieben vor, perfekt, puppenhaft; ich fühle mich einfach nicht wohl darin, es ist ein Spießrutengang. Das Resultat ist, daß die teuren Sachen im Schrank hängen bleiben und ich immer nur in ausgebeulten Jeans und einem alten Pullover herumlaufe. Dann bin ich wenigstens sicher, daß mich niemand anschaut.«
Da war die gefürchtete Pause mit der – Rosmarie sah sie voraus – unausweichlichen Frage.
»Was wird nun aus dir und Justus?«
Rosmarie zuckte die Schultern.
»Ich laß mich scheiden.«
»Ich wünschte, ich könnte das glauben. Aber ich fürchte, du gehst wieder zu ihm zurück. Diese Abhängigkeit ... wider alle Vernunft ... Ich habe sie nie verstanden.«
Wenn du wüßtest, wie wenig ich sie verstehe. Rosmarie fiel tief in sich hinein. Die Zweisamkeit mit Justus war wie ein Sog gewesen. Waren andere dabei, stellte sich eine Distanz zwischen ihnen her, die sie beide schlecht ertrugen. Sie kappten ihre Verbindungen zur Außenwelt, was ihnen dadurch erleichtert wurde, daß Rosmaries Freunde Justus ablehnten, wie auch Justus' Freunde Rosmarie nicht mochten. Ihre wachsende Isolierung blieb von ihnen nicht ganz unbemerkt; sie flüchteten sich in Hochmut, fanden niemanden gut genug,

und Justus entwarf einen Anspruch, dem – wie sie durchaus geschmeichelt bemerkte – nur Rosmarie zu entsprechen schien; um so besser, dann hatte sie von anderen Frauen wenigstens nichts zu befürchten! Es tat ihr wohl, zu hören, daß sie die Schönste, Klügste, einzig Lohnende sei – für Justus; den verpflichtenden Unterton überhörte sie.
Ihr Arbeitstag zog sich hin wie die Wartezeit zwischen zwei Zügen. Justus holte Rosmarie abends vom Büro ab, sie kauften zusammen ein, kochten gemeinsam, sahen eng aneinander gekuschelt fern. Das Bettgestell wurde in den Keller gebracht, die Matratze auf die Erde gelegt. Das meist ungemachte Bett verlieh Rosmaries sparsam möbliertem Appartement einen Zug von Anarchie, es signalisierte, daß hier die Nacht zum Tag und die Körperlichkeit zum Lebensmittelpunkt gemacht wurde. In der Tat schien Sinnlichkeit Justus und Rosmarie zu verklammern; sie liebten sich oft. Es lag jedoch eine Verwechslung von physischer Erschöpfung mit seelischer Fülle vor, die Rosmarie, untrainiert im Umgang mit ihren Bedürfnissen, nicht durchschaute. *Ich suchte etwas bei ihm, was er mir gar nicht geben konnte.* Trennungen wurden immer schmerzhafter. Freude außerhalb ihrer Gemeinschaft war nicht gestattet; schon an etwas anderes zu denken, grenzte an Verrat. Wenn Rosmarie das Bett verließ, um aufs Klo zu gehen, beeilte sie sich, unterdrückte manchmal ungeduldig die letzten Tropfen. Die Wochenenden verbrachten sie hinter heruntergelassenen Jalousien; im Bademantel bereiteten sie sich Mahlzeiten, die sie liegend einnahmen; und der Fernseher lief. Manchmal zwangen sie sich asketische Übungen ab, indem sie die Gerüche mit Wasser abspülten, die Körpernähe durch Kleidung unterbanden und ihre ein wenig schwindligen Köpfe der frischen Luft aussetzten. Dann gingen sie, Justus Arm um Rosmaries Schulter, Rosmaries Daumen in Justus' Gürtelschlaufe, rheinauf über die Flußwiesen bis zur Südbrücke oder rheinab, am Tanzbrunnen vorbei, durch den Park bis zu der Stelle, wo die Uferbefestigung abbricht und das Wasser sich in Schlamm- und Kieselbuchten verläuft. Hier erinnerte der Rhein Rosmarie an den Fluß ihrer Kinderzeit; nur daß der besser gerochen hatte.
»Ich muß mich«, sagte Rosmarie mühsam, »immer wieder zur Ordnung rufen. Ich darf Justus nicht mehr wollen. Aber es ist unendlich beschwerlich, dieses Ausgerichtetsein aller

meiner Sinne auf ihn, diese Sehnsucht meiner Haut von den Haarspitzen bis zu den Zehen abzustellen. Was meinst du, wie oft es vorgekommen ist, besonders hier in Köln, wo wir zusammengelebt haben, aber auch in New York, in San Francisco, daß er plötzlich vor mir herging, ganz unzweifelhaft er, der zusammengezogene Rücken, der schräg gehaltene Kopf, die Hände in den Jackentaschen – und beim zweiten Hinsehen war es ein ganz anderer Mann, oder diese Materialisation meiner Sehnsucht löste sich ganz in Nichts auf ... Ich habe mich in ihm in einer Weise verloren, die an Selbstzerstörung grenzt ...«

»Ich hab' dich gewarnt«, sagte Martha.

»Ich weiß. Aber Warnungen konnten mich nicht zurückhalten, die von außen nicht, und auch nicht solche, die mein eigenes Unterbewußtsein mir, verschlüsselt, übermittelt hat. Kurz bevor ich Justus heiratete, hatte ich einen merkwürdigen Traum, den ich in meinem Tagebuch festhielt. Nach dem Bruch, bei der hektischen Ursachenforschung, bin ich wieder darauf gestoßen. Er war so: Justus zeigte mir Personen ohne Augen. ›Jetzt ist es aus‹, sagte ich. Im Hinterhof lagerten Männer in blauen Overalls, mit undurchdringlichen Gesichtern. Das waren die Irrenwärter, die Justus einfangen sollten. Er wollte mich umbringen. Ich war damit einverstanden, wehrte mich nicht. Ich fühlte seine Hände an meinem Hals. Es wurde dunkel, und gleichzeitig registrierte ich, daß es dunkel wurde. Ich starb und sah mir beim Sterben zu.«

Die Tür flog auf und Christine stürzte herein, einen blauen Band in der Hand, den Rosmarie als ihr AMERIKA-Buch identifizierte. »Wenn du«, rief sie, »dein Bild von den Vereinigten Staaten aus diesem Schmöker beziehst, wundert mich gar nichts. Das ist die schlimmste Propagandaschrift, die ich jemals in den Händen hatte. So was Verlogenes! Da kommen ja die Kommunisten nicht mit! Die fälschen die Wirklichkeit nur im Sinne einer Theorie, die sie besser machen soll. Dieses Buch aber lügt ganz naiv, aus der blauäugigen Vorstellung heraus, daß die Welt, so wie sie ist, in Amerika jedenfalls in Ordnung ist und der Verbesserung gar nicht bedarf. Hast du gelesen, was da über die Schwarzen steht? ›Während in den Nordstaaten die Neger‹ – ›Neger‹, ist das nicht überhaupt ein Schimpfwort? – ›zwar meist in eigenen Stadtvierteln wohnen, aber doch gleichberechtigt neben dem weißen Mitbürger leben, ihre Kinder in die Schulen der Weißen schicken und alle Theater, Konzerte und Restaurants besuchen können, sind im Süden Eisenbahnabteile, Fahrkartenschalter, Wartesäle, Toiletten, Hotels, Restaurants, Kinos und Schulen für Schwarz und Weiß gesondert. Offenbar aber fühlen sich die Farbigen des Südens durch diese Rassenschranke nicht allzu sehr in ihrem Stolz verletzt und in ihrem Fortkommen behindert, denn es steht ihnen ja frei, nach dem negerfreundlicheren Norden oder Westen abzuwandern. Während der Rüstungskonjunktur des letzten Krieges machten nur zehn Prozent der Südstaatenneger von dieser Möglichkeit Gebrauch.‹ Ein Hohn ist das! Ein Wahnsinn. Ein –«

»Das war vor der Bürgerrechtsbewegung«, wendete Rosmarie ein.

»Und?« schrie Christine. »Was ist daraus geworden? Was haben sie mit Martin Luther King gemacht – deine Amerikaner?«

»Christine?« warnte Martha.

Die ließ sich nicht bremsen.

»Das ist noch längst nicht alles! Hier: ›... der Geist der Fairneß im weißen Amerikaner gibt dem Farbigen immer neue Chancen, den amerikanischen Standard auf allen Lebensgebieten zu erreichen. Onkel Sam weiß, daß man auf dem Klavier neben den weißen auch die schwarzen Tasten benutzen muß, um Amerikas Nationalhymne spielen zu können.‹ Hast du da noch Worte?!«

»Das ist, in der Tat, ziemlich geschmacklos formuliert«, sagte Rosmarie.

»Geschmacklos? Das ist zynisch! Menschenverachtend! Das ist –«

»Wenn du dich nicht zusammennimmst, Christine, gehe ich raus.« In Marthas Stimme war eine unübliche Schärfe. Christine gab die weltverbessernde Haltung auf, ließ die predigende Hand fallen, knickte die Knie ein.

»Wann ist das Buch erschienen?« fragte Martha sachlich, indem sie die Hand ausstreckte. Widerwillig reichte Christine es ihr.

»Anfangs der Fünfziger«, erläuterte Rosmarie. »Ich habe es als Kind geschenkt bekommen. Es war mein Lieblingsbuch, spannender als Karl May, denn alles, was darin stand, schien wirklich zu sein.«

Martha blätterte, las Überschriften und Textproben, betrachtete Fotos und Federzeichnungen, während die beiden auf ihr schiedsrichterliches Urteil warteten.
»Wißt ihr, woran mich das erinnert?« sagte Martha schließlich. »An die Petticoat-Zeit. Die Filme mit James Dean. Die durfte ich zwar noch nicht sehen, aber meine große Schwester brachte mir die Programmhefte mit und erzählte mir Szene für Szene. Damals habe ich auch noch an Amerika geglaubt; die jungen Leute dort schienen so viel mehr Freiheit zu haben als wir! Und die Möglichkeit, ihre Beschwerden zu formulieren, was bei uns undenkbar war. Inzwischen haben wir ja auch Jeans und Coca Cola, fabelhafte Küchenmaschinen und bunten Weihnachtskitsch ... Es ist frappierend, wie sehr sich unser tägliches Leben diesen Bildern hier angeglichen hat ... Ich glaube zu verstehen«, dabei schlug Martha das Buch zu und reichte es Rosmarie, »was dich daran fasziniert hat. Es muß dir wie die Eintrittskarte zu einem Utopia erschienen sein.«
An Christines spöttischem Lächeln las Rosmarie ab, daß sie sich, als sie den Band unwillkürlich mit beiden Armen umschlang und an die Brust drückte, eine Blöße gab.
»Ich habe es heiß geliebt«, erläuterte sie. »Alles bei uns war damals so beengt, unfroh, grau in grau. In Amerika schien das Leben so bunt, fröhlich, wohlnährend zu sein wie in einem Schlaraffenland. Ihr könnt euch die Zeit nach dem Krieg wahrscheinlich nicht richtig vorstellen. Du, Martha, vielleicht noch eher. Wann bist du geboren? 43? Es gab nichts zu essen. Die Amerikaner waren die Herren der Welt, sie hatten Kaugummi und Zigaretten und Schokolade. Sie erfanden den Marshall-Plan. Hier steht etwas darüber.
›Jeder amerikanische Steuerzahler opfert jährlich zwei Wochenverdienste für Hilfeleistungen an die europäischen Länder ... Die Schlote der Fabriken rauchen wieder. In den zerstörten Städten sind neue Wohnblocks und Geschäftshäuser entstanden. Die Landwirtschaft wurde mit Maschinen ausgerüstet. Das Geld, das Arbeiter, Angestellte und Beamte heute in Deutschland und in den übrigen europäischen Marshall-Plan-Staaten verdienen, besitzt wieder einen Wert. Die Menschen sind besser gekleidet und besser genährt –‹.«
»Ich kann's nicht mehr hören!«

Das war Christine.
»Es ist nicht bloß Propaganda«, verteidigte Rosmarie ihr Amerikabild. »Es ist auch was Wahres dran. Du hast die harten Zeiten nicht miterlebt, bist mitten in den Aufschwung hineingeboren und übst nun, im Namen deiner verwöhnten Generation, unqualifizierte Kritik –«
Mit einem Satz war Christine neben Rosmarie und entriß ihr das Buch.
»Du liest nur das vor, was dir ins Konzept paßt. Hier stehen noch ganz andere Sachen. Zum Beispiel: ›Nur Menschen, die nicht satt zu essen haben, die in zerbombten Wohnungen hausen, die keine Arbeit und keine Kleidung haben, neigen zu politischem Radikalismus. Wo jeder sein Auskommen, seine Arbeit und seine eigene Wohnung hat, da müssen die kommunistischen Parteien langsam ihren Einfluß verlieren.‹ Wo ist denn da die Uneigennützigkeit, die Menschlichkeit? Nicht aus Mitleid haben sie uns geholfen, sondern weil die Gefahr bestand, daß ganz Deutschland sozialistisch würde! Erst der Kalte Krieg hat sie davon abgebracht, uns nach Maßgabe des Morgenthau-Planes verhungern zu lassen! Du bist einfach blind, realitätsblind –!«
»Jetzt reicht's mir aber!«
Rosmarie zitterte vor Wut.
»Martha – sag diesem eifersüchtigen Rumpelstilzchen, es soll mich in Ruhe lassen!«
»Was hat sie zu mir gesagt? Rumpelstilzchen?«
Christines Mund stand weit offen. Mehr verblüfft als empört sah sie von einer zur anderen.
»Ich bin nicht eifersüchtig«, fügte sie trotzig hinzu.
Martha bezog Stellung: »Ich muß sagen, so kenne ich dich gar nicht – Christine?«
Die hatte die Arme vor ihrem T-Shirt verschränkt und kratzte sich mit dem linken großen Zeh das rechte Schienbein.
»Es ist wegen deiner Perspektive, weißt du. Wegen der Art, wie du Amerika siehst. So – unkritisch.«
Rosmarie nahm das Versöhnungsangebot an.
»Möglicherweise hast du recht. Wenn ich es mir genau überlege, bin ich Amerika gegenüber immer positiv voreingenommen gewesen. Das fing schon sehr früh an. ›Marshall-Plan‹ – das war ein Zauberwort, es brachte Care-Pakete und Schulspeisung. Die Standort-Kommandantur lud uns klassenweise

zu Ausflügen in die Rhön ein. Meine erste Liebe war der junge GI, der mich mit zwei starken Händen um die Taille faßte und auf den offenen Militärlastwagen hob. Er trug Turnschuhe und ein rotkariertes Hemd, was ihm in meinen Augen einen Anstrich von Exotik verlieh. Er kaute *chewing gum*, summte irgendwelche Melodien vor sich hin und bewegte dabei selbstvergessen die Hüften. Ich war so fasziniert von ihm, daß ich die sausende Fahrt, die den anderen Kindern Juchzer der Aufregung entlockte, gar nicht recht genießen konnte. In einer Kurve ließ ich vorsätzlich die Planken los. Selbstverständlich fing er mich auf. Mit einer unnachahmlich lässigen Geste strich er die Strähne zurück, die sich aus seiner fettigen Elvistolle gelöst hatte, und ließ dabei die Hand bis in den ausrasierten Nacken gleiten, wo er sich eingehend kratzte. Dann bot er mir einen Kaugummi an, und ich sagte artig *thank you*. Ich bewunderte ihn rückhaltlos. Es war eine Liebesgeschichte, die ungefähr zwei Stunden dauerte und mit einem einzigen Wort auskam. Auf der Wasserkuppe wurden wir mit Cola, Eiskrem und weichen, weißen Leberwurstsandwiches gefüttert. Essen war damals das Wichtigste auf der Welt. Alles, was nicht Kartoffeln, Kohl, Rüben, Schwarzbrot war, war unerhörter Luxus. Die Care-Pakete enthielten manchmal braunen Schokoladensirup, in den tauchte ich heimlich zwei Finger ein und leckte sie ab. Am liebsten hätte ich meine ganze Hand darin versenkt und sie mir über das Gesicht geschmiert.«

Es erleichterte Rosmarie, Christine lächeln zu sehen.

»Gib mir das Buch.«

Christine kam der Bitte nur zögernd nach.

Das Telefon klingelte. Martha ging hinaus.

»Dein Amerikaner.«

»Woher weiß er, daß ich hier bin?«

Rosmarie hatte, als sie nach dem Streit beschämt wie ein bestraftes Kind das Hotel verließ, keine Adresse hinterlegt.

»Für 007 kein Problem.«

Martha zwinkerte, um anzudeuten, daß sie die Idee, Jeremy sei ein Geheimagent, dennoch nicht so ganz ernst nehme.

Die Erklärung war einfach: Rosmarie hatte Martha mehrmals vom Hotel aus telefonisch zu erreichen versucht. Die Vermittlung hatte die Nummer notiert.

Ob sie ihm böse sei, wollte Jeremy wissen. »Ich dachte, *du* seist es. Du seist böse auf mich«, stotterte Rosmarie verwirrt. Darüber müßten sie sprechen, sagte Jeremy; wann er sie sehen könne? – Das sei wohl nicht mehr möglich, da sie heute abreise. – Sofort? – Spätnachmittags oder abends, je nachdem. Vorher werde sie noch ihren Vater im Krankenhaus besuchen. – Das treffe sich gut, erwiderte Jeremy, er habe nämlich ebenfalls in Bonn zu tun und biete ihr an, sie in dem Wagen mitzunehmen, den er für seine Fahrt nach Süddeutschland gemietet habe.

Die Aussprache blieb im Ansatz stecken, weil es Rosmarie peinlich war, auf Jeremys Entschuldigung zu warten, und sie deshalb so schnell wie möglich das Thema wechselte. Sie erzählte von Martha und Christine, hielt aber plötzlich inne, als er, mit einem sensationslüsternen Kick in der Stimme, fragte: »Leben sie zusammen?«

Sie erkannte die voyeuristische Neugier und suchte nach einer unverfänglichen Antwort, da wurden sie, unmittelbar hinter einer Eisenbahnunterführung, von einem Polizisten mit Kelle gestoppt und rechts auf einen Platz gewinkt, wo es von Uniformierten wimmelte. In Rosmarie zog sich etwas zusammen, als der kühl kontrollierende Exekutivenblick sie traf; wie immer, wenn sie sich ausgeliefert fand, schnellte ihr Adrenalinspiegel in die Höhe. *Sie haben die Personalbeschreibungen der RAF-Frauen im Kopf. Wenn ich einer von ihnen nur im entferntesten ähnlich sehe, muß ich aussteigen und die Hände heben. Hoffentlich erschießen sie mich nicht aus Versehen.*

Aber nichts dergleichen geschah. Jeremy zeigte die Wagenpapiere vor, dann durften sie weiterfahren. Rosmarie blickte ihn von der Seite an; vermutlich empfand er diesen unvorhersehbaren Akt staatlicher Machtdemonstration als genauso bedenklich wie sie, dachte an SS und Gestapo und KZ ... Er sah allerdings ganz vergnügt aus, pfiff ein wenig, lachte, sagte: »Endlich wieder ein Steuer zwischen den Händen! Sind wir noch auf dem richtigen Weg?«

»Schlimm, nicht wahr?«

»Was?«

»Die Bullen mit ihren Walky-talkies und Gummiknüppeln ...«

»Du meinst die Verkehrskontrolle? Was ist daran schlimm?«

»Dieses Überaufgebot von staatlicher Gewalt, erscheint dir das nicht auch faschistoid? Was sich da als Verkehrskontrolle tarnt, ist in Wirklichkeit Terroristenjagd.«
Die Vorfahrtsregeln am Kölner Kreisel nahmen Jeremys ganze Aufmerksamkeit in Anspruch. Als die Autobahn nach Bonn übersichtlich vor ihnen lag, wählte er die Bummelspur ganz rechts, zündete sich eine Zigarette an und meinte: »Nicht das ist es, was mich in Deutschland beunruhigt – daß es eine Polizei gibt. Ihre Präsenz allein macht noch keinen Faschismus aus. Tatsächlich glaube ich, daß eure parlamentarischen Institutionen halbwegs funktionieren. Nein, eine Verkehrskontrolle bereitet mir kein Kopfzerbrechen ... Was mir Sorgen macht, ist ganz etwas anderes. Dieses Klima von Paranoia, die Atmosphäre unterdrückter Grausamkeit, die ich auf eure *Unfähigkeit zu trauern* zurückführe; du kennst Mitscherlichs Buch? Schlimm ist zum Beispiel, daß der Majdanek-Prozeß zu einem Zeitpunkt stattfindet, wo sich kaum noch ein Zeuge an das, was er erlebt hat, richtig erinnern kann und die Mörder als Greise auf der Anklagebank sitzen. Schlimm ist, daß es wieder Leute gibt, die allen Ernstes behaupten, die Zahl der umgekommenen Juden sei gefälscht, es seien in Wirklichkeit viel weniger gewesen – oder die gar den Vernichtungscharakter der KZs ganz und gar bestreiten. Schlimm ist, daß eure Justiz unglaubwürdig ist, weil sie immer noch keine Selbstreinigung vorgenommen hat – ich jedenfalls kenne keinen einzigen Fall, wo einer eurer Juristen wegen seiner Tätigkeit als Militärrichter zur Verantwortung gezogen worden wäre. Schlimm ist, daß alle die Helfer und Helfershelfer, die Ofenbauer, die Giftgaslieferanten, die Fahrdienstleiter der Auschwitzzüge, daß diese unzähligen Mitwisser der Verbrechen sich so beharrlich im Verdrängen üben. Die unaufgearbeitete Schuld liegt wie verbrauchte Luft über diesem Land. Hinter eurer atemberaubenden Tüchtigkeit spürt man den Motor des schlechten Gewissens.«
»Schlimm ist«, nahm Rosmarie den Faden auf, »daß die Leute von G. zu den linken Studenten, die am Kornmarkt hinter ihren Büchertischen stehen, sagen, sie gehörten ins KZ. Und zu denen, die die Kommunistische Volkszeitung verkaufen, haben welche gesagt, man habe sie wohl beim Vergasen vergessen.«
»Genau das meine ich: diese Bereitschaft, sich einen *under-*

dog, eine stigmatisierte Minderheit, zu schaffen, an deren Vertretern die verbotene Aggressivität abreagiert werden darf ... Wenn ich daran denke, was in Stammheim passiert ist –«
»Es war Selbstmord«, entgegnete Rosmarie.
Sie sagte das so bestimmt, daß Jeremy sie kurz von der Seite ansah. Er fuhr jetzt in der mittleren Spur; der Tacho kletterte auf 140 und 150. Schnurgerade, breit wie ein Paradeplatz, lag die Autobahn vor ihnen. Wenn man knapp über der Motorhaube auf den Asphalt starrte, sah es aus, als würde die Straße unter einem weggezogen.
»Das mußt du mir erklären.«
»Hast du«, sagte sie mehr zu sich als zu ihm, »jemals das Foto von dem ermordeten Benno Ohnesorg gesehen? Wer da tot auf dem Boden lag, war – wie soll ich dir das erklären: jeder einzelne von uns? Das klingt so pathetisch. Aber so war es. Einer von uns, ein Kommilitone, harmlos, gutwillig wie wir, der nach Berlin gefahren war, um an den Demonstrationen gegen den Schah teilzunehmen. Wie wir alle hatte er genug über das Regime in Persien gelesen, um der Meinung zu sein, daß ein freiheitlich-demokratischer Staat Diktatoren nicht ans Herz drücken dürfe. Das war doch gerade das Absurde: die meisten von uns glaubten damals noch an die Bundesrepublik, hielten sie für eine wirkliche historische Chance. Wir haben zu unserem Land damals noch nicht das resignative Verhältnis gehabt wie jetzt, so nach dem Motto: es gibt Schlimmeres. Wir haben Erwartungen in uns gesetzt – wenn du verstehst, was ich meine – Wiedergutmachungserwartungen. Erneuerungserwartungen. Im Regime des Schah bekämpften wir alle totalitären Regierungen der Welt, alle politischen Verfolgungen und Morde der Geschichte, einschließlich unserer eigenen. Erst die Reaktionen unserer Staatsorgane, die hemmungslose Gewalttätigkeit, mit der die Polizei die Demonstranten auseinanderknüppelte, machte einige von uns zu Radikalen.
Ich sage immer wir. Für wen spreche ich eigentlich? Für mich doch nicht. Was habe ich denn politisch gemacht? Ein paar Plakate geklebt.
Der Mord an Benno Ohnesorg war – viel mehr als später das Attentat auf Rudi Dutschke, das wirkte dann fast nur noch als Bestätigung – das Signal für meine Generation, daß wir uns, den Charakter unserer Gesellschaft betreffend, etwas vorge-

macht hatten. Gudrun Ensslin, die damals mit Bernward Vesper verlobt war – er hat »Die Reise« geschrieben, kennst du das Buch? Er hat auch Selbstmord begangen, das ist bezeichnend, die Wurzeln dieser selbstzerstörerischen Wut müßte man herausfinden –, Gudrun Ensslin brach damals, im SDS-Büro in Berlin, weinend zusammen. ›Es ist die Generation von Auschwitz‹, sagte sie. ›Wir können nicht mit ihnen diskutieren.‹ Diese Pfarrerstöchter – auch Ulrike Meinhoff stammte ja aus einer Theologenfamilie, wußtest du das? – hatten einen hohen moralischen Anspruch. Die protestantische Erziehung zur Selbstverantwortung ... Das hohe Ethos der Kantschen Stellvertretung ... Der Aufruf zum individuellen Opfer, der in Sartres Philosophie der Tat versteckt ist ...
Und dann die Wirklichkeit. Die Hautnähe zu der Generation, die so furchtbar versagt hatte. Wir sind doch über die Nabelschnur an diesen Schuldkreislauf angeschlossen worden. Die Verbrecher waren doch nicht irgendwelche entfernten Personen, sondern Menschen, die wir liebten. Wir mußten uns mit dem, was sie getan oder unterlassen hatten, auseinandersetzen. Wir wollten das Unrecht, das geschehen war, nicht nur wiedergutmachen – wir wollten es am liebsten auslöschen. In Gedanken haben wir alle die Situation des Widerstandes durchgespielt. *Diesmal stimmt das Wir sogar.* Einige von uns sind in diese Vorstellungswelt zu tief hineingeraten, haben den Unterschied zwischen demokratischen und faschistischen Polizeiknüppeln nicht begriffen und das Wunder der Verwandlung bezweifelt, das aus wackeren Nazis überzeugte Demokraten gemacht haben soll ... Es ist auch schwer zu verstehen, nicht wahr? Ich denke manchmal, jeder, der mit – politischen, religiösen oder humanitären – Idealen großgeworden ist, müßte sich eigentlich umbringen, sobald er erkennt, wie wenig die Wirklichkeit sich darum schert, daß sie nicht so ist, wie sie sein soll ... Mit dieser Einsicht weiterzuleben, ist zynisch, deswegen verdrängen wir sie wahrscheinlich alle ... Die von Stammheim, die haben nicht millimeterweise sterben wollen, hinter ihren Mauern, Tag für Tag und Jahr um Jahr. Die haben mit dem Prinzip Hoffnung sich selbst aufgegeben. Der Gedanke an den Tod war ihnen vermutlich vertraut ...«
Beim Betreten des Krankenhauses fühlte sie Beklemmung. Im Lift stand sie klaustrophobische Ängste aus. Zwar versi-

cherte sie sich, sie werde nach einer halben oder ganzen Stunde so autonom herausgehen, wie sie hineingekommen war. Aber sie roch Lysol und fürchtete Ansteckung mit – ja, mit Tod. Ihre Sohlen knirschten auf den gebohnerten Fluren, die unendlich lang waren und unbeschreiblich leer. Nichts kaschierte den Übergangscharakter: Hier bleibt man nicht; man wird entweder gesund oder stirbt. Eine Schwester kam ihr entgegen. Der Blick glitt an ihr ab, als ob sie als Zugehörige der Außenwelt in den Augen der Eingeweihten keine Identität habe. Scheu registrierte sie die Lautlosigkeit; wer wußte, was hinter den Doppeltüren vorging ...

Der Vater saß aufgerichtet im Bett. Er sah mit seiner dunkelumrandeten Brille streng drein wie immer. Freute er sich? Doch; er schien sich zu freuen. Rosmarie wickelte die Rosen aus, machte Schränke auf und zu, schaute ins Bad, ging schließlich hinaus auf den Flur, um die Schwester zu suchen und eine Vase zu erbitten. Ihre Freundlichkeit half ihr nicht, aus der Null-Klasse herauszukommen. Dann mußte sie die Betriebsamkeit aufgeben und sich auf den Stuhl neben das hochbeinige Bett setzen. Der Vater hatte in der Zwischenzeit einen Bademantel über den Pyjama gezogen.

»Wie geht es dir?«

Seine Antwort war eine lange Rede mit vielen Pausen. Sie erfuhr, was sie nicht gewußt hatte: daß das Leiden chronisch war. Eine immer wieder ausbrechende, vom Hausarzt mit Antibiotika niedergekämpfte Bronchitis. Schlaflosigkeit; nächtliche Schweißausbrüche. Schließlich diese Lungenentzündung und der *checkup* im Krankenhaus. Die Ergebnisse waren noch nicht bekannt. Krebs? Ziemlich ausgeschlossen. Aber wenn, dann höchstens im Anfangsstadium. Mit guten Heilungschancen. Der Professor habe ihn gefragt, ob er viel rauche. Ein, zwei Zigarren am Tag, habe er geantwortet. Da habe der Arzt abgewinkt. Das Rauchen von Zigaretten habe er ja tatsächlich schon sehr lange aufgegeben.

Im Krieg, freilich, sei es natürlich ziemlich viel gewesen, vor allem vor den Einsätzen ... Aber, im ganzen gesehen, habe er doch immer sehr mäßig gelebt. Deswegen könne er sich auch gar nicht vorstellen ... Er habe doch nichts Unrechtes getan ... Also sei es doch sehr unwahrscheinlich ...

Rosmarie legte ihre Hand auf die seine. Er zog sie nicht weg.

»Man muß nicht gleich das Schlimmste annehmen.«
Sie streichelte die trockene Haut des Handrückens. Die Hand ihres Vaters, die sie nur knochenhart kannte, vom Händedruck, vom Strafen, überließ sich zögernd der ihren. Ihre Gefühle waren gemischt. Mitleid wurde außer Kraft gesetzt durch Abwehr.
Was war es, das sich verändert hat, als mein Vater nach Hause kam? Phantasien vom Weglaufen, Mich-Verstecken, Wiedergefunden- und Liebevoll-in-die-Arme-Genommenwerden. Selbst daran habe ich gedacht: mich im Fluß zu ertränken.
Rosmarie hatte sich der Nachkriegsvater als ein Fremder, ein Eindringling, ins Gedächtnis geprägt. Eine Unruhe war ins Haus gekommen. Eine sorgfältig balancierte Ordnung war durcheinandergeraten. Ein Anspruch wurde aufgedrängt. Der Vater sei damals krank gewesen, hatte Rosmaries Mutter später erklärt. Rosmarie hatte keinen kranken Mann in Erinnerung; er lag nicht im Bett, er ging herum, als ob er noch die hochschaftigen Stiefel trüge und die Breeches mit den roten Streifen; er befahl und erwartete widerspruchslosen Gehorsam. Einen ganzen Krieg lang hatte er seine Stiefel nicht selbst geputzt und jede Nacht in einem weißbezogenen Bett geschlafen. Selbst als Gefangener war er – bei den Engländern – als ein PW erster Klasse behandelt worden. Erst nach der Entlassung brach die veränderte Wirklichkeit über ihn herein: Er war plötzlich rang- und arbeitslos, hatte eine Familie zu ernähren und nie etwas anderes gelernt als Soldatsein.
Der Kranke sah zum Fenster hinaus. Das Bett war fast auf gleicher Höhe mit dem Marmorbrett, auf dem in häßlichen Vasen verschiedene Sträuße standen. Bei Rosmarie stellten sich die Erinnerungen an alle Krankenhausaufenthalte ihres Lebens ein. Die zerstreut zwischen Ölanstrich, Schrankmaserung, Deckenweiß, Kruzifix schweifende Aufmerksamkeit. Die Funktionslosigkeit, die dich ahnen läßt, wie entbehrlich du tatsächlich bist. Die wachsende Abhängigkeit von den Personen, die zur Innenwelt gehören: Pfleger, Schwester, Arzt. Du wirst zerstörbar durch Gleichgültigkeit. Ressentiments gegen Angehörige und überhaupt alle Besucher entstehen: Gehören sie nicht einer anderen Welt an? Kommen und gehen sie nicht, wie sie wollen? Üben sie nicht, indem sie dich allein lassen, Verrat an dir? Das Leben da draußen wird ganz und gar suspekt. Läuten die Wecker wirklich

um sechs oder sieben, pfeifen die Wasserkessel, fahren die Autos, klappern die Schreibmaschinen, zündet sich wer eine Zigarette an, gehen die Menschen, wohin sie wollen, trinken Wein, legen sich zueinander ins Bett, lieben sich –? Das einzig Verläßliche: hinter den gardinenlosen Scheiben der Himmel. Mit Wolken, Sonne, Mond, Sternen führt er ewigen Kreislauf vor. Die Regelmäßigkeit, mit der es Tag und Nacht wird, hat etwas Tröstliches – Orientierung, wenn alles in Zweifel gerät …

Rosmarie betrachtete ihren Vater, bemerkte die Blässe seiner Haut, den leidenden Zug um den Mund. Zum erstenmal in ihrem Leben erschien er ihr normal dimensioniert, menschlich, sogar verletzlich. Eine Szene aus der Nachkriegszeit fiel ihr ein: Die Amerikaner hatten die von Bomben verschont gebliebene Wohnung mit sämtlichen Möbeln beschlagnahmt und die inzwischen fünfköpfige – die Großmutter hatte über Dänemark aus Ostpreußen fliehen können – Familie über Nacht auf die Straße gesetzt. Die Behörden hatten ihnen ein Zimmer in einer Wohnung angewiesen, die voller Flüchtlinge war. Rosmarie schlief im Kinderbett, das ihr zu kurz war, so daß ihr die zwischen den Gittern durchgeschobenen Füße froren. Der Winter 1946/47 war so kalt, daß auf der Toilette die Wasserspülung einfror. Rosmarie hatte Hungerdurchfall (nicht nur sie). Wenn sie aufs Klo mußte, stellte ihr Vater sich davor und verteidigte sie gegen die wartenden Mitbewohner, die am liebsten die Tür aufgebrochen hätten. Rosmarie saß auf der Brille und horchte zufrieden auf das Spektakel. Sie fühlte sich beschützt.

Der Vater fing wieder zu sprechen an. Er bekundete ausführliches Vertrauen zu seinen Ärzten und begründete es mit Zitaten, die in Rosmarie ein Gefühl des Unbehagens auslösten. »Das kriegen wir schon hin«, habe der Professor gesagt. Er sei im Krieg Stabsarzt gewesen. Ein alter Kamerad, der ihn nie belügen würde … Auch Dr. Y sei ein sehr fähiger Mann. »Wie geht es uns heute?« frage er, drücke ihm die Hand und versichere, daß er sich keine Sorgen zu machen brauche. Wenn er allerdings an Dr. Z denke, den sogenannten Hausarzt! Welche Verantwortungslosigkeit: einen Patienten jahrelang auf Bronchitis hin zu behandeln, ohne ihn zu röntgen! Der Vater sagte das zischend, mit zusammengebissenen Zähnen. Rosmaries Beklemmung nahm zu. *Wenn er nun doch ernstlicher krank ist?* Sie wehrte die Vorahnung ab, indem sie für sich feststellte, daß er Kraft ausstrahlte, Lebenswillen bekundete ...

»Wie ist dein Appetit?«

»Heute habe ich doppelt gefrühstückt. Der Professor hat mich dafür gelobt.«

Na also. Man muß nicht immer gleich das Schlimmste annehmen.

»Das einzige, was uns Sorgen macht, ist das Fieber. Die Ärzte stehen vor einem Rätsel.«

Der Vater hüstelte, fuhr mit der Hand zu der Stelle unterhalb der Kehle, wo das Endoskop in die Luftröhrenäste eingefahren war und die geheimnisvollen, vielleicht schrecklichen Vorgänge in die Augen der Ärzte gespiegelt hatte.

»Sprich lieber nicht so viel. Die Mutter hat gesagt, du mußt dich noch schonen.«

Zaghaft erwiderte er die Liebkosung ihres Daumens. Das bewirkte in ihr einen Gefühlssturz. *Hat er nicht –? Ist er nicht –? Bin ich ihm nicht ausgeliefert gewesen! Ist da nicht diese Erfahrung, ein Nichts zu sein vor ihm! Gibt es nicht, in mir, einen Kern trotziger Verweigerung: Ich will mich nicht einlassen auf dich, will nicht lieben, was mich kaputt macht ... Und steht hinter dieser Ablehnung nicht, mühsam niedergehalten, der Wunsch zu vertrauen?* Rosmarie war nah daran, in Tränen auszubrechen. Sie fühlte, daß er in Not war.

»Nimm diese Krankheit als – Ruhepause«, sagte sie. »Als Chance der Selbstbesinnung.«

Sie fühlte, wie billig dieser Trost war.

»Was wirst du tun, wenn du nächste Woche aus dem Krankenhaus entlassen wirst? Hattest du nicht mit autobiographischen Aufzeichnungen begonnen?«

Er habe sich tatsächlich ein paar Notizen gemacht, sagte er. Wenn er daran denke, wieviel Weltgeschichte in sein Leben hineingespielt habe ... Übrigens sei da eine Episode aus dem Krieg ... Er habe einmal Kopf und Kragen riskiert, um einigen tausend Kameraden das Leben zu retten. Es ging um eine Fehlinformation Görings, der über die Zahl der für einen letzten sinnlosen Einsatz zur Verfügung stehenden Luftwaffenangehörigen getäuscht werden sollte. Rosmarie hatte den häufig wiederholten Bericht immer gegen eine innere Abwehr zur Kenntnis genommen. Diesmal allerdings horchte sie et-

was heraus, was ihr früher nicht aufgefallen war: Angst. Vielleicht hatte der Vater auch zuvor nie von dieser Angst gesprochen, die ihm im Nacken saß, als er sich mit den gefälschten Zahlen in der Aktentasche auf den Weg zum Hauptquartier machte, die sich ihm während seines Vortrags auf die Stimmbänder legte, die ihm schlaflose Nächte bereitete, wo jedes Knacken auf der Treppe die Befürchtung bestätigte, der Betrug sei aufgedeckt und die Gestapo vor der Tür. Rosmarie fühlte die Angst ihres Vaters, ahnte in ihr die vorweggenommene Todesangst. In diesem Moment war es ihr gleichgültig, ob die deutsche Wehrmacht am Hitlerkrieg schuldig war oder nicht. Ihr Vater mochte den Henkern als williges Instrument gedient haben – dennoch war er Opfer, ein vom Krieg verformter, lädierter, zerstörter Mensch. »Laß dich nicht unterkriegen«, sagte sie. »Wir brauchen dich doch.«
Der Vater lag still. Sie sprachen beide eine Zeitlang nicht. In seinem Gesicht arbeitete es. Plötzlich zog er seine Hand zurück. »Wenn ich manchmal – hart war«, sagte er, »dann – ich kannte es nicht anders. Ich bin als Kind ... Und wenn ich mich wehrte, war ich der Schuldige.«
Rosmarie war tief betroffen.
»Wer hat dich geschlagen?«
»Das – sage ich nicht.«
Seine Hand zitterte. Mit Erschütterung vergegenwärtigte Rosmarie sich die Erbsünde: wie man an seinen Kindern rächt, was einem als Kind angetan wurde. Sie begriff, daß ihr Vater sie um Verzeihung bat. Auf der Stelle vergaß sie alles, was sie ein Leben lang gegen ihn aufgehäuft hatte. Die Vorwürfe, der Groll, das Selbstbedauern, der Haß fielen von ihr ab. Es war wie der Stein, der vom Herzen fällt, wie Heinrichs eiserner Ring, der zerspringt. Geduldig wartete sie, bis ihres Vaters Hand vom Brustkorb herunter auf den Bettrand rutschte, mit der Handfläche nach oben, Verletzlichkeit preisgebend. Behutsam schob sie ihre Finger in diese Höhlung.
Die zweite Tür, die äußere, dem Krankenhausflur zugewendete, wurde deutlich vernehmbar geöffnet. Die Hand entzog sich.
Rosmaries Mutter trat ein. »Du hier?!« Ihr Blick an Rosmarie herunter. *Der Overall ... Ich weiß.* »Ich habe dir doch gesagt, der Vater muß geschont werden.«

»Er hat sich nicht überanstrengt.«
Seine Zustimmung erwartend, sah Rosmarie den Kranken an, der tiefer in die Kissen gerutscht war. Die Mutter blickte vom Vater zur Tochter, als versuche sie, herauszufinden, was zwischen ihnen vorgegangen war.
»Ich wollte gerade aufbrechen«, log Rosmarie und küßte den Vater auf die Stirn. Er merkte es kaum, seufzte, begann, über die vergangene unruhige Nacht zu klagen. Mit einem kleinen Schmerz nahm Rosmarie zur Kenntnis, daß sie vergessen war, sobald die Mutter da war. Dennoch verließ sie das Krankenhaus geradezu beschwingt. Es sah so aus, als ob der Graben zwischen ihrem Vater und ihr sich geschlossen hätte. Spät zwar ... Schon deshalb mußte er wieder gesund werden: damit es nicht *zu* spät war.

VIII

»Willst du nicht einsteigen?«
Wie von sich abgelöst stand sie da und sah Jeremy und sich in der Totalen: unter der schwarzen Wölbung der Halle, in diffuser Beleuchtung, einen Mann mit den Händen in den Jackentaschen, eine Frau mit hochgezogenen Schultern, einander zugeordnet in einer Haltung, die die Entfernung vorwegnahm. In Erwartung des Zuges zog die Zeit sich zusammen; etwas erwies sich als schmerzhaft präsent in dem Moment, wo es vorbei war; Ungesagtes, Versäumtes quoll hoch; das floskelhafte Reden über Briefe, Besuche entwarf unverläßliche Orientierungspunkte in die Zukunft. Nachdem die Lokomotive vorbeigeglitten, die Reihe der Waggons zum Halten gekommen war, sah Rosmarie sich außerstande, das Ritual der Trennung aus eigener Kraft zu vollenden. Jeremy mußte sie am Arm nehmen, die Stufen hochschieben, Rucksack und Koffer nachreichen; die Tür schlug der Schaffner zu. Sie fürchtete zu ersticken, als der Bahnsteig sich in Bewegung setzte und aus ihrem Gesichtsfeld verschwand. Da war dieses Würgen wieder, der hinuntergeschluckte Schrei. Sie schloß sich im WC ein und wühlte aus der Militärtasche das Röhrchen mit den blauen Tabletten. Ihr war angst, denn Justus' Stadt lag auf dem Weg. Dort würde sie den Erinnerungen noch weniger ausweichen können als in Köln.
Im Herbst nach ihrer Heirat hatte Justus sie mit seiner Stadt bekannt gemacht. Sie waren so lange über Landstraßen gefahren, daß es ihr wie eine sehr weite Reise vorkam. Das undifferenzierte Grün der dampfenden Wälder ermüdete sie. Nasse Dörfer kehrten den unerwünschten Besuchern ihre Misthaufen zu. Schließlich, es war schon spät am Abend, lenkte Justus den VW eine kurvenreiche Bergstraße hoch, hielt an und führte Rosmarie auf eine Plattform, die den Blick auf das lichterblitzende Urstromtal öffnete. So glanzvoll inszeniert, erweckte die Stadt ihre Neugier. Dann gingen sie zu Fuß durch einen Vorort. Justus blieb stehen, deutete auf einen weißen

Kasten. Eine Tür wurde geöffnet. Im Gegenlicht zeichnete sich eine weibliche Gestalt ab. Er schien den Atem anzuhalten. Rosmarie dachte, daß es lächerlich sei, als heimliche Beobachter hinter der Hecke zu stehen. Die Frau pfiff. Justus zuckte zusammen. Im Türrahmen tauchte der Schatten eines Hundes auf.

»Warum klingeln wir nicht einfach? Sie werden uns nicht auf der Straße stehen lassen.«

»Doch. Das werden sie.«

Sie stiegen in einem Hotelchen mit winzigen Zimmern längs eines verwinkelten Korridors ab. Den abgestandenen Geruch des schlecht gelüfteten Hauses bemerkte Rosmarie nicht sofort. Die Stadt erwies sich als langweilig. Sie bestand aus einer Fußgängerzone, die nachts menschenleer war, und den übrigen Vierteln, in denen sich auch am Tag nichts abspielte. Es war, als ob die Zeit stehengeblieben sei. Wie in den fünfziger Jahren, bemerkte Rosmarie. Und: daß sie um keinen Preis hier leben wollte. Justus antwortete nicht. Die aufsteigenden Zweifel beschwichtigte Rosmarie mit dem Zauberwort AMERIKA. Nach drei Tagen hatten ihre Kleider, Haare, Haut diesen Geruch nach alten Zwiebeln angenommen. Sie entwikkelte einen Waschzwang, und noch immer stand der Besuch bei Justus' Eltern aus.

»Es ist meine Mutter. Sie ist auf jede meiner Freundinnen eifersüchtig gewesen. Wieviel mehr auf meine Frau.«

»Ach was. Ich kriege sie schon rum. Ich kann überaus wohlerzogen sein.«

Schließlich gab Justus nach.

»Wir müssen sie buchstäblich überfallen. Sonst ziehen sie sich irgendwie aus der Affäre, sind einfach nicht da, verreist, eingeriegelt ...«

Sonntags um die Frühstückszeit öffnete Justus die Gartenpforte am Innengriff. Ein brauner Setter schoß aus den Büschen, sprang an Justus hoch, umtanzte ihn, winselte, schlug Purzelbäume. Als die Haustür geöffnet wurde, nützte Justus die Überraschungssekunde, um Rosmarie in den Flur zu ziehen. Mutter und Sohn sahen einander an.

»Das ist – Rosmarie.«

Deren ausgestreckte Hand wurde ignoriert. »Komm rein«, sagte die Mutter zu Justus. »Wir sitzen im Wintergarten.« Der Vater am Frühstückstisch hob den Kopf von »Bild am

Sonntag«, legte die Zeitung aber nicht weg. Die Mutter brachte ein Tablett. Erleichtert nahm Rosmarie zur Kenntnis, daß auch für sie eine Tasse und ein Teller vorgesehen waren. Die Hantierung mit Messer, Butter, Brot erlöste sie aus der Unsicherheit. Als nichtvorhanden behandelt zu werden, ertrug sie schlecht. Seine Mutter sei auf eine schwer definierbare Art verrückt, hatte er erzählt. Anderen gegenüber verhalte sie sich durchaus normal, mache Konversation und alles. Im Haus aber regiere sie durch vielfältig abgestuften Terror. In stundenlanger Fronarbeit poliere sie täglich jeden Wasserhahn blitzblank und alle Flächen stäubchenfrei. Dabei spreche sie mit niemandem, außer mit ihrem Hund und ihrem Pferd. Der Vater ziehe es längst vor, so selten wie möglich zu Hause zu sein. Er selbst, Justus, jedoch habe sich an das Schweigen nie gewöhnen können. Als Kind habe er hin und wieder einen freilich unverläßlichen Kontakt zu ihr bekommen. Sobald er angefangen habe, sich für Mädchen zu interessieren beziehungsweise die Mädchen sich für ihn, habe sie ihm ihr Vertrauen, solange die Geschichte jeweils dauerte, ganz und gar entzogen.
Der gutfrisierten, elegant gekleideten Frau haftete nichts »Verrücktes« an. Ihr Gesicht blieb ausdruckslos, ihre Augen wanderten, während sie über den Hund sprach, der den Kopf auf Justus' Bein gelegt hatte und ihn aufmerksam ansah. Asta habe kürzlich den Briefträger angefallen und ihm die Hose zerrissen. Es sei nicht der wohlbekannte Herr M. gewesen, sondern eine Urlaubsvertretung, ein schreckgelähmter junger Mann. Sie habe die Angelegenheit mit einem Zwanzigmarkschein und einer Ersatzhose aus dem Schlafzimmerschrank in Ordnung gebracht. Obwohl die eigentliche Schuld ja die dumme Briefträgeraushilfe treffe – die offensichtlich nicht wisse, daß auch der freundlichst wedelnde Hund keinen Fremden auf das Grundstück lasse –, habe der Vater Asta geschlagen ...
Schläge. Das Stichwort. Justus hatte sich vorgebeugt, um den Hund zu streicheln. Die Mutter pickte Krümel von der Tischdecke. Rosmarie spürte körperliche Antipathie gegen den Vater, den Sadisten, der seinen Sohn ausgepeitscht hatte; den SS-Mann der ersten Stunde, der die braune Uniform mit einem Lorgnon gekrönt und Spöttern mit Denunziation gedroht hatte. Zwar sah sie nichts als einen Kragen-und-

Schlips-Typ mit sauber gekämmtem Scheitel über dem grob-gutmütigen, ein wenig aufgedunsenen Gesicht – aber sie traute ihm alles zu, auch ein KZ-Bewacher gewesen zu sein, ein Mörder. Wer Kinder und Hunde schlägt, der haßt alles, was hilflos ist, der ist zu jeder Grausamkeit fähig. Die Wintergartenidylle täuschte; auf dem weißgedeckten Tisch wurde eine Henkersmahlzeit serviert. Rosmarie hätte sich nicht gewundert, wenn unter der Zeitung blutverklebte Hände zum Vorschein gekommen wären ...
Als ob er für die unausgesprochenen Vorwürfe empfänglich sei, hatte sich Justus' Vater über dem Sonntagsblatt zusammengekrümmt. Die Mutter hatte angefangen, von ihrem Pferd zu reden. Es habe sich in dem zugigen Stall erkältet. Die Kinder, die in der Reitschule herumliefen, seien schuld daran; sie machten nie die Tür zu. Den ganzen Sommer über sei Ajax gesund gewesen. Auf seiner Weide oben am Berg habe sie ihn täglich besucht. Sobald er sie von fern gesehen habe, sei er in großen Sprüngen herbeigaloppiert ... Rosmaries Gedanken schweiften ab. Was gingen sie Justus' Eltern an. Nicht mit ihnen war sie verheiratet. Niemand zwang sie, sich mit solchen Leuten einzulassen. Horch: draußen im Garten singen die Vögel. Du sitzt gut hier auf der Glasveranda; geschützt, zugluftfrei, trocken zwischen den nassen Büschen und Bäumen. Der Rasen übersät mit Maulwurfhügeln. Am lautesten die Stimme der Amsel.
Justus' Mutter hat aufgehört zu sprechen. Die Stille lädt sich mit Spannung auf ...
»Bleibst du zum Essen?«
Die Einladung war an Justus gerichtet. Nur an Justus. In seinem Gesicht arbeitete es.
»Nein.«
Er sprang so heftig hoch, daß der Stuhl an ein Blumengestell stieß. Die Mutter rettete den wankenden Gummibaum. Der Hund bellte. Der Vater stieß einen scharfen Pfiff aus. Sofort lag Asta auf dem Bauch, kroch ihrem Herrn zu Füßen. Die Mutter fing an, das Geschirr zusammenzustellen. Justus und Rosmarie standen vergessen dabei. Sie verließen das Haus, ohne daß jemand versuchte, sich von ihnen zu verabschieden. Nur der Hund sah hinter ihnen her und wedelte einmal kurz, verstohlen grüßend, mit dem Schweif.
Auf der Rückfahrt nach Köln war Justus schweigsam. Ros-

marie glaubte zu wissen, warum. Sie verstand auch, daß er sich an diesem Abend bis zum Verlust der Selbstkontrolle betrank. Sie stützte ihn auf dem Heimweg und zog ihm die Schuhe aus.

Der Zug glitt fast lautlos über die verschweißten Schienen; kein Rattattatta, nur ein wenig zischender Luftwiderstand. In der Rheinebene vermischte sich Industriedunst mit Nebel. In den Ruhrstädten gingen die Lichter an. Dann erschien ein bläßliches Stückchen Mond auf dem schwarzen Monitor. Es gab Menschen, die die lange Nacht im D-Zug-Abteil mit ihr teilten, ohne daß Rosmarie mehr von ihnen wahrnahm als ein Kommen und Gehen. Der Preis, den sie für die chemisch hergestellte Seelenruhe bezahlte, war Gleichgültigkeit gegen alles und jeden. Die Bewegung hob ihr Raumgefühl auf, die Erinnerung ihr Zeitbewußtsein.

Vor einer Woche hatte sie Amerika verlassen. Wie weit war es inzwischen weg! Wie ausgedünnt die Reisebilder. Seltsam unbelebt. Sie hatte doch auch Menschen getroffen? Im Club Car waren alle Langstreckenpassagiere zusammengekommen. An jeder Station hatte sich die Gesellschaft neu gemischt. Das Baptisten-Pärchen aus San Diego, das jeden Sommer per AMTRAC durch Amerika kreuzt. Die Offiziersfamilie auf dem Weg nach Übersee; vier blondgelockte kleine Mädchen, die noch im Schlaf halb sitzend Haltung bewahrten. Die Schwarzen, die selbst im Speisewagen unter sich blieben. Die beiden alten Huren, die in Albquerque zustiegen und sich als Krankenschwestern ausgaben. Abends im Club Car rauchten sie dicke, braune Marihuana-Joints. Virginia aus L. A., Pakkerin in einer Kartonagen-Fabrik, die bald Händchen hielt mit dem goldklimpernden Terry aus der Filmbranche, dessen Angst vorm Fliegen ihn zum Transportmittel Eisenbahn verurteilte. Die Eisenbahnerwitwe aus einem kleinen Ort im Mittelwesten, die stolz aufzählte, welche Pflanzen in ihrem Garten wüchsen, von denen die Kalifornier noch nie etwas gehört hätten. Die unermüdlich kartenspielenden Weltkriegsveteranen, die ihre Söhne nicht ein zweites Mal nach Vietnam schicken würden ...

Verblaßt, alle diese Begegnungen. Vor die lebendigen Menschen hatten sich Visionen geschoben: einsame Reiter, die auf einem Bergkamm vor dem Hintergrund der Rocky Mountains regungslos verharren oder, ihr erschöpftes Pferd hinter sich herziehend, durch die Salzwüste torkeln. Schließlich war draußen nur noch Wüste gewesen: schwarze Lavamassen, Tiergerippe, Autowracks. Keine Menschen, keine Bäume, kein Leben unter dem bleifarbenen Zelt, durch das der Zug auf unendlichen Gleisen kroch.

Dann hielt dieser Zug in Justus' Stadt. Benommen starrte Rosmarie auf den Bahnsteig. Im dünnen, blauen Neonlicht glitten – eiliger als am Tag und auch lautloser, als ob die Nacht sich dämpfend auf alle Lebensäußerungen legte – die Schatten der Reisenden vorbei. Wenn sie jetzt ausstiege und durch die Straßen ginge, bestünde keine Gefahr, Justus zu begegnen. Seine Kneipen hatten längst zu. Selbst wenn sie sich vor das Haus stellte und zu den dunklen Fenstern hinaufstarrte, würde er sie nicht sehen, denn um diese Zeit schlief er. Den allgegenwärtigen Justus an einem bestimmten Ort zu wissen, beruhigte Rosmarie. Trotzdem öffnete sie das Fenster des Abteils erst, als der Zug sich wieder in Bewegung setzte. Sie lehnte sich hinaus, sog tief die frische Luft ein. Modergeruch stieg ihr in die Nase. Sie dachte an feuchte Tannenwälder voller Fliegenpilze und Stinkmorcheln und wunderte sich über die Einseitigkeit ihres Gedächtnisses. Es konnte doch nicht, in all den Jahren, immerzu nur geregnet haben ...

Es war nicht die Schuld der Stadt, daß sie Rosmarie an eine Gruft erinnerte. Es war die Wohnung mit dem schwarzgestrichenen Flur, den sonnenlosen Zimmern, dem Dämmerlicht, in der ihre Haut larvenbleich wurde. Sie verließ sie nur selten, um Einkäufe zu machen oder um seltsam orientierungslos, mit nach innen gerichtetem Blick, durch die Straßen zu stolpern. Das einzige Grün war ein Farnkraut, das auf der Küchenfensterbank kümmerte. Die Bilder an den Wänden waren melancholische Monochrome oder giftfarbene Müllstillleben. Die kühl vom Architekten kalkulierte Wohnlandschaft war eine luxuriöse Einzelzelle, in der sie Justus' Schritte auf der Treppe, seinen Schlüssel im Schloß so sehnlich erwartete, daß, wenn er endlich kam (und wie oft kam er spät!), sie vor Ungeduld erschlafft und kaum noch fähig war, sich zu freuen.

Etwas ging nicht, wie es sollte; doch sie wußte nicht, was. Sie liebte Justus; er liebte sie – das einzig Wichtige, das Wesentliche in ihrem Leben schien also zu stimmen. Allerdings war es über alle Maßen mühsam, die immer wieder abhandenkom-

mende Nähe immer wieder neu herzustellen. Wenn sie dachte, nun sei es geschafft, die Schwierigkeiten seien endlich überwunden, die Mißverständnisse ausdiskutiert, die Fehler verziehen, entfernte Justus sich wieder, blieb jeden Tag länger im Büro, versteckte sich zwischen Akten, verkroch sich hinter dem Computer; es bedurfte nur noch eines Wortes, der Andeutung einer Beschwerde, und alles brach zusammen. Was Rosmarie an Justus' abrupten Rückzügen am tiefsten traf, war, daß er dann so tat, als habe es nie so etwas wie Vertrauen zwischen ihnen gegeben, als seien sie einander völlig fremd und würden es immer bleiben. Sie erinnerte sich der nur ein paar Tage zurückliegenden Erfahrung von wechselseitigem Aufeinander-Angewiesensein – und weigerte sich, Justus wörtlich zu nehmen.
Er konnte nicht meinen, was er sagte. Irgendein finsterer Dämon hatte von ihm Besitz ergriffen, legte ihm zerstörerische Reden in den Mund; es war nicht Justus, der da gegen seine eigensten, tiefsten Lebensinteressen handelte und sprach. Tapfer, in der schon fast kitschigen Gewißheit, ihre Liebe müßte siegen, nahm sie den Kampf auf, ging mit Beelzebub in den Ring, gewann Runde um Runde nach Punkten – dabei entging ihr nicht nur, daß sie angeschlagen war und die Substanz aus ihr rann wie Sand aus einem kaputten Sack; sie bemerkte genausowenig, daß Justus keineswegs auf ihrer Seite stand, sondern sich selbst in der Rolle des Bösen masochistisch genoß.
Immer häufiger unterlag Rosmarie der Versuchung, sich dem zermürbenden Gefecht durch Flucht zu entziehen, doch die Ambivalenz der Situation lähmte ihre Entschlußkraft: Das Eingeständnis der Niederlage wäre mit dem Risiko verbunden gewesen, Justus fortan zwar schutzlos, aber nichtsdestoweniger weiterleben zu sehen. Außerdem war das, wofür sie kämpfte: glücklich zu sein mit Justus, ja doch kein Phantasieprodukt; es gab immer wieder Tage, drei oder vier, an denen sie sich miteinander eins fühlten und Justus ihr für die Zähigkeit, mit der sie einmal mehr um ihn gerungen hatte, Dankbarkeit etwies. Dieses prekäre Glück war die Wurst vor ihrer Nase, mit der Beelzebub sie foppte, so daß sie sich schielend im Kreise drehte; die Verhältnismäßigkeit der Dinge war ihr verlorengegangen, die Außenwelt existierte nicht mehr. Nur im Schlaf kam sie zur Ruhe und zum Schlafen erst, wenn sie

Justus' warmen, atmenden Körper neben sich spürte. Das Wichtige, das Wesentliche reduzierte sich auf die physische Präsenz. Haut an Haut mit Justus war die Liebe in Ordnung, mußte es sein – einen konkreteren Beweis für ihre Zusammengehörigkeit gab es nicht. Durchwachte Nächte, in denen sein Schlüssel erst zu hören war, als der Morgen schon hell im Fenster stand, erschütterten diese Gewißheit nur oberflächlich. Ein einziges Mal packte Rosmarie ein großer Zorn, da verbot sie dem betrunkenen Justus ihr Bett und vertrieb ihn, als er sich dennoch hineinlegte, mit einem Eimer kalten Wassers daraus, was freilich den Nebeneffekt hatte, daß auch sie auf der Erde schlafen mußte.

Mit dem Alltag kam sie bald nicht mehr zurecht. Sie erwachte jeden Morgen unter der Last unerledigter Aufgaben, fing zwölferlei an und brachte selten etwas zu Ende. Von toten Gegenständen fühlte sie sich unter Druck gesetzt; die Möbel wollten von Staub und Flecken freigehalten werden, das Portemonnaie erinnerte an die Besorgungen, die zu machen waren, der Korb mit der Bügelwäsche stellte sich ihr auffordernd in den Weg. Die fixe Idee, immer mehr Schmutz an unerwarteten Stellen zu finden, trieb Rosmarie rastlos um. Sie nahm den Staubsauger in der Gewißheit zur Hand, daß sie den Kampf gegen die Vergänglichkeit im voraus verloren habe. Oft spann sie den Gedanken aus, was aus der Wohnlichkeit würde, wenn sie sie ein für allemal sich selbst überließe. Zuerst würde eine Staubschicht, dick und weiß wie Mehl, sich auf alles legen. Dann würde Feuchtigkeit mit großen Schimmelpilzfeldern nachrücken. Der Putz würde von der Decke bröckeln, die Tapete sich in Streifen ablösen, der Teppichboden zerbröseln. Die Fensterrahmen verfaulten, die Scheiben fielen heraus und zersprängen. Die Wände bekämen Risse, in denen sich Gras und Unkraut ansiedelten, vielleicht sogar kleine Sträucher. Das Dach würde einstürzen, die Steine im Mauerwerk würden sich lockern. Allmählich gliche das Haus den Ruinen, in denen sie als Kind gespielt hatte, und Brennesseln und duftende Kamillenblüten wüchsen darin. Die ganze Stadt würde Millimeter um Millimeter von der Natur zurückerobert, von Holunderbüschen und Fliederbäumen und Birken. Rosmarie stellte sich vor, wie spätere Generationen die Fundamente ausgraben und gelehrte Theorien über die Ursachen dieser Katastrophe entwickeln würden. Sie

selbst sah sich, reinkarniert in eine grünschillernde Eidechse, auf einer der orangeroten Badezimmerkacheln ein gelassenes Sonnenbad nehmen.
Rosmarie bückte sich, um die winzige, in einen Kunstharzblock eingelassene Computerschalttafel vom Teppich aufzuheben, da entdeckte sie auf dem frisch gesaugten Boden drei Krümchen. Sie ließ sich danebenfallen, vergrub das Gesicht in den Armen und hätte gern geweint, wenn nur Tränen gekommen wären. Ihr Zwerchfell zog sich in Krämpfen zusammen, sie schnappte nach Luft wie ein gestrandeter Fisch; die Verzweiflung in ihr fand kein Ventil …
Auf dem Bahnsteig in G. geschah etwas Merkwürdiges: Zwei Männer, die mit ihr zusammen ausgestiegen waren, riefen sich etwas zu, irgendwelche banalen Sätze, »zu spät um schlafen zu gehen«, »was soll man sonst tun«, oder ähnliches – und Rosmarie verstand sie nicht. Sie hörte jedes Wort, ohne einen Sinn darin zu erkennen; es war, als ob ihr die deutsche Sprache fremd geworden wäre. Das erinnerte sie an Amerika, wo sie oft noch nicht einmal versucht hatte, den Reden, die an ihr Ohr drangen, einen Inhalt zu entnehmen; sie hatte vielmehr das Gefühl genossen, unbetroffen, wie nicht vorhanden zu sein. Die Anonymität des Reisens hatte sie mit einer ganz unbekannten Erfahrung innerer Freiheit beschenkt. Sie hatte gar nicht geahnt, wie vielen Verhaltensvorschriften sie unterlag, bis sie deren begrenzte Gültigkeit erkannte. Im Wechsel mit den tiefen Depressionen, die der Gedanke an Justus auslöste, erlebte sie euphorische Zustände, in denen sie sich nicht wusch, nicht kämmte, nicht schminkte, auf Bordsteinkanten sitzend *hot dogs* aß und sich danach genüßlich die Finger ableckte. Die Macht der Muttergöttin reichte nicht bis hier; ihr ewig kontrollierendes Auge verschwamm mit dem Himmelsblau. Niemand nahm Rosmarie zur Kenntnis, wenn sie sich nicht ausdrücklich bemerkbar machte als eine Person, die ein Hotelzimmer suchte, eine Mahlzeit bestellte oder ein Gespräch anfing.
Der Höhepunkt dieses Prozesses der Selbstannäherung durch Entfremdung war die wochenlange Fahrt quer über den Kontinent gewesen. Während zwischen Chicago, San Francisco, Los Angeles, New York vor der schmutzgetönten Scheibe des Pullman-Waggons Landschaften Revue passierten, denen allesamt eine gewisse Unendlichkeit eignete: unermeßliche

Maisfelder, endlose Gebirge, unaufhörliche Einöden, fragte sie sich zum erstenmal in ihrem Leben, was sie eigentlich mit der Person gemeinsam hatte, die einer Frau wie ihrer Mutter gefallen und mit einem Mann wie Justus hatte leben wollen. Diese blitzartigen Ich-bin-gar-nicht-ich-Einsichten waren freilich nicht tragfähig; viel zu tief steckte Rosmarie in einem undurchschaubaren, sumpfig-zähen Gemütszustand. Und wenn die Wirkung der blauen Tablette auch noch anhielt und sie auf dem Bahnsteig von G. seelenruhig registrieren konnte, daß niemand sie abholen, nach Hause bringen, ihr einen Tee kochen, sie im Bett in den Arm nehmen würde, war ihr doch klar, daß spätestens am nächsten Morgen die Angst über ihr zusammenschlagen würde. Die Reise war zu Ende, die Schonfrist verstrichen; ab sofort würde sie es mit der Gegenwart aufnehmen müssen. An die Zukunft wagte sie gar nicht zu denken.

Sie nahm ein Taxi. Vor ihrer Haustür der automatische Griff in die Umhängetasche, ehe ihr einfiel, daß sie das Schlüsselbund ja seit Wochen nicht mehr gebraucht hatte. Im Sickerlicht der hoch hängenden Straßenlaterne wühlte sie die feinen Kleidchen, T-Shirts, Socken um und um … vergeblich. In wachsender Panik riß sie den Inhalt der einzelnen Rucksacktaschen heraus. Sie vergegenwärtigte sich ihre Lage: schutzlos. *The knock* … Näherkommende Schritte. Schnell schlug sie den Koffer zu, schob ihn und den Rucksack in den Hauseingang, duckte sich in eine Ecke. Sie wickelte das leise knisternde Raumfahrtprodukt mit der reflektierenden Seite nach innen und der stumpfen nach außen um sich, steckte den Kopf darunter, verließ sich auf den Tarneffekt …

Damals in New York war sie nach Einbruch der Dunkelheit mit einer braunen Packpapiertüte voll Lebensmittel in ihr Hotel zurückgekommen. Sie hatte den Fernseher so gedreht, daß sie ihn von der Dusche aus sehen konnte, viel warmes und kaltes Wasser über sich laufen lassen, sich mit den weichen, weißen Handtüchern abgetrocknet, den Bademantel angezogen, die Aluminiumfolie über der Pizza aufgeklappt, die Viertelliterflasche kalifornischen Chablis' entkorkt – als es klopfte. »Es klopfte« ist ein zu schwacher Ausdruck für das, was geschah. *The knock* war ein durchdringender, herrischer Schlag an ihre Tür, der das sofortige Öffnen befahl. Sie ließ fallen, was sie in der Hand hatte und stürzte, um zu gehorchen – da warnte sie etwas. Die Warnung kam von innen. Die Bewegung ihrer Hand zum Schloß verlangsamte sich. »Wer ist da?« fragte sie in ihrer Verwirrung auf Deutsch. Statt einer Antwort ein zweiter *knock*, so eindeutig brutal, so zutiefst lähmend, daß sie mit zitternden Knien um Fassung rang und erst nach langen Sekunden in der Lage war, langsam, leise, damit es der da draußen ja nicht hörte, rückwärts gehend den Weg zum Telefon zurückzulegen. »Machen Sie auf keinen Fall auf. Haben Sie keine Angst. Wir schicken jemanden rauf«, sagte die Frau von der Zentrale. Rosmarie horchte, ob sich draußen Schritte entfernten; aber alles blieb still. »Hallo? Sind Sie noch da?« fragte die Telefonstimme. »Haben Sie keine Angst. Bleiben Sie am Apparat. John vom Hotel muß gleich oben sein.« Nach endlos sich dehnenden Minuten meldete sich »John vom Hotel«. Rosmarie war erleichtert, einen der Portiers vor ihrer Tür stehen zu sehen. Auf dem Flur war sonst niemand. Es war nicht festzustellen, wer geklopft hatte ...

Das Echo der damals durchlebten Panik verstopfte Rosmaries Ohren, sie hörte die Schritte nicht vorüberziehen und bildete sich ein, jemand stehe vor ihr, betrachte das seltsame Paket, strecke soeben die Hand aus, um die Tarndecke von ihrem Gesicht zu reißen –. Sie schob die Augen über den Rand. Niemand war da; aber die Angst blieb. Ihr Hirn hakte Notlösungen ab: Hotel; Polizei; Bahnhof ... Selbst Justus anzurufen wurde vorgeschlagen, dazwischen tauchte Mikes Name auf, blieb, mehrmals verworfen, am Schluß doch als einzig rettungversprechend stehen ...

Mike spähte durch einen Spalt seines Haarvorhangs, reagierte nicht verwundert über das, was er sah, nahm Rosmarie den Koffer ab, stampfte vor ihr die ausgetretene Holzstiege hoch. Seine Haut war fast so bleich wie der Baumwollslip, den er trug.

»Warst du nicht auf Ibiza?«

Er ließ den Koffer los und fiel ins Bett. Der Matratzenstreifen, den er freigab, bildete die einzig mögliche Schlafstelle in dem von Möbeln vollgestellten Zimmer. Rosmarie nahm die Einladung an. Rücken an Rücken mit Mike lag sie schlaflos; ihre Müdigkeit war in Überreizung umgekippt. Natürlich dachte sie an die Nächte mit Mike. Tags hatten sie fast nichts gemeinsam gehabt; nach dem Frühstück waren sie immer gleich auseinandergelaufen, er ins Labor, sie in die Boutique,

wo sie für einen schnurrbärtigen Jugoslawen – den sie verbissen haßte, weil er blonden jungen Kundinnen mit dem Einfallsreichtum einer Schallplatte den Hof machte – Hongkong-Textilien verkaufte.
Abends kochten sie abwechselnd, räumten zusammen auf, sahen fern oder lasen, jeder in seinem Sperrmüll-Lieblingssessel, Bücher, die sie einander unter Begeisterungsrufen empfahlen. Mike hatte seine vielfältigen Engagements in ökologischen und pazifistischen Arbeitskreisen Rosmaries wegen an den Nagel gehängt. Ihrer latenten Fluchtbereitschaft versuchte er mit Wachsamkeit zu begegnen, was die prekäre Balance zwischen ihnen zu seinen Ungunsten veränderte; durch die Angst, sie zu verlieren, lieferte er sich ihr aus.
Wie sie so neben ihm lag und ein Erinnerungsmechanismus Mike veranlaßte, sich herumzudrehen und die Arme wie früher um sie zu schließen, dachte sie, daß die Zukunft mit ihm zusammen vielleicht eträglicher würde …
Sie erwachte in den aufmerksamen Blick seiner etwas vorstehenden blauen Augen hinein.
»Ich dachte, ich hätte geträumt. Manchmal träume ich solche Sachen: daß es klingelt und du vor der Tür stehst, so konkret, daß ich mich morgens wundere, wenn du nicht da bist. Und da liegst du auf einmal, wirklich und wahrhaftig, in meinem Bett.«
Mit schlechtem Gewissen erinnerte sich Rosmarie an die zahllosen Szenen, die dem Bruch mit Mike vorangegangen waren. Immer wieder hatte sie ihm gesagt, daß sie nicht ihn liebte, sondern Justus; und wenn er dann endlich bereit war, aufzugeben, und fragte, wer von ihnen denn nun aus der gemeinsamen Wohnung, dieser second-hand-möblierten Dachkammer mit Küche, ausziehen müsse, hatte sie ihn, voll hysterischer Angst vor dem Alleinsein, einmal mehr gebeten zu bleiben. Gegen seinen Vorwurf, sie benutze ihn, hatte sie sich nur unzureichend verteidigen können. Gewiß hatte sie ihn nicht bewußt instrumentalisiert; er hatte eher die Rolle des rettenden Strohhalms gespielt, der in ihrer Umklammerung selbst unterzugehen drohte. Aber sie war nicht unfair gewesen; sie hatte ihn geliebt (oder zu lieben geglaubt) und das riskiert, was man die bürgerliche Existenz nennt, als sie, buchstäblich wie nach einer Hintertreppenvorlage, mit ihm durchgebrannt war – getragen von so überwältigenden Hoch-

gefühlen, als habe sie sich durch einen Tunnel aus einem Gefängnis gegraben.
Die herbstliche Provence war leergefegt und ein wenig auch leergefressen, die Mitmenschlichkeit ausgelaugt von den Termitenzügen der Sommertouristen. Unter einem atemberaubenden Sternenhimmel, in den Ohren das Zirpen der Zikaden, in der Nase säuerlich untermalte Lavendeldüfte, übernachtete das disparate Pärchen im Feld, ernährte sich von Käse, Weißbrot und Rotwein und genoß die immer noch wärmende, bräunende Mittagssonne vor irgendeinem ländlichen Bistro. Der Verdacht, sie hole Versäumtes nach, koste im Windschatten eines viel jüngeren Mannes das Glück des Vagabundierens aus, das ihrem Alter nicht ziemte, war eher Würze als Wermutstropfen in Rosmaries Euphorie. Manchmal freilich mahnten sie die skeptischen Blicke der jungen Leute, die sie unterwegs trafen, daran, daß sie ihren Zugehörigkeiten entfallen war. Daraus machte sie sich scheinbar nichts (zumal Mike sie schützte) und machte sich doch etwas daraus: ein kompliziertes, von Selbstbestrafung nicht ganz freies Vergnügen der Fern-Rache. Zwar wußte Justus weder, wo sie war, noch, was sie trieb, und wahrscheinlich hätte seine Phantasie nicht ausgereicht, sich seine Frau vorzustellen, wie sie auf der Suche nach trockenem Holz für ein Pfadfinder-Feuer durch die Büsche kroch; er brauchte es auch gar nicht zu wissen – daß sie tat, was sie tat, war Vergeltung genug.
Nachts schlief sie allerdings oft schlecht, und das war nicht nur die Faszination des gestirnten Himmels über ihr, sondern auch die gewisse innere Stimme, die ihr sagte, daß sie sich schuldig machte, nicht so sehr an Justus, obwohl der, auf seine zerfaserte, bruchstückhafte Art, vermutlich auch litt; viel mehr an sich selbst. Darüber dachte sie manchmal nach, als es draußen kälter wurde und sie die Abende in rauchigen, grellbeleuchteten Cafés verbrachten und die Nächte in billigen kleinen Hotels mit einem Gummituch unter dem Laken und einer Plastiktrennwand vor dem Bidet – daß sie eigentlich immer neben allem stand, was sie tat; so als wäre sie zwei Personen, eine handelnde und eine beobachtende. Hin und wieder weinte sie im Traum, was Mike so sehr beunruhigte, daß er sich nicht imstande sah, sie zu trösten; vielmehr rückte er von ihr ab und klammerte sich so gut es ging am Rand der

Matratze fest, die nach Art schlechter französischer Betten die Schläfer in ihrer ausgeleierten Mitte zusammenkippte. Das machte es für Rosmarie nicht besser.
Noch weniger wurde Mike mit ihren Fluchtversuchen fertig. Sie paßte stets einen Moment ab, wo er pinkeln war oder Tabak kaufen; selbstverständlich nichtsahnend, weil sie sich gerade besser zu verstehen schienen als je zuvor. In Arles wußte er, wo er sie finden würde: auf dem romantischen Trümmerfeld hinter der Arena; richtig, zwischen marmornen Säulen und Sarkophagen hockte sie und behauptete, in einem früheren Leben Römerin gewesen zu sein, allerdings nicht hier, sondern in einer Stadt namens Colonia Claudia Ara Aggrippinensium. Ob er wisse, wo die gelegen habe beziehungsweise heute noch liege? Am Rhein. Nun müsse er aber langsam darauf kommen ... Nichts interessierte Mike in diesem Moment weniger als Vergangenheit; mißtrauisch betrachtete er Rosmarie, die fortfuhr, sie habe sich in einer bronzenen Athene wiedererkannt, die einen korinthischen Helm auf dem Kopf trage, so ein Ding mit einer Sphinx als Krönung und einem tief in den Nacken fallenden Helmbusch.
Das zweite Mal ging sie in Saintes-Maries verloren, während Mike vom Dach der Wallfahrtskirche aus das Meer fotografierte; da fand er sie erst, als er die Hoffnung schon aufgegeben hatte, vor einem Café weit draußen an der Uferstraße. Hier sei der einzige windgeschützte Platz der ganzen Camargue, sagte sie. Warum sie weggegangen war, erklärte sie nicht; Mike dachte, daß sie es selbst nicht wisse, aber sie wußte es wohl: Sie wollte allein sein, um Ordnung in ihre verwirrten Gefühle zu bringen. Justus und kein Ende. Seltsamerweise war sie überzeugt davon, jederzeit zu ihm zurückkehren zu können und mit offenen Armen aufgenommen zu werden. Sie glaubte fest, er würde ihr die Exkursion nicht nur großmütig verzeihen, sondern sogar verstehen, wie notwendig sie war. Wie oft hatte er sie allein gelassen, tagelang, wochenlang, und stets darauf vertrauen können, sie wiederzufinden! Nun war die Reihe an ihr, neun Jahre Warten hatten sich in ihr aufgestaut, machten sich Luft; ein paar Wochen Zigeunerleben waren der Preis, den sie für ihre eheliche Verfügbarkeit einforderte. Es war ein Bonus an Bewegungsfreiheit, den sie verdient zu haben glaubte. Wenn

die Rechnung ausgeglichen und der Zeitpunkt für einen neuen Anfang gekommen wäre, würde sie zu Justus zurückkehren.
Mike dachte angestrengt darüber nach, wie Rosmarie zu helfen sei. Von einem *freak*, den sie am Julier-Mausoleum in St. Remy trafen, als er sich gerade einen Joint drehte, kaufte er etwas Shit. Auf dem Plateau von Les Baux, vorn am Denkmal für Chaloun Rieu – links zittert die märchenhafte Burgruine im Mittagslicht, tief unten breiten sich Olivenplantagen aus, geradeaus schweift der Blick über Crau und Camargue hinweg bis ans Meer –, erklärte Mike Rosmarie, wie man den Rauch der Droge richtig inhaliert. Zehn Minuten später bereute er das Experiment; da balancierte sie auf lebensgefährliche Weise am Rande des Steilhanges und rief mehrfach jubelnd aus, jetzt sei sie endlich schwindelfrei. Dann forderte sie ihn auf, den Schlafsack auszurollen, da sie auf der Stelle mit ihm schlafen wolle. Der hochentzückte Mike – derartiges hatte Rosmarie nie zuvor gesagt – schaute sich gleich nach einem passenden Rasenfleck um. Glücklicherweise war er trotz Kick in der Lage zu bemerken, wie viele Sonntagsausflügler in ihrer Nähe wandelten, sich zu Grüppchen verdichteten, ins Gelände ausschwärmten. Es war nicht leicht, der von ihrer eigenen Kühnheit mehr als vom THC angeturnten Rosmarie den Beischlaf in publico auszureden.
Ein paar Tage später, in Avignon, verschwand sie aus dem kleinen Park oberhalb der Kathedrale, wo sie eben noch, angesichts der berühmten kaputten Brücke, *»Sur le pont / d'Avignon l'on y danse, on y danse«* in Mikes extra von Haaren freigelegtes Ohr gesummt hatte; und diesmal blieb sie unauffindbar. Später, in G., während der paar Wochen, in denen er sich einzureden versuchte, sie lebten durchaus harmonisch, unternahm er den Versuch, ihr klarzumachen, wie sehr ihr wortloser Verrat ihn damals – ganz abgesehen von den Sorgen, die er sich machte – verletzt habe. Sie habe ihn nicht kränken wollen, sagte sie darauf; und: sie brauche ihn doch. Das erbitterte ihn mehr, als es ihn freute. Rosmarie ahnte, was in ihm vorging, fühlte sich auch ungenau schuldig, aber sie war zu wenig Herr ihrer selbst, um verantwortlich handeln zu können. Tatsächlich war sie labil wie ein Kartenhaus, das ein Anhauchen zum Einsturz bringen kann. Schließlich schlug Mike in einem Ausbruch von Jähzorn, den Rosmarie

diesem sanften, stets beherrschten Mann nicht zugetraut hätte, das zuvor so liebevoll eigenhändig restaurierte Mobiliar kurz und klein. Da blieb ihr nichts anderes mehr übrig, als zu gehen, und ihre Isolierung vollendete sich wie eine böse Prophezeiung.

Mike starrte sie an. Sie versuchte ein Verlegenheitslächeln, aber er blieb ernst. Da wollte sie wissen, wieviel Macht sie noch über ihn habe, und streichelte seine Wange. Seine Pupillen verengten sich. Sie begriff, daß er ihr mißtraute, sprang aus dem Bett, fiel mit wütender Heftigkeit über Koffer und Rucksack her, warf, was ihr in die Hände geriet, über die Schulter. Und fand die Schlüssel – in der von einem schmutzigen Socken verstopften Spitze des linken Reserve-Turnschuhs. Mike sah, wie eine Hand mit einem klappernden Metallgegenstand sich über Trägerhemdrücken und stachligen Hinterkopf erhob: »Jetzt denkst du bestimmt, es war eine faule Ausrede.«

»Und wenn.«

Sie horchte dem Ton nach. Manchmal ist es gut, wenn man nur die Stimme als Anhaltspunkt hat; mit allen mitschwingenden Zweifeln. Mike sprach über Gleichgültiges, das war klar. Er liebte sie nicht mehr. Sie konnte es ihm nicht verdenken, das war in Ordnung, und am besten so. Für ihn. Ja.

»Ich geh' dann.«

»Aber zum Frühstück« – das kam schnell – »bleibst du doch?«

Liebend gern. Sie sei ja so hungrig – sagte sie. Und verschwieg, wie sehr sie sich vor der Heimkehr fürchtete. Glücklich saß sie in der kleinen Küche, die sie mit Mike zusammen eingerichtet hatte. Im Fenster standen Steinguttöpfe mit Büscheln von Zyperngras unterschiedlicher Höhe. Parallel zum Querbalken des Oberlichts war ein Brett eingelassen, von dem sich Efeu und Grünlilien rankten. Mike pflegte, während er sie goß, mit seinen Pflanzen zu sprechen. Er behauptete, sie gediehen einem besser, wenn man sie als Persönlichkeiten behandelte. Der Wellensittich Hansi flatterte aufgeregt im Käfig umher. »Er kennt dich nicht mehr!« sagte Mike fast vorwurfsvoll. Er öffnete das Türchen, bot dem Vogel seinen Handrücken und führte Auge an Auge, Schnabel an Lippen ein zwitscherndes Zwiegespräch mit ihm. Danach schien Hansis Vertrauen in die Welt wiederhergestellt zu sein, denn er flog direkt auf Rosmaries Schlüsselbein. Sie spürte die kleinen scharfen Krallen durch ihren Pullover und drehte den Kopf weg. »Du mußt dich ihm zuwenden – mit ihm sprechen!« riet Mike. Der Sittich schien ihre Körpersprache besser zu verstehen. Er hob von der verkrampften Schulter ab und ließ sich zwischen den mit MEHL ZUCKER NUDELN SALZ blau beschrifteten Porzellanbehältern nieder. Die Serie hatte Rosmarie Mike zu Weihnachten geschenkt. Es hatte ihr Spaß gemacht, in Trödelläden nach etwas zu suchen, das ihm Freude bereiten würde. Justus zu erfreuen war eine fast unlösbare Aufgabe gewesen. Er hatte keine Wünsche. Und freuen konnte er sich erst recht nicht. Aber Mike, der hatte damals einen Luftsprung gemacht, war Rosmarie um den Hals gefallen, hatte sie herumgeschwenkt ...

»Willst du ein Ei?«

Oh ja. Toll. Und überhaupt ... Über der von Mikes Großmutter handgerührten Erdbeermarmelade geriet sie ins Schwärmen. »Das hat mir gefehlt! Sie frühstücken zwar üppig in Amerika: *ham and eggs* und Buchweizenpfannkuchen mit Ahornsirup. Aber Fünf-Minuten-Eier kennen sie nicht und Marmelade? Nie gesehen.« Mike stellte eine bauchige Blümchenkanne mit Goldrand auf den Tisch, ein Flohmarkt-Fundstück wie die durchaus nicht harmonierenden Tassen und Teller. Rosmarie, die nicht in der Lage war (auch wenn sie es versuchte), der ein für allemal gewählten klassischen Form ihres Aussteuer-Geschirrs die Treue zu brechen, genoß diese fröhliche Anarchie. Als sie mit Mike nach G. gegangen war, hatten sie mit einem geliehenen Auto nächtlich die Straßen abgeklappert, in denen Sperrmüll zum Abtransport bereitlag. Wo sie angewidert nur Unrat sah, zum Wegwerfen, Zerschlagen, Verbrennen gerade gut genug, hatte Mike antiquarische Kostbarkeiten mit guten Wiederherstellungsprognosen entdeckt. In der winzigen Wohnung hatte es wochenlang nach Leim und Terpentin gerochen. Die Geborgenheit, die Mike um sich herum zu verbreiten verstand, hatte Rosmarie dazu verführt, sich wie ein kleines Kind in ihn hineinfallen zu lassen ... Sie goß sich Tee ein.

»Was ist das für ein Aroma?«

»Rate.«

»Brombeere? – Pflaume? – Aprikose?«

»Passionsfrucht.«
Mit blassen Händen griff Mike nach der Kandisdose. Wieder fiel Rosmarie auf, daß seine Haut, wo sie zu sehen war, so bleich war, als habe er den Sommer in einem Keller verbracht.
»Warst du nicht auf Ibiza?«
»Doch. Drei Monate lang. Hast du meine Karte nicht bekommen?«
»Du bist gar nicht braun.«
»Das sind doch nur die Touristen, die sich am Strand die Haut verbrennen lassen.«
»Erzähl mir von Ibiza.«
»Eine helle Insel. Ein dunkles Land. Mondnächte, in denen du spürst, daß Tanit Macht über dich hat. Du sitzt auf der Terrasse und starrst in die blaue Scheibe, die deinen Blick nicht losläßt. Du spürst, wie du dich in das dünne Licht auflöst, das leise zu singen beginnt. Fledermäuse streifen dich, als wollten sie dich auffordern, deine Flügel zu gebrauchen. Du hörst den Schrei der Eidechse, in deren weichen Nacken ein Insekt seinen Stachel geschlagen hat. Plötzlich fangen die Hunde zu jaulen an. Das Flußtal durchquerend, schwillt das Geheul an und ab. Jemand ist gestorben, sagen die Ibizenkos. Die Hunde fürchten sich vor dem Geist, der sich in zögernden Spiralen von seinem Ort löst.«
»Und wie hast du gelebt?«
Mike berichtete von der alternativen Finca. Alle übten sie ein Kunsthandwerk aus: Malen, Töpfern, Modellieren, Macramee. Ein mönchisches Leben; der Tag sei vergangen mit Arbeit und Meditieren. An jedem Mittwoch seien ein paar von ihnen auf den Hippie-Markt von Es Cana gezogen, um die Wochenproduktion zu verkaufen. Das habe für das – natürlich makrobiotische – Essen ausgereicht. Im übrigen habe man, unter Anleitung eines diesbezüglich Erfahrenen, mit Drogen experimentiert. Ob sie Castanedas Bücher kenne? Die überirdischen Kräfte, die darin beschrieben würden, habe er selbst erfahren. Als er die erforderliche sittliche Reife erlangt habe, sei ihm erlaubt worden, ein Stück Stechapfelkern zu essen. Dadurch sei er in die Lage versetzt worden, die Zeitschranke nach rückwärts zu durchbrechen. 6000 Jahre habe er im Zeitsprung überwunden. Zuerst sei er ins alte Ägypten versetzt worden, wo ihm der Erbauer der Cheops-

pyramide im blauen Licht des afrikanischen Mondes die Lebensformel genannt habe. Dann sei er nach Israel transportiert worden. Dort habe sich ihm der Autor der Bibel offenbart. Auch der habe das Geheimnis des Lebens gekannt. Es sei faszinierend einfach. –

»Der Autor der Bibel? Welcher?«

Rosmarie hatte zwei Semester Theologie studiert, ehe sie vor dem Hebräischen kapitulierte.

»Es gibt 39 alttestamentliche Schriften, die vom 5. bis 2. Jahrhundert vor Christus zusammengestellt worden sind. Dann ist da noch das Neue Testament, mit den Evangelien des Matthäus, Markus, Lukas und Johannes. Wen also meinst du? Moses? Wahrscheinlich Moses. Oder Salomon? Von ihm stammt der schönste Text in der ganzen Bibel ...«

»Würdest du mir bitte glauben –«

»Es spielt auf einem Drogentrip vermutlich keine Rolle, um welchen biblischen Autor es sich handelt.«

»Selbstverständlich ist es wichtig, wer einem die magische Formel verrät ... Es ist eine Frage der Glaubwürdigkeit.«

»So bist du also auch davon überzeugt, daß man aus Träumen etwas lernen kann? Oft ist die Wahrheit, die sie einem mitteilen, allerdings verschlüsselt.«

»Traum? Wer spricht von Traum?«

»Oder wie man das nennt: Halluzination? Imagination?«

»Das war so wirklich, wie ich hier auf diesem Stuhl sitze. Ich stand am Fuß der Pyramide, der Mond schien, ein Fluß plätscherte leise, das war der Nil ...«

»Willst du behaupten, du seist wahrhaftig 6000 Jahre in die Geschichte zurückversetzt worden?«

Er warf den Kopf zurück.

»Deine Drogen bringen dich um den Verstand.«

Seine Haare fegten die Lehne.

»Vom Stand der Weisheit bist du noch weit entfernt«, sagte er hoheitsvoll.

»Dafür bin ich der Realität ein bißchen näher.«

Mike strich seinen Bart glatt, rieb die Augen, schob mit gegabelten Fingern die Haare zurück und schien absichtlich das Thema zu wechseln.

»Was ich dich fragen wollte ... Was war eigentlich damals – du weißt schon – dein Motiv?«

Rosmarie stellte sich, als habe sie nicht verstanden, wovon

Mike sprach. *Er kann es nicht wissen. Außer, K. hat es ihm gesagt.*

»War es – meinetwegen?«

K. muß es ihm gesagt haben.

Sie schwieg lange. Es bedurfte zum Reden nicht eines Entschlusses, sondern des Abwartens, bis der Mitteilungsdruck sich selbst entlastete.

»Nein. Es war nicht deinetwegen. Auch nicht wegen Justus. Es war: daß ich am Ende einer Sackgasse angekommen war und nicht mehr weiter wußte. Es war – eine Probe. Auf Leben oder Tod.«

Mike rückte mit dem Stuhl vom Tisch ab, zog die Füße in den Lotossitz, lockerte die Hände. Die Stille der Meditation ist tabu. Rosmarie verstummte. Aber Mike zog sich nicht hinter geschlossene Augenlider zurück, sondern sah sie unverwandt an.

»Ich hatte alles vorbereitet: Schlaftabletten; Rasierklingen. Und doch war es kein kalter Entschluß, sondern ein Moment des totalen Außer-sich-Seins – verstehst du? Wie soll ich das erklären: daß nicht ich es war, die Hand an sich legte? Ich wollte nicht sterben. Jemand verlangte es von mir. Eine innere Stimme, der ich bislang widerstanden hatte. Die ersten Aufforderungen lagen lange zurück. Früher war es ein Spiel gewesen, eine Möglichkeit ... Die Stimme riet es mir freundlich, legte es mir höflich nah. Ich wich ihr aus. Später wurde sie dringlicher, ließ sich nicht mehr so leicht ablenken. Ich erwiderte: Noch nicht. Noch nicht. Aber es war dann schon klar, daß ich irgendwann einmal gehorchen würde. Erst mußten bestimmte Bedingungen geschaffen werden. Wie ein ungezogenes Kind suchte ich Ausflüchte, baute Widerstände auf, schob Vergeßlichkeit vor. Dennoch ging ich, ohne mir Rechenschaft darüber abzulegen, zielstrebig vor, erfüllte, eine nach der anderen, die Voraussetzungen. Die wichtigste war: allein zu sein, ganz allein auf der Welt, von allen verlassen, am Ende, am Rand. Justus zu heiraten schien ein Akt der Rebellion, eine Widerstandserklärung, die der Stimme einen Strich durchs Kalkül machte ... Tatsächlich beförderte diese Verbindung ihre Pläne, denn seinetwegen brach ich nach und nach alle Kontakte zur Außenwelt ab. Justus zu verlassen – ein Rettungsversuch, der mich in Wirklichkeit noch tiefer verstrickte. Du, Mike, konntest nicht ahnen, wogegen du

kämpftest. Schließlich war der Moment gekommen, wo ich nackt vor der Stimme stand; ein erbärmlicher Zustand, denn es gelang mir nicht, die Opferung, die sie von mir forderte, in ritueller Feierlichkeit zu vollziehen; überwältigt, aber uneinverstanden bis zum Schluß, wimmerte, wehklagte ich … Und überlebte. Ich überlebte.«
Mike schloß die Augen. Es war still in der Küche. Der Wellensittich saß mit schiefgelegtem Kopf auf der Spitzengardinen-Stange. Der Verkehrslärm kam von einem anderen Stern. Das Tropfen des Wasserhahns nahm an Phon zu. Die Papierstauden flüsterten. Und Mike sagte so leise, daß sie sich vorbeugen mußte, um ihn zu verstehen: »Es war ein unerträglich schwüler Tag gewesen. Ich hatte stundenlang meditiert und an dich gedacht. Als ich abends auf der Dachterrasse saß, war die Haut um meine psychische Substanz so dünn, daß die Sterne mich anstrengten. Da spürte ich, daß du in Lebensgefahr warst. Unter Qualen – wenn man so schutzlos ist, tut jeder Lichtstrahl, jeder Laut körperlich weh – fuhr ich mit dem Deux-Chevaux in die Stadt, um von einer Telefonzelle aus K. anzurufen. Zweimal konnte ich ihn nicht erreichen. Ich blieb am Hafen, fern von dem Menschengewimmel. Ein Mädchen mit Spiegelaugen setzte sich zu mir, und fast hätte ich dich deinem Schicksal überlassen. Aber dein Hilferuf war stärker als ihre Verführung. Beim dritten Versuch erreichte ich K. Er lief sofort zu dir.«
»Es ist mir die ganze Zeit über rätselhaft gewesen, wieso dein Freund, den ich kaum kannte, im richtigen Moment meine Wohnungstür eintrat … gibt es das denn: Telepathie?«
Da sind Stimmen. Flüsternde; scheltende. Das Dunkel ist seltsam durchsichtig; flackernd; fließend; Grenzverwischung. Den Schlaf, den will sie; das Wachsein wird ihr aufgezwungen von Händen, die an ihren Schultern rütteln. Laßt mich. Schlafen. Dieses selige Sinken, raus aus allem. Süßes Nichtvorhandensein. »Verstehen Sie mich?« Bestimmt nicht. Bestimmt nicht. Ich bin weit weg und immer weiter. Uneinholbar; ihr werdet sehen. »Hören Sie?« Ihr kriegt mich nicht wieder. Wenn nur diese unbequemen Hände von mir ließen! Ich mache mich schwer und entgleite ihnen. Merkt ihr nicht, wie unerreichbar ich bin? Ich habe euch hinter mir gelassen. Gebt auf! Mich fangt ihr nicht wieder ein. Nein. Ich bin euch

entwischt, bin raus aus dem Ganzen, habe mit nichts mehr was zu tun, keine Macht der Welt kann mich zwingen. Nein ...

Rosmarie wachte in einem verdunkelten Zimmer auf, dessen offenstehende Tür einen Ausschnitt des neonweiß erleuchteten Flurs freigab. Ein Schatten trat in den Türrahmen; verharrte, verschwand. Draußen war ein Kommen und Gehen, ein Wispern und unterdrücktes Lachen. Als sie ihren Arm bewegen wollte, merkte sie, daß sie am Tropf hing. Ihre Handgelenke waren dick mit Mull umwunden. Ihr Kopf dröhnte. Ihre Kehle war wund von dem Schlauch, mit dem man ihr den Magen ausgepumpt hatte. Nachdem sie diese Einzelheiten registriert hatte, fiel Rosmarie auf, daß sie noch am Leben war. Sie nahm es unverwundert zur Kenntnis. Also hatte es doch nicht sein sollen. Das war vorläufig weder gut noch schlecht, das konnte man zur Zeit noch nicht bewerten. Das Bett war warm, bequem; sie lag gut darin. Die Stimmen draußen schwangen auf einer gedämpften Plauderfrequenz. Erfahrene Geborgenheit brachte sich in Erinnerung. Rosmarie schlief wieder ein.

»Das brauchen wir nicht mehr«, sagte die Schwester und zog ihr die Kanüle aus dem Arm. »Wollen wir frühstücken?« Rosmarie schüttelte den Kopf. »Wo haben wir unser Waschzeug?« Die Schwester sah sich suchend im Raum um. »Ich hab' keins«, sagte Rosmarie matt. Wer packt schon ein Köfferchen, wenn er vorhat, sich von dieser Welt zu verabschieden! Die Taghelle kam aus der Decke; der Raum hatte keine Fenster. »Licht ausmachen«, bat Rosmarie. Aber es blieb an. Sie hörte das Huschen und Flüstern auf dem Flur und stellte fest, daß etwas fehlte. Jemand fehlte, der dringend hätte hier sein müssen: Justus. Neben ihrem Bett müßte er sitzen, ihre Hand halten, sie trösten, ihr sagen, daß alles wieder gut würde ... Gleichzeitig wußte sie, daß Justus' Abwesenheit (sicher hatte ihm niemand Bescheid gesagt) in der Ordnung der Dinge lag. Seine Gegenwart hätte vielmehr, was auf die Füße gekommen war, wieder auf den Kopf gestellt. Hätte er da gesessen, wo sie ihn sich so dringend wünschte, wäre alles, was sie getan hatte, um sich von ihm zu entfernen, falsch gewesen. Dann hätte er sie auf eine Weise ins Unrecht gesetzt, auf die sie nur noch mit Verstummen hätte reagieren können.

Sie fühlte sich elend und dabei merkwürdig zufrieden. Sie hatte getan, was sie konnte; jetzt war sie dieser schweren Pflicht entbunden. Sie hatte der Stimme gehorcht, war den vorgeschriebenen Weg zu Ende gegangen – es war nicht ihr Fehler, wenn sie überlebt hatte. Man hatte sie gerettet; eine anonyme Instanz hatte dafür gesorgt, daß die Pläne der Stimme durchkreuzt wurden. Sie mußte auf jeden Fall von vorn anfangen, und sie wußte sich nun mit Kräften im Bunde, die stärker waren als die Programmierung zur Selbstzerstörung in ihr.

K. kam herein und stellte einen Korb neben das Bett, der mit einer roten Strickjacke zugedeckt war. Sie starrte ihn an wie eine Erscheinung. »Was machst du denn hier?« K. kratzte sich unterm Kinnbart, räusperte sich: »Ich, hm, hab' dir das Leben gerettet.« Er zog den Stuhl heran, auf dem, wenn es nach Rosmaries falschen Wünschen gegangen wäre, Justus gesessen hätte. Merkwürdigerweise wollte sie weiter nichts wissen. K. war Teil eines höheren Plans, der ihr Überleben vorsah, war Partikel des Kollektivs Menschheit, das auf Rosmarie nicht verzichten wollte; so empfand sie es. Sie bat K. darum, Justus nicht zu informieren.

»Er weiß es längst«, sagte er. »Ich habe ihn noch mitten in der Nacht angerufen.«

Das traf sie dann doch. Sie beugte sich vor, um zu sehen, was unter der Strickjacke war. Pullover und Hose und Unterwäsche und Socken. Keine Schuhe. »Ich muß barfuß nach Hause gehen«, sagte sie.

Drei Tage später flog sie nach Amerika.

Und jetzt war sie wieder da. Die Gnadenfrist war abgelaufen, der Aufschub aufgehoben; sie mußte sich stellen. Da war etwas abzuschließen ... Dann mußte ein neuer Anfang gefunden werden ... Und niemand war da, der sie gegen die Konfrontation mit ihrer Zukunft abschirmte. Mike war ihre letzte Hoffnung gewesen. Vielleicht stimmte es ja mit der Telepathie. Aber er glaubte an Träume, und was sie brauchte, war ein Experte für Wirklichkeit ...

»Was ist Wirklichkeit, Mike?«

Er hob die Lider langsam; sein Blick kam aus weiter Ferne. *Was tun sie, wenn sie meditieren? Wohin ziehen sie sich zurück?* »Wirklichkeit? – Schau den Tisch an: siehst du, wie er seine Konturen verliert, die Konsistenz von Fett annimmt, wegfließt? Hörst du, was die Pflanzen tuscheln? Verstehst du die Warnung des Wassertropfens? Wirklichkeit gibt es nicht. Alles ist Phantasie.«

»Ich muß gehen, Mike.«

»Ich weiß. Geh deinen Weg. Du bist wie ein Schilfrohr, richtest dich immer wieder auf ... Viel Glück!«

IX

Zwischen Möbelprospekten auf Glanzpapier, Postwurfsendungen, Kontoauszügen, Mahnungen und den Ansichtskarten, die sie sich selbst aus Amerika geschickt hatte (mit Befremden betrachtete sie das milchige Massiv Manhattans, die vielstufig blaue Bucht von San Francisco, die rötlichen Terrassen des Grand Canyon – diesen planen Abbildungen fehlte etwas), war ein Brief von Ilona.

Auf der Rückreise von Süddeutschland, im IC, als der Name von Justus' Stadt (»Eure Stadt«, schrieb sie) mit der Fünf-Minuten-Frist durchgesagt wurde, die den Passagieren Zeit gibt, ihre Zeitungen zusammenzufalten, habe sie den spontanen Einfall gehabt, Rosmarie zu besuchen. Der nächste Zug nach Hamburg sei für zwei Stunden später auf der Abfahrttafel vermerkt gewesen; sie habe also nichts riskiert, als sie einfach ein Taxi nahm und ohne Voranmeldung an der Tür klingelte. Justus habe den Eindruck erweckt, als hätte er ihr die Tür am liebsten vor der Nase zugeschlagen, dann habe er sie aber doch hereingebeten. Die Frage, ob sie, Rosmarie, da sei, habe er mit einem einfachen »Nein« beantwortet. Wie sie so durch den dunklen Flur gegangen sei und die merkwürdig dekadenten Bilder, die dort hingen, betrachtet habe, sei ihr die freudlose Düsterkeit der Wohnung aufgefallen, »eine ganz und gar artifizielle Neonlicht-Stimmung, so eine Mischung – nimm's mir nicht übel – aus Bahnhofsvorplatz und Leichenhalle«.

Trotz des Kassandrischen der Atmosphäre habe sie so lange nichts Böses geahnt, bis sie das Wohnzimmer betreten habe. Daß dort ein junges Mädchen saß (»namens Tina; sehr hübsch, sehr jung – kennst Du sie?«), habe sie stutzig gemacht, vor allem, weil diese Tina eine gewisse Vertraulichkeit mit Justus, wie sie eigentlich nur der Hausfrau zustehe, ausgespielt habe. Sie, Ilona, habe sich »natürlich« nichts anmerken lassen, frischfröhliche Konversation gemacht, bekanntlich könne sie ja an einem Stück reden ... Dies und jenes und Erinnerungen an Köln, »Eure sehr komische Hochzeit, und

wie Ihr mich damals reingelegt habt, indem Ihr mich in dem Glauben ließt, wir führen zu einer Examensfeier.« Schließlich habe sie, gegen einen Widerstand, den sie unbewußt gespürt habe, angefragt, wo Rosmarie denn nun eigentlich sei. Justus habe die Achseln gezuckt und obenhin gesagt, er wisse es nicht. Aus dem Gesicht der Tina aber sei in diesem Moment alle Farbe gewichen. Justus habe ein wenig vor sich hin grimassiert (»mit so einem selbstverzehrenden Mahlen des Unterkiefers«), dann sei er hinausgegangen – angeblich, um eine neue Flasche Wein zu entkorken. Kaum habe er die Tür hinter sich zugemacht, sei das Mädchen herausgeplatzt: »Sie haben sich getrennt!«
Das habe sie, Ilona, doch sehr überrascht. »Mit allem hatte ich gerechnet: Dich in der Schürze anzutreffen, mit einem Staubsauger in der einen Hand und einem Baby unter dem anderen Arm, von den beiden Rotznasen am Rockzipfel ganz abgesehen! Oder meinetwegen auch im eleganten Hauskleid, Strauss' »Widmung« beiseiteklappend, um für den seltenen Gast aus dem hohen Norden, meine Wenigkeit, ein weiteres Silberbesteck auf der Damasttischdecke zu drapieren. Du mußt zugeben, daß in dieser Verbindung beide Möglichkeiten angelegt waren!« Nur die dritte nicht: daß Rosmarie »ausbrechen« würde. Ihre »Klammerbeziehung« sei so vor aller Welt offensichtlich gewesen, daß Ilona, als ihre mehr oder minder freiwillige Trauzeugin, damals gedacht habe, Rosmarie sei nun vermutlich an ihrem Lebensziel angelangt und werde ihren ziemlich flatterhaften beruflichen Ehrgeiz im Windelwasser endgültig ertränken. »Also: wenn jemand an Eure Liebesgeschichte geglaubt hat, war ich das!«
Nun sei sie natürlich »gespannt wie eine Flitzebogen« gewesen, die Gründe zu hören. Aber Justus habe nichts aus sich herausbringen lassen. Schließlich habe sich Tina verabschiedet – »übrigens ein sehr farbloses Mädchen, so eine zum An-der-Garderobe-Abgeben, eine Anbeterin; ich verstehe gar nicht, daß Justus solche blinde Hingabe gefällt. Ich kann mir nicht vorstellen, daß Du ihn damit beliefert hast! – Aber vielleicht ist das ja der Grund? Ich mache mir natürlich so meine Gedanken!« –, vielmehr: er habe ihr einen Wink gegeben und sie sei gleich gehorsam aufgestanden und mit niedergeschlagenen Augen hinausgegangen. Nein; der Gedanke erscheine

ihr absurd, daß Tina der Trennungsgrund sei. Obwohl … (dieses »obwohl« war ausgestrichen). Schließlich seien sie in der gemütlichen Küche gesessen, Justus und sie – die Riesenküchen seien zweifellos der Pfiff von Altbauwohnungen –, hätten prachtvolle Steaks gegessen, Salat dazu und stundenlang geredet. Am Schluß habe sie ihm alles Wissenswerte von Rosmarie und Ilona erzählt (»unsere wilden fünfziger Jahre – weißt du noch?«) und immer noch nicht in Erfahrung gebracht gehabt, was eigentlich passiert sei. Justus habe, wenn sie sich an das Ziel ihrer Neugier heranfragte, eine überaus abweisende Miene aufgesetzt, »wie ein radikaler Antiklerikaler, der nicht über seine konvertierte Tochter sprechen will. Oder wie ein General, dessen Lieblingssoldat desertiert ist …«
Die Zeichen hätten so deutlich auf Verrat gestanden, daß sie zu der Überzeugung gekommen sei, Rosmarie müsse Justus, aus welchem Grund auch immer, gegen seinen Willen verlassen haben. »Deshalb hatte ich auch keine …« (das war durchgestrichen). »Ehrlich gesagt«, sie finde Justus, »bei all seinem Charme, und was er sonst so anzubieten hat«, nicht sehr sympathisch. Die Art, wie er sich mit einem ungeduldigen Schlenkern seines Handgelenkes über alles hinwegsetze, als sei nichts und niemand irgendeiner Anstrengung wert, habe ihr nicht gefallen. Sie habe das Gefühl gehabt, er knipse sein unwiderstehliches Lächeln an, und im Hinterkopf gehe ihm »LeckmichamArsch« herum. Gleichzeitig strahle er eine gewisse Hilflosigkeit aus, die mütterliche Frauen an ihrer ungeschütztesten Stelle fasse. »… Ob ich mich da täusche? Du mußt ihn besser kennen.«
Übrigens habe sie den Zug nicht mehr bekommen. Aber die Wohnung sei ja groß … »Falls Du jemals in sie zurückkehrst, solltest Du für helle Farben und ein paar grüne Pflanzen sorgen!« Und falls nicht, was Rosmarie dann vorhabe? In ihren Beruf zurückzukehren? Das sei vermutlich, in ihrem Alter, gar nicht so einfach. Ob sie nicht nach Hamburg ziehen wolle? Da könnte sie, Ilona, vielleicht etwas für ihre alte Freundin tun. »Und wenn ich Dir einen guten Rat geben darf: geh in eine Frauengruppe. Probiere Selbsterfahrung; dadurch wirst Du ein anderer Mensch; bewußter, seelisch stabiler. Du wirst Dich dann auch besser gerüstet finden für einen neuen Versuch mit Justus. Du wirst ihn mit Deiner erworbenen Stärke konfrontieren und ihn dadurch zwingen, sich zu ver-

ändern. Du siehst, ich glaube immer noch nicht daran, daß es zwischen Euch wirklich ganz aus ist! So schnell strampelt man Bindungen nicht ab. Also – wenn Du etwas brauchst, und sei es nur ein bißchen gutes Zureden – ich bin immer für Dich da!

Deine treue Freundin Ilona.«

Sie hat mit ihm geschlafen. »Deshalb hatte ich auch keine ...« Ergänze *»Skrupel«*. »... und was er sonst so anzubieten hat ...« *Sie hat die vor zehn Jahren versäumte Gelegenheit beim Schopf gepackt und mit ihm geschlafen. Was sonst. Sie hat sich an ihr vergebliches Werben um Justus erinnert und an meine leise Ironie, als herauskam, daß wir ein Brautpaar waren. Sie hat sich der Blamage erinnert und aus Rache mit ihm geschlafen.*

Und Rosmarie explodierte in einem Wutanfall, der gleichzeitig rasend war und eiskalt. Als erstes zerriß sie den Brief. Das genügte ihr nicht; sie stopfte ihn in den Mund, kaute darauf herum, spuckte ihn aus, trampelte ihn in den Teppich hinein. Dann kickte sie die Blumentöpfe an die Wand. Mit Genugtuung sah sie die vertrockneten Farne kleine Hügelgräber bilden. Mit einer einzigen großen Armbewegung fegte sie die Bücher vom Tisch. Nacheinander, einzeln, nahm sie Tassen und Teller aus dem Regal und schleuderte sie mit beiden Händen gegen den Fußboden, so daß die Scherben in alle Ecken sprangen. Das genügte ihr nicht. Sie riß die Poster von den Wänden, die Notizzettel vom Pinnbrett, zerriß sie, zerstampfte sie. Und war immer noch nicht am Ende, sondern sprang auf der Matratze herum, bis der Staub in dicken Schwaden aufstieg. Eine Flohmarkt-Vase, Lilienform mit schwarz-orangefarbenen Art-deco-Müsterchen, wog sie sekundenlang in der Hand, ehe sie sie gegen das klirrend zerbrechende Fenster warf ... Das war's. Mehr war nicht nötig. Rosmarie ließ sich auf das malträtierte Bett fallen, weinte, lachte, stieß die Arme zur Decke, schlug sich mit den Fäusten gegen die Stirn, seufzte, fluchte und blieb schließlich, ausgepumpt, mit leerem Blick, baumelnden Händen, gerädert, still. Dann hörte sie, wie jemand pfiff: »Oh, when the saints go marching in ...« Das war sie selbst.

Sie ging in die Küche und setzte Wasser auf. Als sie Kaffee getrunken hatte, machte sie sich ans Aufräumen. Die kaputte Scheibe bekam einen Notverband aus Pappe. Die funktionslos auf der Tapete sitzenden Reißzwecken wurden entfernt. An den blanken Wänden, der abgefegten Pinnwand fand Rosmarie Gefallen; man konnte auf ihnen ganz von vorn anfangen. Die drei Ansichten von Amerika würden den Beginn eines neuen Zeitabschnitts eröffnen. In einem halben oder einem ganzen Jahr würden Notizzettel, Fotos, Adressen, Gedichtzitate, Zeitungsausschnitte fragmentarisch den ungebremsten Fortgang der Dinge bezeugen.

Von vorn anfangen ... Da sie gerade dabei war, stopfte Rosmarie die feinen Kleidchen in die Plastiktüte, die für die nächste Altkleidersammlung vorgesehen war. Eines allerdings behielt sie zurück: das »Witwenkleid« mit dem Harlekinkragen. Als sie mit allem fertig war, blieben auf dem von Erdkrümeln, Papierschnipseln, Scherben freigesaugten Berber vier Bücher liegen. Rosmarie hob sie, bis auf den blauen AMERIKA-Band, alle auf und suchte die mit Eselsohren markierten Seiten heraus. Dann setzte sie sich an die aufgebockte Sperrholzplatte, die ihr als Schreibtisch diente, und begann zu exzerpieren. So gesellten sich zu den glänzenden Buntpostkarten weiße, von ihrer krakeligen Handschrift bedeckte Karteizettel:

»They all took part, or almost all. The men who ran the gas chambers and the ovens went to church, loved their children, and were kind to animals.« (Green, HOLOCAUST)

»Freilich ging die neue Lehre mir hart ein, freilich schied ich ungern von dem stolzen Irrtum meiner Jugend – wer reißt auch gerne die Flügel sich aus? – aber es mußte ja so sein!« (Hölderlin, HYPERION)

»Ah, what can ever be more stately and admirable to me than mast-hemm'd Manhattan?« (Whitman, CROSSING BROOKLYN FERRY)

Manhattan ... San Francisco ... Grand Canyon ... Schade, daß Postkarten nicht konstruiert sind wie diese alten Bilderbücher, die sich zu dreidimensionalen Szenen öffnen lassen ...

Rosmarie ging spazieren. Auf einer Bank oben am Hang machte sie Bestandsaufnahme des Panoramas: Der Fluß ist die Leine, der Höhenzug mit dem bleistiftfeinen Turm darauf heißt Hoher Hagen, der dunsthelle Reinhardswald liegt schon jenseits der Weser, rechts die sich aufstufenden Hügel gehören zum Solling; »Klein-Chicago« – die roten Würfel über der Flußkante ... *Namen sind auch nicht genauer als Ansichtspostkarten.* Dann probierte sie, sich die Landschaft anzueignen: erdbraun die frischgepflügten Felder, gelbgrau die Stoppeln, plastikgrün die Wintersaat ...

Unvermittelt fiel die Melancholie des Herbsttages sie an, die Symbolik des Zeitlichen in den leise gilbenden Grashalmen, die Unabwendbarkeit des Winters. Gegen den drohenden Absturz in Trauer erwuchs in ihr ein Widerstand. *Ich leide; aber es wird vorübergehen; Freude wird wieder möglich sein. Was auch immer geschieht: Ich werde leben. Ich werde mich der Wirklichkeit, den Menschen, den Dingen, vorsichtig wieder annähern. Ich werde sie neu begreifen lernen.* Sie pflückte ein Marienkäferchen von ihrer Strickjacke. Sich tot stellend, rollte es gewichtslos in ihre hohle Hand. Obwohl sie sich der Sentimentalität der Geste ein wenig schämte, hauchte sie es liebevoll an.

Als sie zurückkam, stand Jeremy im Hausflur. »Wo gibt's hier was zu essen?« fragte er bündig; »ich sterbe vor Hunger.« Er winkte ab, als Rosmarie ihm Käse, Graubrot und Rotwein anbot. In G. kannte sie nur billige Schnellrestaurants auf Gyros-, Cevapcici- und Kebab-Basis. Sie führte ihn in eine historische Gaststätte, deren reich mit Schnitzereien verzierte Fassade ihr aufgefallen war. Die Speisekarte war mehr teuer als erlesen; Jeremy schien jedoch mit seinem Wiener Schnitzel zufrieden zu sein.

»Freust du dich?« Kauend tätschelte er Rosmaries Hand. *Freue ich mich? Ein bißchen Ungeduld ist dabei. Was will er hier?* »Natürlich freue ich mich.«

Nach dem Essen forderte Jeremy sie auf, ihm G. zu zeigen. Er hakte sie unter, während sie durch die Fußgängerzone gingen. Der kurze Reflex ihres Nicht-Einverstandenseins verdeutlichte ihr, daß sie Heimat assoziierte: Sie wollte hier nicht Arm in Arm mit einem Fremden gesehen werden. Das Brunnenmädchen, das seit alters her von frisch examinierten Studenten geküßt wird, entzückte Jeremy. Rosmarie schilderte, wie sich der Marktplatz am Samstagvormittag in ein Forum für Blumenfrauen, Schmuckhändler, Straßenmusikanten, Büchertische verwandelt und wie unter dem gaffenden, lauschenden, schwätzenden Volk linke Agitatoren und als *freaks* aufgemachte Zivilpolizisten einander scharf im Auge behalten ...

»Die Linken werden oft von ganz normalen Bürgern bedroht und runtergemacht wie Verbrecher ... Dabei ist die deutsche Geschichte geprägt von der Arbeiterbewegung. Und im Dritten Reich waren es vor allem die Sozialisten und die Kommunisten, die Widerstand geleistet haben und dafür in den KZs umgebracht wurden. Wenigstens könnte man ihre historische Rolle respektieren.«
»Und welche Rolle spielen sie heute?«
»Die Hefe im Teig. Oder den Sand im Getriebe – je nach Standpunkt. Sie arbeiten in Anti-Atomkraft-Gruppen, in Umweltschutzzirkeln, in der Friedensbewegung. Natürlich sind sie an der Startbahn West dabei und in Gorleben, aber es wäre falsch zu denken, es seien die Kommunisten oder gar Moskau, die diese Aktionen steuern. Die etablierten Parteien von rechts bis links beobachten mißtrauisch, was sich da wildwüchsig, außerhalb der Trampelpfade, in der politischen Landschaft tut ...« *Eigentlich gibt es viel zu tun. Auch für mich.*
»Was für eine reizende kleine Stadt«, sagte Jeremy. Für eine halbe Stunde sah sie G. mit seinen Augen. Sie schickte den Blick in winklige Gassen, ließ ihn renovierte Fachwerkfassaden abwandern, legte den Kopf zurück, um das Himmelsende des Kirchturms zu erspähen ... *Hier wohne ich nun. Wie lange werde ich bleiben? Was werde ich erleben?* Zum erstenmal zog sie G. unter dem Gesichtspunkt Zukunft in Betracht.
Berauscht von romantischen Assoziationen, spielte Jeremy alle Register des touristischen Mittelalter-Klischees: Ritter in blitzender Rüstung, Burgfräuleins mit wehendem Schleier, Hofgelage und Minnesang, fahrendes Volk, kreuztragende Heere, Turniere mit und ohne Gottesurteil, Henker im Kapuzenkleid, Ketzer, gerädert und gevierteilt, Hexen auf dem Scheiterhaufen ...
»Wenn hier ein Pferd durchgetrabt ist«, sagte Rosmarie trokken, »dann hat es einen Karren hinter sich hergezogen, und die Fräuleins waren Kleinbürgerinnen, die das Wasser vom Brunnen holten. Die spät gegründete Universität mit ihrer unsteten Belegschaft von Professoren und Studenten ist immer ein Fremdkörper gewesen; das ist heute noch so ...«
Jeremy fing Rosmaries Arm ein. »Als wir uns trennten, auf dem Bahnhof, sah es wie ein Abschied für immer aus. Du

wirktest so mutlos, so ohne Hoffnung; ich mußte dich ja buchstäblich in den Zug hineinschieben!«

Ach, Jeremy, wie sehr du dich täuschst! Nicht du hast mein Glück in der Hand. Mein Unglück heißt immer noch Justus.

Für Jeremy kam die Ernüchterung beim Betreten von Rosmaries Wohnung. »Hier lebst du?« fragte er entsetzt. Sie versuchte, das Zimmer so zu sehen, wie es vermutlich ihm erschien: der kissenbesäte Teppich. Die Matratze mit der bunten Decke darauf. Der Garderobenständer als Kleiderschrank. Ein paar Körbe für den Kleinkram. Aus Brettern und Backsteinen geschichtete Regale. Ein einziger Stuhl vor dem mit Büchern und Papieren bedeckten Tisch. Erdspuren an der Tapete und die pappeverklebte Scheibe.

»Setz dich«, sagte sie zu Jeremy. Das war schon fast eine Flegelei.

Er zog sich den Stuhl heran.

»Sieht aus, als wolltest du jeden Moment aufbrechen und weiterziehen.«

»Vielleicht ist es so.«

Rosmarie ging in die Küche, um den Rotwein zu holen. Jeremy fand seinen Sitz beschwerlich und wälzte sich neben sie auf die Matratze. Rosmarie rückte von ihm ab und überlegte, wie sie ihn von der Idee ablenken könnte, in ihrem Bett zu schlafen. Die Sehnsucht nach der väterlichen Schulter wog nicht die Aussicht auf die Berührung der Haut und die Vermischung des Speichels und was dann sonst so alles sein müßte auf. In diesem Moment war Rosmarie nicht nur Jeremys müde, sondern aller Männergeschichten der Welt. Sie wollte allein sein.

Während sie über einen taktvollen Rückzug nachgrübelte, hatte Jeremy das AMERIKA-Buch auf dem Teppich entdeckt und auf seine Knie gezogen. Kopfschüttelnd, seufzend blätterte er: »Was für eine heile Welt! Von wann? 1951? Da war ich in Korea. Mal sehen, was hier über den Koreakrieg steht ...« Er fuhr das Inhaltsverzeichnis mit dem Zeigefinger ab, überflog mehrere Artikel, darunter einen, der »Ohne Kommiß-Ton und Drillausbildung bei der neuen amerikanischen Armee« überschrieben war, was ihm höhnische Meckerlaute entlockte, und entdeckte dann den Koreakrieg – als Bildunterschrift. »Irgendwo an der Front in Korea: ein amerikanischer Panzer vor dem Einsatz. – Auf dem Deck eines Flugzeugträgers der 7. USA-Flotte, die in den Gewässern von Korea operierte, werden die Maschinen für den Einsatz startklar gemacht. – Irgendwo an der Front in Korea: eine amerikanische 10,5 cm-Haubitze nimmt die Stellungen des Gegners unter Feuer...«

»Dieses Buch tut, als sei der Koreakrieg eine Marginalie gewesen. Weniger als das. Dabei war Korea die blutigste, drekkigste, beschissenste Front, die man sich denken kann... Amerika ist mein Land, und ich liebe seine Großzügigkeit und seinen Idealismus. Aber es gibt da eine gefährliche Komponente, ein selbstberauschtes Omnipotenzgefühl, das uns zum Beispiel hat hemmungslos die Bombe über Hiroshima zünden lassen... Es sieht so aus, als hätten wir aus dem Vietnamkrieg etwas gelernt. Aber ich fürchte, die gigantomanen Kräfte schlafen nur.«

Das Telefon läutete; zum erstenmal, seitdem Rosmarie wieder zu Hause war. Drei Klingelzeichen lang hoffte sie, daß Justus der Anrufer sei... Es war ihre Mutter. Sie weinte. Der Vater hatte Krebs.

Jeremy verstand, daß Rosmarie allein bleiben wollte, und ging in ein Hotel.

Rosmarie sitzt am Bett ihres Vaters. Er sieht verändert aus: die gelbe Haut straff dem Schädel angepaßt, die Nase spitz, die hohe Stirn von Schweißtropfen bedeckt. »Ihr bringt mich um«, klagt er. Er will nicht essen, spuckt die Suppe, Löffel für Löffel, wieder aus, die Nüdelchen, die Reiskörner reizen den Husten.

»Wie willst du wieder gesund werden, wenn du so wenig ißt?« Seine Bronchien scheinen sich aufzulösen in eitrigem Auswurf. »Hilfe!« ruft er. »Hilfe! Hilfe!« Und verlangt nach der Mutter. Immer wieder nach der Mutter...

Er wird schmaler, sein Kopf knochiger, sein Blick stechender. »Du bist es!« sagt er ernst, wenn man ganz nah ist. Seine Füße, zärtlichkeitsbedürftig wie die eines Kindes, suchen an der Bettkante Halt.

Er wird schwächer. Aber seine Haut ist warm – er lebt. Er lebt. Er ist sehr allein in seinem weißen Bett in dem gekalkten Zimmer mit dem bläulichen Neonlicht. Er beschwert sich über Zugluft, obwohl alle Fenster geschlossen sind. Man muß ihn oft umbetten; er ist unruhig. Die Nachtschwestern in ihrem

Pavillon stricken, rauchen und raunen. Sie haben die Sterbemännchen in ihren Gitterbetten um sich gestellt, damit ihnen nicht entgeht, wenn eines davon das Atmen vergißt. Ab und zu strampelt sich eines ab, entblößt unter dem nabelkurzen Kittel einen rührend schrumpligen Kinderkörper. Der Tod schlägt nicht zu; er schleicht sich an.

Der Vater betrachtet seine Hände: »Das sind MEINE *Hände.« Er bewegt die Füße: »Das sind* MEINE *Füße.« Er faßt sich ans Herz, an den Kopf: alles da! »Ich bin ich bin ich«, sagt er zufrieden. Wo ein Ich ist, kann kein Ende sein.*

Den Infusionen wird Morphium beigemischt. Der Vater versinkt in eine Traumwelt. Er sagt: »Nimm deinen blauen Schlüssel und schließe die Tür auf. Draußen steht einer, der will zu mir.« – »Da ist niemand.« – »Doch, da steht einer, in einem weißen Kleid. Ich weiß, wer es ist.« – Rosmarie läuft es kalt den Rücken hinunter. »Wer ist es?« – »Das sage ich dir nicht.« – »Solange ich da bin, darf er nicht herein.«

Der Tod ist kein Überfall. Er wartet, bis man den Widerstand aufgibt. Man muß die Hand des Vaters halten. Man darf sie auf keinen Fall loslassen! Solange er den Druck erwidert, lebt er, lebt er …

Unbeschwert aufzuwachen erschien Rosmarie wie eine Kunst, die sie vor langer Zeit verlernt hatte. Doch diesmal war nicht Justus ihr erster Gedanke und ihre drückendste Last. Ein größeres Unglück kündigte sich an.

Jeremy kam mit Brötchen und Schinken zum Frühstück. Es beruhigte ihn offenbar, daß man in der Küche auf normalen Stühlen an einem Standard-Küchentisch sitzen konnte.

»Du solltest mit mir nach Süddeutschland fahren.«

Rosmarie zögerte keinen Moment mit ihrem Nein.

»Warum nicht?«

»Das heißt doch nur, den Abschied hinauszuzögern. Du bist verheiratet. Du kehrst nach Amerika zurück. Wir werden uns nie wiedersehen.«

»Was erwartest du, lady? Den Liebessturm, der alles über den Haufen wirft? Aus dem Alter von Romeo und Julia sind wir doch heraus!«

»Und was ist es, das du erwartest?«

»Ein paar schöne Tage … Das ist das Höchste, was das Leben zu bieten hat.«

»Ich bin noch nicht soweit.«

»Wie meinst du das?«
»In einem doppelten Sinn. Erstens bin ich lange nicht mit Justus fertig. Und zweitens bin ich noch nicht so resigniert, daß alles, was ich mir an Glück vorstellen kann, ein paar schöne Tage sind.«
»Schade.«
»Wie sagt ihr? *Such is life.*«
»Right.«
Im Hauseingang, wo sie sich fröstelnd von Jeremy verabschiedete, stellte sie die aufgesparte Frage:
»Bist du nun ein Agent –?«
»Nonsense!« sagte Jeremy und küßte sie auf die Stirn. Die leichte Dissonanz seines Ganges mit Würde überspielend, schritt er davon.
Beim Aufräumen des Reisegepäcks fand Rosmarie das bunte Heft der Fluggesellschaft mit dem Rückticket. Sie trennte das Dokument des verbindlichen Datums heraus und heftete es über Manhattan, San Francisco, Grand Canyon an die Korkplatte. Aus dem Menetekel war ein Souvenir geworden. Mit wachsender Unruhe las sie die Verse von Walt Whitman auf dem Zettel daneben:
»Of him I love day and night I dream'd I heard he was dead,
And I dream'd I went where they had buried him
I love, but he was not in that place,
And I dream'd I wander'd searching among burial-places
to find him,
And I found that every place was a burial place ...«
Sie rief zu Hause an. Erst als ihr klar wurde, daß der Vater im Raum war, verstand sie, warum ihre Mutter mit diesem überkippenden Optimismus sprach. Nein, der Professor wolle nicht operieren. Offenbar sei es nicht nötig. Das Wachstum des Tumors sei nicht abzusehen. Er könne durchaus auch zurückgehen. Die Bestrahlung werde auf jeden Fall Erleichterung verschaffen, die Chemotherapie den Prozeß verlangsamen. Vater und sie würden das zusammen schon durchstehen.
»Gib mir den Vater«, bat Rosmarie.
»Wie fühlst du dich?«
Seine Stimme. Er lebte. Er war krank, aber unverändert. Appetitlosigkeit, leichtes Fieber, Husten; keine Schmerzen. Er ging herum, arbeitete ein wenig an seinen Memoiren ... Der

Traum hatte getäuscht. *Man muß nicht immer gleich das Schlimmste annehmen.* »Im Anfangsstadium«, versicherte der Vater. »Der Professor hat es mir selbst gesagt.«
Etwas in Rosmarie wollte die Hoffnung. Als um die Mittagszeit, während der Vater schlief, die Mutter anrief, mit tränenerstickter Stimme diesmal, weigerte sich diese Instanz sogar entschieden, die erneuerten Zweifel zuzulassen. Rosmarie sprach, indem sie die Mutter tröstete, sich selbst Mut zu. Die verdrängte Angst äußerte sich körperlich in einer Art Asthma, trieb Rosmarie hinaus. Sie wollte Mike besuchen, traf ihn nicht an, stieg eine Treppe höher und läutete bei K. Er war gerade dabei, einen Plattenspieler zu reparieren. Sie sah ihm eine halbe Stunde lang dabei zu, ohne ein Wort mit ihm zu wechseln. Das bedrückte sie nicht; im Gegenteil – sie war froh, daß sie sich in der Ecke des Biedermeiersofas zusammenrollen durfte, ohne die Gastlichkeit des bollernden Ölofens mit Konversation aufwiegen zu müssen. Schließlich wischte K. seine Finger an einem Tuch ab. »Willst du Tee?« Er entsprach seiner norddeutschen Herkunft durch das Auftragen einer kräftigen Ostfriesenmischung mit Kandis.
Trotz seiner Jugend hatte K. eine Glatze, die er dadurch ausglich, daß er die Nackenhaare und den Bart, so lang sie wachsen wollten, stehen ließ. Das verlieh ihm das Aussehen eines friedlichen Rübezahls. Da er außerdem umgänglich und hilfsbereit war, geriet er insofern in Zugzwang, als sich jedermann um Rat an ihn wandte. Obwohl der unterdrückte Spieltrieb sich gelegentlich in orgiastischem Trinken Luft machte, war K. bereit, sich damit abzufinden, daß man ihm nicht erlaubte, jung zu sein. Mit seiner Rolle des rettenden Engels in Lebenskrisen war er inzwischen so verwachsen, daß er für Rosmaries gemutmaßte Nöte schon einen gebündelten Ratschlag bereit hatte, als diese sich noch in den Präliminarien aufhielt: ihn nach seinem schönen Pullover fragte, den er selbst gestrickt hatte, und sich teilnehmend erkundigte, ob er denn schon einen Referendariatsplatz in Aussicht habe. Endlich kam Rosmarie zur Sache.
»Da ist etwas, worüber ich mit dir reden möchte.«
»Ich weiß.«
»Kannst du mir sagen –«.
»Rufe ihn an. Verlange eine Aussprache.«
Rosmarie zögerte nur kurz.

»Du hast völlig recht«, sagte sie. »Ich drücke mich vor der Entscheidung.«
K. deutete auf das Telefon.
Merkwürdig, wie prompt der Zauber wirkte: Der unerreichbare Justus meldete sich in eigener Person. Sie horchte sprachlos: Er war es. Dies war seine Stimme. »Hallo!« rief er ungeduldig. »Wer ist denn da!« – »Ich bin's«, antwortete sie. Es klang nicht so zittrig, wie sie befürchtet hatte. Justus schwieg. »Ich möchte dich sehen«, sagte sie. Und schlug einen Treffpunkt vor. Er stimmte sofort zu.
»Das war ganz einfach!« sagte sie erstaunt zu K.
»Siehst du.«
Rosmarie zog die Schultern hoch, legte die überkreuzten Hände darauf, knabberte an ihrem Handgelenk.
K. lehnte sich zurück.
»Eigentlich«, sagte Rosmarie, »habe ich gar nicht über Justus mit dir reden wollen, sondern über Mike. Glaubst du an Gedankenübertragung? Dumme Frage, da du sie ja selbst erfahren hast! Wie, meinst du, funktioniert so etwas?«
»Gedankenübertragung?« K. hatte Verständnisschwierigkeiten. Rosmarie mußte es ihm erklären.
»Das war so«, sagte er: »Mike rief damals jeden dritten Tag an und fragte, wie es dir gehe und ob du schon einen anderen habest. Ich sah nicht ein, wieso ausgerechnet ich das für ihn herausfinden sollte. An jenem Abend bat er mich jedoch so dringend, daß ich mich entschloß, dich zu besuchen und ein wenig auf den Busch zu klopfen. Ich stand vor der Tür und hörte dich stöhnen. Da habe ich mir erlaubt, ungebeten einzutreten.«
»Hat er dir gesagt, daß ich in Lebensgefahr sei?«
»Nein. Aber vielleicht hat er es geahnt.«
Zufall. Also doch.
Auf das Treffen mit Justus bereitete Rosmarie sich sorgfältig vor. Sie duschte, wusch sich die Haare, probierte das Witwenkleid ... Sie betrachtete sich im Spiegel: ein Elendsgesicht mit tiefen Augenhöhlen. Sollte sie sich schminken? Nein. Das Seidene zog sie auch wieder aus und statt dessen Jeans an. Der Versuchung, eine Beruhigungstablette zu nehmen, widerstand sie. Es würde ohne Seelenprothese gehen müssen. Sie besann sich auf verlernte Meditationstechniken, brachte aber nicht genügend Konzentration auf, um der kribbelnden Ner-

vosität Herr zu werden. Da kam sie auf die Idee, sich eine Kanne Kakao zu kochen. Sie stellte das Tablett auf den Teppich und suchte eine Schallplatte, die zu ihrer Stimmung paßte. Nicht ohne Bedenken wählte sie Schuberts d-moll-Quartett. Liegend, mit geschlossenen Augen, ließ sie die Musik auf sich wirken, von der Mike, als er sie zum erstenmal hörte, gesagt hatte, daß er sie nicht ertragen könne, weil sie eine Vergeblichkeit ausdrücke, die zu akzeptieren er nicht bereit sei. Sie fand im ersten Satz die Verweigerung, im zweiten die Anklage, im dritten die Hoffnung und im vierten den Kampf.

Sie saßen sich gegenüber, sahen einander nicht an. Rosmarie nahm die Umgebung als unverbundene Einzelheiten wahr: eine Plastiktüte. Ein bestrumpftes Damenknie. »Ach wie nett.« Eine zum Gruß erhobene Hand. Das Wehen des Kellnerkittels. Eine Perlenkette in einem Ausschnitt. Das Aufblitzen eines Feuerzeugs. Eine lästige Nähe im Nacken. Der Lichtreflex auf dem metallenen Aschenbecher. Der Rauch der Zigarette in ihrer Hand.

Die zuständige Stelle in ihrem Gehirn verweigerte eine bestimmte Dienstleistung: Da war Justus und wurde nicht wiedererkannt. *Nicht als der, mit dem du hattest hingehen wollen, wo er hingeht. Nicht als eine alte Liebe, die du nach langer Zeit wiedersiehst und bei der du in den Fältchen um die Augen und den ergrauenden Schläfen zärtlich das Gesetz entdeckst, dem du selbst unterliegst. Nicht als der Mann, der von hinten an dich herangetreten ist und die Arme um dich gelegt hat, während du auf die Straßenbahn wartetest. Nicht als der Geliebte, in dessen Wärme du viele hundert Nächte geschlafen hast …*

Rosmarie, verwundert und verwirrt, schluckte tabakbittere Spucke und empfand nichts. Am liebsten hätte sie geleugnet, daß dieser Mann, der da mit mahlendem Unterkiefer, gerunzelter Stirn feindselig saß, Justus war. Es war irgendein Fremder.

Die Frau in der Gesellschaft

Band 3705

Band 3726

Band 1857

Elisabeth Beck-Gernsheim
Das halbierte Leben
Männerwelt Beruf – Frauenwelt Familie
Band 3713

Susan Brownmiller
Gegen unseren Willen
Vergewaltigung und Männerherrschaft
Band 3712

Oriana Fallaci
Brief an ein nie geborenes Kind
Band 3706

Shulamith Firestone
Frauenbefreiung und sexuelle Revolution
Band 1488

Gisela Gassen (Hrsg.)
Wohin geht die Frauenbewegung?
22 Protokolle
Band 3720

Marielouise Janssen-Jurreit
Sexismus
Über die Abtreibung der Frauenfrage
Band 3704

Jean Baker Miller
Die Stärke weiblicher Schwäche
Zu einem neuen Verständnis der Frau
Band 3709

Penelope Shuttle / Peter Redgrove
Die weiße Wunde
Menstruation
Band 3728

Alice Schwarzer
Der »kleine« Unterschied und seine großen Folgen
Frauen über sich – Beginn einer Befreiung
Band 1805

Senta Trömel-Plötz
Frauensprache – Sprache der Veränderung
Band 3725

Gewalt durch Sprache
Die Vergewaltigung von Frauen in Gesprächen
Band 3745

Hedi Wyss
Das rosarote Mädchenbuch
Ermutigung zu einem neuen Bewußtsein
Band 1763

fi 14/2

Fischer Taschenbuch Verlag